昭和怪談

SHOWA KWAIDAN

Minesato Shunsuke

嶺里俊介

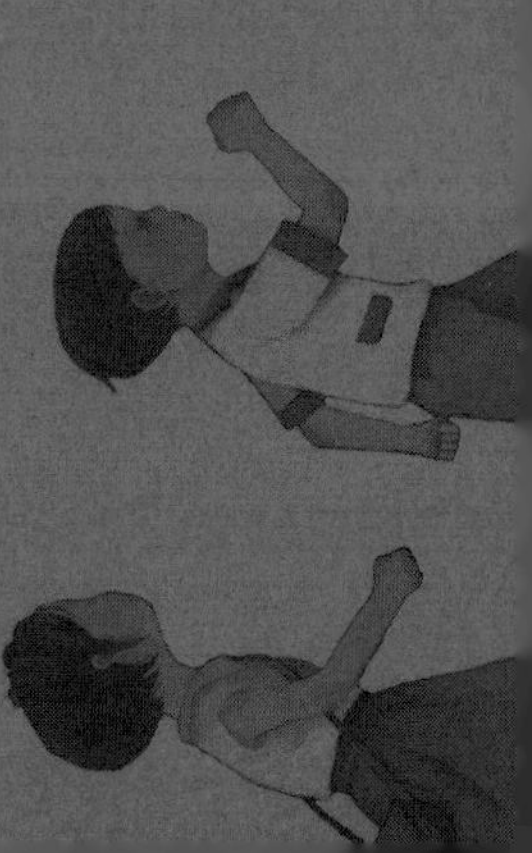

光文社

昭和怪談

目次

装幀　　坂野公一（welle design）
装画　　かわいちともこ

プロローグ　終わる世界

炎の広がる勢いが止まらない。

工場の者たちに声をかけてから、久尻《くじり》は外へまろび出た。

まだ揺れが続いている。かつて経験したことがないほど大きい。立っていることすらままならない。故郷の家族が心配だ。

通りの人影は疎《まば》らだったが、誰もが右往左往している。男の子が家から出たものの、まだ家族が残っているらしく屋内へ向かって叫んでいる。家屋の中から、茶碗《ちゃわん》が割れる音や箪笥《たんす》が倒れる音が響く。

熱気がひどい。通りに面した家屋だけでも既に数件が燃えている。裏手の長屋に燃え移っていることは間違いない。

久尻は我が目を疑った。

燃える古紙や木片が舞い、吸い寄せられるように周辺の家屋や人や木立に纏《まと》わりつく。空車《からぐるま》を牽《ひ》いた馬がいななきながら横を駆けていく。人力車の車夫が幌《ほろ》についた火を消そうと躍起になっている。

「どっちだ」「学校へ避難しろ」「いや川だ。隅田川《すみだがわ》へ向かえ」

怒号が飛び交う。

炎は互いに引き合う。風の勢いに乗り、通りに火が奔《はし》る。

火災に備え、せめて商店街の道は舗装すべきだという声が上がっていたのに、後回しにしていたツケが回ってきたかのようだ。

なにかが壊れる音がして、久尻は目を向けた。

炎に包まれた木造家屋がひしゃげていく。住み込みとして自分が働いていた店だった。

辺りをぐるりと見回したが、火の手が上がっていない方角などない。浅草《あさくさ》の街が炎に包まれる光景なんて、いったい誰が想像しただろう。

久尻はその場に立ち尽くした。熱気に晒《さら》された瞳から、涙が溢《あふ》れて止まらなかった。握りしめた拳に力が籠もる。

誰かの声に促されて、久尻は隅田川へと向かった。

幼い女の子が道端で泣いている。親らしき者は周囲にいない。

久尻は女の子を抱き上げて、再び走り出した。

道路脇に並ぶ家屋が崩れていく。いままで住んでいた世界が壊れていく――。

揺れる炎が、逃げ惑う人たちの意識に語りかける。

「逃げても無駄だよ」「もう終わりさね、観念しな」「諦めろ」

「早いとこ楽になっちまえよ」

倒壊した家屋が燃えている。その熱気が籠もった道を、無我夢中で久尻は走り続けた。

負けないぞ。

負けてたまるか――。

昭和零年代　新しい朝

昭和という時代は、関東《かんとう》大震災（大正十二年〈一九二三年〉九月）被災からの復興へ向けた勢いの中で始まった。

『東京全市火の海に化す』（東京日々新聞《とうきょうにちにちしんぶん》）

百九十万人が被災し、死亡または行方不明者は推定十万五千人。記録されている日本史上最大の罹災《りさい》であり、東日本《ひがしにほん》大震災（平成二十三年〈二〇一一年〉三月）の約五・七倍の数字である。

東京は壊滅的打撃を受けたものの、そこから力強く立ち上がっていく中で、日本経済に大きく影響する雇用の慣行が生まれた。『終身雇用制』である。

また、放送事業が発展した時代でもある。

明治大正から、ゆっくりと浸透していった電話とは違い、一気に普及したのがラジオ放送だった。それまでマスメディアは新聞など紙媒体だけだったが、以後、情報インフラが整備され、躍進する。

かくて昭和は幕を上げた。

「久尻さんが行方不明……」

茶を持つ手が口元で止まる。昭吉肇《あきよしはじめ》は眉根を寄せた。

「俺も聞いたぞ。鈴木電気工業《すずきでんきこうぎょう》さんとこの技師だろ。ここのところ、そんな話をよく耳にするな」

同僚が自席で頷《うなず》く。昭吉は顔を上げた。

「なんとか震災を生き延びたのに。その話、本当ですか」

「本当だよ。知り合いから聞いた。実家へ連絡しても、家族は知らないとさ」

「笑えない話ですね」

この日、二十七日は仕事納めだ。年内の給与を待つ身となれば自然と気が緩むので、事務室では普段耳にしない噂話《うわさばなし》が行き交う。

「おおかた引き抜きだろう。このところ流行《はや》ってるらしい。……でなければ、盆暮れにはよくある話だが、財布が膨《ふく》らんで気分が浮《うわ》つくと博打《ばくち》に手を出す奴《やつ》もいるからな。そこで手持ちの金がなくなった奴は、家に帰りたくとも帰れない。大きな日銭を求めて自分からタコ部屋へ飛び込むらしいぞ。だが金払いがいいと、金に目がくらんで向こうへ居着いちまうなんてことはよくある話だ」

「タコ部屋だと抜け出すのは難しいでしょう。でも数日だけなら、一度くらい乗ってみたい気もします」

「違いない」

普段口にしない軽口で笑い合う。

奥まった席に座っている初老の経理担当者が、煙草《たばこ》を吹かしながら昭吉を呼んだ。

「はい」昭吉は背広の襟を正して立ち上がった。

「お疲れさん。一応、金額を確認してくれ」

約束の手当が入った封筒を受け取り、その場で中身を確認する。年末なので多少色が付いているかと思いきや、約束通りの額だったので少々落胆した。

会社の収益は上々と聞いている。上乗せを期待しても罰《ばち》は当たるまいと考えていたが、世間はそうそう甘くない。

「来年の予定は決まっているのかね」

経理担当者は白髪の鬢《びん》を撫《な》でつけながら訊《き》いた。

「願わくば、こちらにお世話になりたいと思っています」

「それならちょうどいい。実は社長がな、君に話があるそうだ。このあと上の社長室に顔を出してほしいと託《ことづ》かっている。たぶん来年の話だ」

「分かりました」

それなら早く言えよ、と思ってしまう。

経理や総務なんかの事務は社長の親族だ。彼らは来年も再来年《さ》も、会社が続く限り生活は保障されている。だが自分のように雇われの身だと常に明日を考える。

――こっちは長くて一年の口約束がせいぜいなんだぞ。

昭吉は期待と不安を胸に社長室へと向かった。

五年前の関東大震災後に建造された、木造社屋の階段が軋《きし》む。なにしろ家庭用電気製品の製造会社だ。工場ならともかく、事務仕事が主となる本社社屋の造りが粗いのは仕方ない。

昭吉が働いている『室岡製作所《むろおかせいさくしょ》』は、大正十四年の東京放送局《とうきょうほうそうきょく》のラジオ放送開始に合わせて起業された小さな会社だ。主力は真空管ラジオ受信機である。真空管やトランスなどの部品を組み立てて作るラジオだ。関東大震災を経験し、緊急時の情報伝達に重要かつ大きな効果が見込まれる事業として政府が中波放送に力を入れはじめたので、その政策に乗っかったかたちになる。工場は川崎《かわさき》だが、本社は放送所がある愛宕山《あたごやま》に近い。

まだまだ市場が拡大すると見込まれ、ラジオ受信機は成長産業になっている。

はたして社長の用件とは、「来年もよろしく」だった。

「君の真空管ラジオ受信機はなかなかいい。営業次第でまだまだ伸びると踏んでいる。今後も期待しておるよ」

太鼓腹を揺らしながら社長は笑った。

「ありがとうございます。来年だけでなく、ぜひ五年十年、こちらで働きたいです」

自分が設計した真空管ラジオ受信機の売り上げが好調とは聞いていたが、自身としてはまだまだ雑音など改良すべき点があると感じている。しかし社長に褒められるのは気分が悪いものではない。

昭吉もまた、関東大震災で職を失った一人である。農家の出身で、小学校を卒業してから東京に出てきた。電気製品の小売り店で丁稚奉公《でっちぼうこう》のように働いていたが、震災の大火災で店がなくなってしまった。

ここ『室岡製作所』で働きはじめたのは三年前のことだ。当時は工員が八人の町工場だったが、いまは四十人を超える勢いである。当初は「ラジオなんぞただの流行」と噂されたが、急成長が続いている。

「できましたら、一時的な雇用でなく、生涯勤めたいと希望しています。この会社に骨を埋《うず》めたいと思っています」

　む、と社長は口を結んだ。

「安心して働ければ、それだけ仕事にも熱が入ります。もっともっと、売れる品を設計してこの会社から世に出していきたいです」

「それは嬉《うれ》しいな。だが君はまだ二十歳《はたち》になったばかりだろ。技術者としては若い。あと五年は実績を積んで、様子を見たいな」

　しかし、と社長は続けた。

「君が言うこともよく分かる。大震災からの復興の過程で、建設業界では生涯同じ会社で働くようにと雇用のかたちそのものが変化しているからな。なにしろ腕のいい大工やとび職は引き抜き合戦だ。毎日職場が変わられては雇う側としてもたまらん。大工たちにしても突然の怪我《けが》や病気を考えると雇用を保障してくれるのはありがたい。たしかにこれからはそんなかたちになっていくだろう……」

　昭吉は大きく頷いた。

　死ぬまで就業できるのはありがたい。近年、建設業界で腕のいい棟梁《とうりょう》たちが工務店として独立したり、建設会社にそのまま組み込まれたりしている。新しい雇用形態だ。丁稚奉公の延長にあたるものだが、これが実に羨ましい。

　世の中、働きたくても仕事にありつけない者はわんさといる。死ぬまで一つところで働けるというのは、大変な魅力だ。自分もぜひあやかりたい。

　社長の心配はよく分かる。育った技術者が他に引き抜かれてしまうことは、どの業界でもよくあることだ。要は信頼関係なのだ。三年では足りないと考えているのだろう。

「実際、君の他にもそんな希望を持つ者もいるからな。正月の休みで、じっくり考えることにしよう。いまはラジオ産業の成長へ資金を傾けたいから、もう少し我慢してくれんか。せめて五年の実績がないと周りも納得しないだろうしな」

〝周り〟とは社長の親族だなと思いつつ、昭吉は「よろしくお願いします」と頭を下げた。

年内の仕事は終わった。いつもなら同僚たちと銀座《ぎんざ》のダンスホールや飲みに繰り出すところだが、年末となると事情が違う。給与が入った封筒を持っているので、長く寄り道するのは剣呑《けんのん》だ。酔いつぶれることもできない。

みな忙《せわ》しげに帰郷していく。昭吉自身、年内は下宿で掃除のついでに残った仕事を片づける予定だが、正月は千葉に帰省するつもりだ。

大阪から来ている同僚などは帰省に消極的だった。関東大震災以来の『大阪遷都論』がくすぶっていて、東京で働いていることを責める親族がいるのだという。

仕事納めなので、この日だけは昭吉も背広を着ている。洋服なんて千葉の実家にいた頃は見たこともなかった。銀座で話題になっているモ《モ》ダンボ《ボ》ーイやモ《モ》ダンガ《ガ》ールなんて、実に妙ちくりんな服を着ていると思う。

――そんな自分が、古着屋で購入したとはいえ、背広なんてものを着ているとはな。

自嘲しつつ、昭吉は内ポケットの給与袋の感触を指で楽しんだ。

下宿は品川の手前にある。四畳半だが、狭いながらも楽しい我が家だ。

昭吉は駅前にある大きめの定食屋で夕食を摂《と》ることにした。もちろん食後は喫茶店に寄らず、まっすぐ下宿へ戻るつもりだ。

奥の席に腰を下ろし、鯖味噌《さばみそ》煮定食に加えて二品を付ける。この店で夕食を摂るのは今年最後なので豪勢にした。

舌鼓を打っていると、こちらを見ている視線に気づいた。鬢に白髪が交じっている男だった。脇にお釜帽《かまぼう》を置いて、サイダーをちびりちびりとやっている。

目が合うと、男は人なつこい笑みを浮かべ、席を立ってこちらへやってきた。

「失礼します。室岡製作所にお勤めされている方だとお見受けします」

あからさまに怪訝《けげん》な表情をする昭吉に対し、男は悪びれもせず、正面に座った。

「今年始まった放送協会の認定制度の説明会に来ていましたよね。お顔を拝見しました。ラジオ用品や計測器の型式《かたしき》証明と同じ電気試験所で試験が実施されるそうですね」

昭吉は少し警戒を解いた。

「ご同業ですか」

「どうしてそう思います」

「以前の型式証明は検査料が五十円です。これは月収に匹敵します。個人的な自作品に対応できる金額じゃありませんから、趣味の範疇《はんちゅう》とは思えません」

いえいえ、と男は手を振った。

「吾輩《わがはい》は技術者ではありません。技術を持った人を雇う側、正確には代理人ですがね」

彼は田中《たなか》と名乗った。

「引き抜きの話ですか」

「そう捉《とら》えていただいて構いません。吾輩の主人が新技術のラジオにご執心でしてね。ぜひ技術者を一人、手元に置いておきたいと申しております。できれば、ずっと。悪い話ではないと思いますが、いかがでしょう」

「話が急ですね」

「すみません。どう切り出していいものやら、吾輩も躊躇《ちゅうちょ》しておりました」

昭吉は怯《ひる》んだ。

以前説明会場で同席した者の顔を覚えていて、たまたま定食屋で見かけたとは考えづらい。会社を張っていて、つけてきた公算が高い。しかし顔を覚えていたというのは本当かもしれない。本社社屋に出入りする自分をわざわざ狙ったのは設計技師が欲しいのだろう。工員なら川崎にある工場を張ればいいのだから。

「まさか、いまここで返事を求めるなんてしませんよね。世話になっている会社を袖にするなんて、普通の感覚では抵抗がありますよ」

だが条件次第では考えないこともない。

「仰《おつしや》ることはごもっとも。それでは三日ほどお試しされてはいかがでしょう。厚遇しますよ。その間の宿泊や食事も用意します。報酬は二百円」

「三日で二百円ですか」

破格だ。一般の者なら、修学することすら叶《かな》わない大卒の勤め人の月給が八十円くらいである。学校と縁がなかった者だと十円にも満たない。高給取りとして話題になっているマネキン・ガールが二百円。それを三日で出すという。

「はい。急ですが明日の二十八日から三十一日までの三泊四日。働きながら、吾輩の主人の下で永年勤務を前向きに考えてください」

「場所はどちらですか」

「埼玉です。東京市とは隣り合わせですから、そう遠くはありません。工具やなんかは用意してありますので、どうぞ身一つでおいでください」

実家には大晦日《おおみそか》に帰ると伝えてある。仕事を終えてから、下宿に寄らず千葉へ向かえば問題ない。部屋の掃除は後回しにできる。

正直なところ、終身雇用は願ったり叶ったりだ。細かい点は現地で主人とやらに確認すればいい。

少し間を置いて、昭吉は答えた。

「分かりました。それでは試しに年内働きましょう」

田中は破顔した。

「それでは、明日の午前中、十時に車で迎えに上がります」

「……俺の下宿も、部屋もご存じなのでしょうね」

「はい」田中は頷いた。


初日。十二月二十八日、金曜日。

ラジオ体操の音で目が覚めた。窓の外では、下宿の前で何人かが元気よく身体《からだ》を動かしている。朝早い放送のため参加したことはないが、そのうち機会があれば自分もやってみようと思う。

試しにと腕を背中で襷《たすき》掛けにしてみたら握手できた。屋内作業が多いとはいえ、まだ身体は柔らかい。充分若さを保っていることに安堵《あんど》する。

手荷物は下着や日用品だけなので鞄《かばん》一つに収まった。まるで三泊四日の旅行だ。

定刻通りに迎えの車が来た。馬車だとばかり思っていたが、政府の重鎮が乗るような黒塗りの車だった。

馬車から御者《ぎよしや》席と馬をとったかたちをしている。人が乗った箱が自走するようなものだ。大正時代に見かけた車は、どれも馬車から馬をとって、客車の鼻先にエンジンを付けたようなものだったが、一体化して馴染《なじ》んでいる。

興味深げに眺めていると、田中が言った。

「米国のフォードという会社の、今年発売された最新型車種『モデルA』ですよ。標準型ですがね。興味が湧《わ》きましたか」

「機械弄《いじ》りが好きなものですから。左ハンドルなんですね。車はほとんど右ハンドルなのに」

「さすがにお詳しいですね」

田中は満足げに微笑《ほほえ》んだ。

品川を出発して北へ向かう。座席もサスペンションも硬いので乗り心地は良くない。長時間の乗車は腰を痛めるのではと心配した。

道を行き交うのはほとんどが馬車だった。途中で見かけた乗用車は二台だけ。黒塗りの公用車とオート三輪だった。新型の車が珍しいのか、道行く人たちの視線が集まる。

「これだけ目立つ車だと、憲兵に誰何《すいか》されませんか」

「お偉いさんが乗っていると思って、誰も声をかけてきませんよ」

田中は鼻で笑った。

「ところで、自動車は右ハンドルが一般的ですが、なぜかご存じですか」

「……さて。日本では人も車も左側通行。でも外国ではそうでない国も多いですよね。いやあ、分かりません」

「馬車の御者席は右側ですよね。その名残だそうで。まあどちらにせよ、荷台と同じく、使い勝手が良いよう、手を加えればいいだけの話です」

年末の東京市は人が多い。荷を引く馬車が引きも切らずに行き交っている。銀座や日本橋《にほんばし》の雑踏を抜けることに多少時間をとられ、千住《せんじゅ》の食堂で昼食を摂った。田中が代金を払った。

東京市の北から東を流れる荒川《あらかわ》を越えると、見渡す限りの田んぼが広がる。

田園風景を眺めながら砂利道を走る。舗装された道などまず見かけない。明治の頃は葦《あし》が生い茂る湿地帯だったと耳にしたことがあるが、現在でも大した違いはない。近場に建物がないため距離感や地名の見当がつかないことには少々戸惑った。

ひと気のない道を走っているうちに、こんな場所で夜道に誰かと会ったらさぞかし怖いだろうなと想像した。なにしろ周りは繁茂する葦だらけだ。その陰から人形《ひとがた》の姿をしたものが現れたら、驚きと恐怖で泥田坊《どろたぼう》とか河童《かっぱ》のような妖怪に見えてしまうのではないか。

たぶん妖怪とかお化けの類いは、人の恐怖心と想像力の産物なんだろうなと思いつつ、子供時代に聞いたお化け話の記憶が甦《よみがえ》る。

もう時代は昭和だというのに、馬鹿馬鹿しい。だがそんな話がいまだに楽しまれているのは、人が持って生まれた想像力を刺激するからなのだろう。

昭吉が黒塗りの車に乗せられて連れられた場所は、石塀に囲まれた大邸宅だった。東京府荏原《えばら》郡駒沢町《こまざわまち》にある駒沢ゴルフ場がすっぽり入りそうだ。

「お屋敷だけでなく、敷地内に従業員の宿舎や工場があります」

「路線バスとか路面電車でも走らせたらどうですか」

なかば冗談のつもりだったが、田中は真面目に答えた。

「それはいい思いつきです。主人の宮地《みやじ》も興味を持たれるでしょう。そちら関係の職人を迎えることを検討するかもしれません」

思わず顔を逸《そ》らし、抜けてきたばかりの門に目を遣《や》る。

敷地をぐるりと囲んでいる石塀の内側に、腰高の石が並んでいる。そこそこ数があるうえ、高さが揃《そろ》っているので妙に目立つ。

「出来損ないの石ですが、一緒に暮らしているので家族のようなものです」

田中は頭を前に向けたまま言った。

ただの庭石だというのに愛着があるらしい。

館《やかた》は煉瓦《れんが》造りの洋館だった。

「応接はこちらで行うのが常でして、住居は裏手にあります。切妻造りの茅葺《かやぶき》屋根の二階建てで、築四十年以上経《た》ちますが、梁《はり》などはしっかりしていますよ。やはり住み慣れた家は建て替えるに忍びないようです」

「ご主人が、自分にも理解できる感覚を持っていて安心しましたよ。こんな洋館に住んでいるのなら、てっきり普通の人とは違う感覚を持っているのではないかと思いましたからね」

田中は答えなかったが、昭吉はその口の端が上がったように見えた。

広い玄関を抜け、広間へと案内された。

「談話室《サロン》ですか」

「いえ、応接室です」

たしかに中央に長テーブルが一つとその周りに椅子が並べられている。趣がある彫りが入っていて、ひと目で外国製だと分かる。ロココ調というものだろうか。

壁には油彩画が並んでかけられている。そう大きいものではないので、部屋の大きさからして却《かえ》って質素に見える。これが美術館に掲げられている大きな絵画だったら、荘厳だが萎縮してしまうところだ。

昭吉は壁の中ほどにある暖炉の前へ進み、暖を取った。

「ややや あ、初めまして」

館の主人は羽織を着た和服姿で現れた。洋館には似つかわしくないので、やはり別に居住空間があるらしい。

いかつい老人を想像していたが、さにあらず。四十代から五十代初めくらいだろうか。やや痩軀《そうく》で背は高い。昭吉より頭半分ほど高いので、正面に立つと見上げるかたちになった。

彼は宮地善蔵《ぜんぞう》と名乗った。

昭吉も名乗り、現在の職と実績を田中が横から補足した。

「真空管ラジオ受信機の製作者を手元に置けるなんて、私はなんと運が良いことか」

「とりあえず三日のお約束ですが」昭吉は釘《くぎ》を刺した。

「……ふむ」

宮地は思い出すというより、いま聞いたかのような素振りを見せた。

「ラジオ放送に関する事業でも始められるのですか」

「いやいや、番組とか受信機の小売りなんて考えてもいやしないよ」

宮地はかぶりを振る。

「いまは単なる好奇心かな。いろいろラジオ受信機を購入して試してみたが、とにかく不具合が多い。雑音が多いし音が割れる。もとからの出来がひどいのもあるし、故障との区別もつかないときてる。そこで電気技師を手元に置きたいと思った次第でね」

個人的な話だというのが昭吉には意外だった。伊達《だて》や酔狂で二百円もの大金を出すのか。いったいどんなお大尽だ。

「お約束の報酬の件ですが……」

すかさず田中が宮地に耳打ちする。

「ああ、二百円だな。最終日に現金で渡すから心配せんでもいいよ」

多少怪しさを感じないでもないが、相手が〝渡す〟と言っているものを追及するわけにもいかない。

「就労意欲はなにより大事なことだからね」

「ありがとうございます」昭吉は頭を下げた。

「長生きの秘訣《ひけつ》は、新しいものから受ける刺激と好奇心だよ」

宮地は笑った。

「ここでの処遇や仕事については田中から聞いてくれ。これから仕事場へ彼が案内する。夕食は一緒に摂ろう」

では、と手を上げて宮地は部屋から出て行った。

「それではこちらへ」

田中に促されて、昭吉も部屋を出た。

「宮地さんはなにか事業をされているんですか」

歩きながら昭吉が訊く。

「昔で言うところの口入れ屋《くちいれや》ですよ。ほぼ休憩もとらずに一日中働く者が多いので、良く出来た人足《にんそく》だと評判でして。この敷地の開墾や整地も彼らが手伝ってくれました。宮地は請負師とか手配師とも呼ばれていますが、人足の手配が生業《なりわい》です。いまは出払っていますが、数十人規模で各地へ手配しています。敷地の裏手には宿舎もあります。昭吉さんが宿泊する部屋もそこになりますから、夕食後に案内しましょう」

昭吉は、洋館の向こうに木造二階建ての建物があったことを思い出した。

「手荷物を置きたいのですが、いまではいけませんか」

「ただいま使用人が部屋の掃除をしています。しばしのご猶予を」

そう言われると待つしかない。むう、と昭吉は唸《うな》った。

とりあえず実家に連絡した方がいいかもしれない。

電話を借りようとしたが、修理中で、二、三日使えないという。仕方ないので、大人しく田中に連れられて館の奥まった場所へと向かった。

外出は禁止。そもそも近場にはなにもないと田中は説明した。言わずもがな、ここへ来る車窓から確認できたのは田んぼだけだ。

廊下を進むうちに自家発電の低い唸りが聞こえてきた。

「電気は通じていますからご安心ください。換気も問題ありません」

「なかなか堅固そうですね。余計な電波や音に煩わされないのはありがたいのですが、むしろ埃《ほこり》が心配ですね」

「ラジオなどの電気製品はこちらです。主人の宮地は趣味であれこれと新しめのものを集めては弄くりまわしているのですが、どうも機械相手の技術は不得手でして、昭吉さんをお迎えした次第です」

機械相手でない技術とはなんだろうと訝《いぶか》しみつつ、案内された部屋へ入る。

十八畳くらいの広さがある空間が目の前に現れた。屋根や壁の一部が広い窓になっていて陽光を採り入れている。外国で『サンルーム』と呼ばれている部屋のつくりを思い出した。

窓の外に煙が棚引いている。かすかに肉が焦《こ》げるような臭いがした。

窓に近づいて外を眺めたら、館の裏手が煙っている。

「ああ、宮地が不要になったものを焼いているところですね。使用人に任せず、ああして自分で焼くのです。埋める穴は使用人に掘らせますが、焼却はご自身でしております」

「肉が焼けるような臭いがしますが」

「料理に使ったものも含まれていますからね。出汁《だし》をとった鶏ガラとか、健康のための薬草なんかもあります」

「使用人に任せないのは、どうしてですかね」

「客人に出す、とっておきの料理がありましてね。その素材や料理方法は昔から秘密にしているそうで、吾輩たち信用できる者たちしか周りに置いていなくても、ご自身でするのが習慣になっているのです」

趣味に没頭する人には変わった人が多い。宮地とやらも、例外ではないようだ。

「……あー、えー、いー、おー、うー」

宮地のよく通る声が聞こえてきた。明らかに発声練習だ。

「宮地さんは声楽もするのですか」

「多趣味な人です。いろいろ嗜《たしな》んでいますので、奇行と感じるかもしれませんが、どうぞご容赦を」

田中は微笑んだ。

壁際に棚が並んでいる。ラジオ受信機だけでなく、高額な蓄音機や磁石式電話機、なにかの部品らしきものが無造作に置かれている。奥の木箱に入っているのは電線だ。太さからして2芯や3芯など複数の銅線が、まとめられて木箱に収められている。

中央には作業用の長テーブルが二つ。端には工具箱が見てとれた。

田中が電灯を点《つ》けると、屋内はさらに明るくなった。工場用の水銀灯が壁や天井に灯《とも》る。たとえ雨天だろうが明るさは充分だ。二つソケットの電球なんて目じゃないくらい明るい。一家庭に電球は一つなのが普通だというのに、なんと贅沢《ぜいたく》なことか。

棚に近づいてラジオ受信機の一つを手にとって眺めた。

見たこともない型だ。おそらく試験を通っていない。合格番号や型式証明印の表示がないのは、型式証明が与えられていないということだ。町工場で作られた試験機かもしれない。

器が外れたので中を確認したところ、案の定、作りが素人くさい。配線もぐちゃぐちゃだ。まだみんな仕組みを模索している段階なので、小型化や軽量化は望めない。

溜《た》め息を吐《つ》き、昭吉はあらためて部屋を見渡した。

倉庫というより魔窟だ。好事家が手当たり次第に収集した品を置いてあるだけの部屋という印象を受ける。

「素人の作品ばかりで、驚きましたか」

「正直なところ、その通りです。で、なにをしろと仰せですか」

仕事が三日で二百円となると、多少の無理強いは覚悟せねばならない。

「とりあえずラジオ受信機と蓄音機を一台か二台、修理していただきたい。この部屋にあるものは、なに一つまともに動きませんのでね。宮地が飽きてうっちゃったものばかりなのですよ。まずはお手並み拝見ということで」

それだけ？　――と、思わず口にしてしまうところだった。街の電器店の仕事だ。正直、新型ラジオ受信機の設計図面まで覚悟していた。

鞄から愛用している作業服を取り出し、その場で着替えていると戸口から声がした。

「失礼します」

二人の作業服姿の男が入ってきた。

「宮地さんから、手伝うように託かって参りました」

二人とも見た目三十くらいで、作業服を着ている。うち一人に見覚えがあった。

「久尻さん！」昭吉は駆け寄った。

「久尻さんですよね。以前『街灯会』、浅草の電気技師の寄り合いでご一緒した、昭吉です。行方不明になったと聞いて心配していました」

久尻は顔をしかめた。

「あき……よし？」

「はい。ご家族に連絡しましたか。きっと心配してますよ」

「ああ、家族か。そうか」

久尻の反応は鈍い。

「宮地さんに世話になってから、ずっと仕事に夢中になっていたからな。すっかり忘れていた」

「ぜひ会社や家族に連絡してください。みんな気にかけていますから」

「ん。そのうちな」

生返事を繰り返す久尻に、昭吉は語気を強めた。

「絶対ですよ！」

もう一人は藤永《ふじなが》と名乗った。見覚えがないものの、東京で働いていたのなら、電気技師の寄り合いで一度くらいは会っているかもしれない。

ではよろしくと挨拶をして、田中は部屋から出て行った。

さて、仕事はラジオ受信機や蓄音機の修理だ。

工具はある。部品も他の壊れているラジオ受信機から使い回せばなんとかなる。さらに電気技師が二人もついているので、今日中に一人一台くらいいけるだろうと踏んだ。

報酬の金額を考慮して、昭吉は真面目に対応した。

鉱石ラジオ受信機は同期に問題があった。しかも古い。型式証明印がある高額なものだが、この型式のものは船舶電報に波長が割り当てられているため波長の切り替えが必要になる。3球ラジオ、すなわち真空管受信機が五台ほど転がっているので、これなら部品の組み換えだけで済みそうだ。

蓄音機は年代物だ。明治の末に日本蓄音器商会《にほんちくおんきしょうかい》から発売された国産蓄音機『ニッポノホン』だ。鳴動部分に難がある。振動板の駆動は、中央の点を中心にして撓《たわ》み運動で音を出す。部品が必要だったが、分解された電話機などが廃棄品として収められていた箱の中から見つけた。調整が必要だが、なんとか代用できそうだ。

助手の二人に指示して、動かないというラジオ受信機を修理させた。部品を組み替えて、ほぼ組み上げるだけで済んだ。こちらは拍子抜けである。

壁が厚い屋内での電波状況が不安だったが、藤永が「持ち運びできる蓄電池がある」と言うので、三人で一台ずつ抱えて外へ出た。藤永は電力関係の技師らしい。

藤永がランプ用のエキセル乾電池を改造したという自作の蓄電池は一斗《いっと》缶ほどもある。藤永と久尻が二人がかりで外の庭へ運んでいる途中で、ごきりと骨が鳴る音がした。

「……外れたみたいだ」

二人は屈《かが》みながら蓄電池をその場に置いた。

上半身を起こした久尻の左腕が、ありえないほど伸びている。まるで河童の腕だ。

久尻は肩からぶら下がっている左腕を右腕で摑《つか》み上げた。

「すまん。手伝ってくれ」

「ああ。放っておくと筋が伸びちまうからな」

藤永が慣れた手付きで久尻の左腕を肩に寄せる。骨が嵌《は》まる音がした。

呆気《あっけ》にとられていた昭吉は我に返った。慌てて二人に駆け寄る。

「お、おい。大丈夫ですか」

「身体が柔《やわ》くてな、ときどきこうなる」

「お互い、歳《とし》は取りたくないものだな」

平然としている二人に、昭吉は驚きの表情を隠せなかった。

「……無理しないでくださいよ」

昭吉は久尻と代わって藤永と二人で蓄電池を運び、修理したラジオ受信機を繫《つな》いだ。

受信は良好だった。音質もいい。おそらく発信所が近い。

「結構、結構」

宮地が手を叩《たた》きながら歩いてきた。後ろから田中が続く。

「申し分ないよ。これでまた朝のラジオ体操が楽しみになった」

宮地もラジオ体操の愛好家だった。

「ラジオ体操のレコードを買ったものの、聴くことができなくて困っていたところだ」

仕事の報酬として払う金で最新型の蓄音機が買えるような気もしたが、あえて黙っておいた。

「さてと、そろそろ夕食にしようか。頭も身体も動かしたあとだから、きっと旨《うま》いぞ」

宮地が館へと歩き出す。昭吉は久尻と藤永へ「一緒に」と促した。

三人とも間食も摂らず仕事をした。時折水を口にしただけだったのでさぞかし腹が空《す》いているはずなのだが、二人はやんわりと断った。

「二人とも通いなので」と田中が説明した。

昭吉は、あとで必ず会社と家族へ連絡するよう久尻に念を押して別れた。

遠くから車のエンジン音が近づいてくる。

門に目を向けると、ちょうど幌付きのトラックが入ってきたところだった。自家用にしては大きい。見たこともない型だ。街なかで見かける自動車はオート三輪が関の山なので珍しい。

木材など建築資材を運ぶトラックに幌を付けたものらしい。

貨物自動車は大正七年にイギリスから輸入されたものが最初だと聞いたことがある。いまでも街なかでは馬が多いし、東京駅構内では人力車だ。陸軍で輜重《しちょう》と言えば三六式や三九式輜重車なんかの馬匹《ばひつ》による運搬が主だというのに。

「フォード社の『モデルT』の荷台に手を加えたものです。主人が輸入車のために持っている伝手《つて》は限られているので同じ会社のものばかりですが、実用的なので重宝しています」

さりげなく横から田中が解説してくれた。

「震災から復興の折に、各地で宮地の人足や荷を運ぶ車でかなりお役立てできました。おかげで口入れ屋が繁盛した次第です」

なるほど、と昭吉は得心した。

トラックは裏手の宿舎へ向かう途中で速度を落とした。

「よお」運転席の窓から運転手が顔を出す。

赤ら顔で皺《しわ》が深い。人好きのする笑みを浮かべている。

田中が昭吉に耳打ちする。

「使用人の玄《げん》です。人足を工事現場へ運ぶ仕事をしています」

「新しい使用人かい」玄が目顔で昭吉を指す。

玄の濁声《だみごえ》に田中が応じる。

「いや、試用期間ってところだ」

「そうかい」玄が昭吉の身体をねめつける。

「昭吉です。よろしくお願いします」

「力仕事には向いてないな。となると俺には関係ない」

玄は窓から出した手を振った。袖に隠れているが、腕は筋肉質で太いと昭吉は見てとった。

「昭吉さんは、宮地さん直轄の仕事に就いてる。あまりちょっかいを出さないでくれ」

「了解だ。こっちもあと二ヵ所、回《まわ》らなけりゃならん。じゃあな」

トラックは再び走りはじめた。

土埃が舞うのを目にして、昭吉は田中に言った。

「あの、食事の前に部屋に荷物を置いて着替えたいのですが」

「……気づかずにすみませんでした。それでは、宿舎の部屋に案内しましょう」

昭吉が寝泊まりする宿舎は屋敷の裏手にある。案内された部屋は階段を上ったとっつきだった。

宿舎の外観はごく普通の木造なのに、部屋は八畳ほどの洋間である。

ベッドなんて初めてだな、と昭吉は思わず独り言《ひとご》ちた。

「夕食は一時間後くらいになります」

言い残して田中はドアを閉めた。

作業服から私服に着替え、窓を開けた。宿舎の外壁に沿って石が並んでいる。敷地内のあちこちで見かける石だった。人が蹲《うずくま》っているようにも見える。

ふと、宿舎に人の気配がないことに気づいた。そういえば宿舎の廊下を歩いているときにも人の気配を感じなかった。玄がトラックで何人か連れて戻ったので無人ではないはずなのだが、声も足音もしない。

部屋のドアを開けて廊下に顔を出してみたが、どの部屋も静まりかえっている。もしかしたら昼間の仕事で疲れて休んでいるのかもしれない。

煙草を取り出して一服していると、ドアがノックされた。

「どうぞ」

「失礼します」

開いたドアの向こうに、洋服姿の女性が立っていた。前掛けのように白いエプロンを着けている。本の挿絵でしか見たことがないような服である。

声も顔も若い。歳の頃は十代後半だろうか。

彼女は生埜《いくの》かすみと名乗り、館の使用人だと説明した。

「旦那様からの言伝《ことづて》です。夕食の準備が整いましたので、どうぞ館へお越しください」

ぺこりと頭を下げる姿に幼さが見える。

女っ気のない生活を送っていた昭吉は思わず身体を強張《こわば》らせた。

「いま行きます」

少し声が上擦《うわず》ってしまった。

かすみに連れられて歩きながら、なにか話題はないかと頭を巡らした。

「そういや電話は故障中なんですね。実家にも連絡がとれなくて困りましたよ」

「えっ」かすみは目を剝《む》いた。

「そうなんですか。聞いてませんけれど」

「もしかしたら、二、三日で直るらしいので周知していないのかもしれませんね」

そんな会話をしているうちに館の食堂に着いた。宮地は昭吉を見ると破顔した。

「やあ、今日はご苦労だったね」

宮地に促されて、椅子に着く。

白いテーブルクロスをかけられた長テーブルの端と端。声は近いが距離はある。妙な食事だなと思わずにはいられなかった。

「食事の前に、疲労回復薬だ。疲れが吹っ飛ぶぞ」

差し出された小皿の丸薬を口に含むと、サイダーを飲んだときのような爽快感が湧き起こった。

南方の果実酒と紹介された飲み物が注がれたグラスを傾けて一気に飲み干す。

かなり度数が高いらしい。酒に弱い方ではないが、目まいを覚えた。

献立は洋食だった。目の前に見たこともない料理を載せた小皿が並んでいる。芳ばしい香りが鼻を突く。食欲が刺激されて胃が反応し、口中に唾《つば》が溢れてくる。

「礼儀作法なんて不粋なことは言わないから、遠慮せずにいくらでも食べてくれ。私自身が調理した、特製の一品もある。君は若いので肉料理を主に作ったが、口に合うようなら嬉しい」

まるで死刑囚が刑の前日に摂るような豪勢なものだった。

肉だというのに口の中へ入れた途端にとろけていく。アワビやサザエのような濃厚な味がした。

野菜の食感が口中を刺激して軽やかな音を立てる。料理と口と喉が一つになったような感覚。グラスの酒を呷《あお》るたびに世界が変わり、また新たな味が広がる。

自分の身体そのものが、まるで別のものへと変わっていくようだ。サナギになり、別のものへと変態する。新たな身体へと変わる準備をしているような気分だった。

昭吉は夢中で料理を頬張り、洋酒とともに喉に流し込んだ。

宮地が時折話しかけてきたが、なんと答えたか覚えていない。それ以前に彼の言葉が異国の言葉のようで聞き取れなかったのだが。

食事の酒に珍しくしたたか酔って、昭吉は意識を失った。


二日目。十二月二十九日土曜日。

腕を大きく動かして深呼吸。寝惚《ねぼ》け眼《まなこ》だったが、頭がしゃんとしていく。心なしか身体が軽い。

宿舎前の広場でラジオ体操を終えた昭吉は周囲を見回した。

みんなの前で宮地が大きく伸びをしている。広場には数十人の人足たちが集まっていた。通いだという昨日の助手、久尻と藤永もいる。朝早くからここに来ているので朝型なのかもしれない。

広場の後ろに玄が運転するトラックが止まる。遠方の工事現場へ向かう人足たちがトラックへ乗り込んでいく姿を見送っていたら、鼻を突く臭いに気づいた。館の裏手の方からだ。

気になって歩いて行くと、館の裏口から続く小径《こみち》の先から臭いが漂ってくる。先に見えるのは用水路と野菜畑だ。

畑を回り込むようにして畑道を進む。朝の凜《りん》とした空気に、立ったばかりの霜柱を踏む音と感触が清々《すがすが》しい。土埃の中で生活しているような東京市よりも、こんな場所で働いた方が健康には良いと思う。

先には繁茂している葦しかないという突き当たりに、埋め立て用のものらしい穴があった。臭いの元はこれだった。思わず鼻を手で押さえる。

なにかの臓物らしいが、大きい。牛か馬だろうか。真新しいようだが、敷地内でそんな動物は見かけていない。

臓物の下に、大きな平たいものがある。石のようだが、大きなカメの甲羅にも見える。ウミガメだろうか。その脇に、木彫りの手らしきものが突き出ていた。五本の指が揃っているが、屈んでよくよく目を凝《こ》らしてみると、指と指の間に襞《ひだ》がある。水かきなのか。

まさか河童じゃあるまいし、と立ち上がって周囲に目を遣る。

辺りには葦が生い茂っているだけだ。もしかして、この中に異質な生きものがいるのだろうか。そいつらを捕まえて料理しているとしたら、とんだ怪談話だ。

「おはよう。よく眠れたかい」

宮地が片手を上げながら、こちらに歩いてくる。「窓の外に、菜園へ歩いて行く君の姿が見えたものでね」

「おはようございます」

挨拶を交わして穴を指す。

「料理に使ったものですかね。大きな動物のようですが」

「使えない部分を捨てているだけだよ。素材は秘密だがね」

「もしかしてウミガメですか。指なんか人間みたいですよね」

大きな平たい石と、その脇にある手のようなものを指す。

「まるで河童だ。もしかしてこの辺りで捕まえることができるとか。意外と秘密の食材だったりしたら笑えますね」

周囲をぐるりと見渡して、冗談交じりに宮地の顔色を窺《うかが》う。

「あれは庭石のなれの果てだよ。使えなくなると、ばらばらにしちゃうのさ。あとで処分するから気にしなくていい」

「……分かりました」

気に入らない庭石は砕くのか。すべて納得したわけでもないのに、自分でも意外なほど素直に返事をして引き下がった。

昭吉は宿舎へと向かった。

歩きながら気づいたのだが、霜柱が立っているというのに、付近の足跡は宮地と自分のものだけだった。人足には通いの者もいるというのに、踏み跡が無い。みんな寄り道することなく、一列になってまっすぐラジオ体操の広場へ向かったらしい。

まるで軍隊だなと独り言《ご》ちながら自室へ戻った。

よほど深く寝入ってしまったのだろう。昨晩《ゆうべ》の夕食から、ラジオ体操で身体を動かしているまでの記憶がない。目の前のベッドを見ても横になった記憶すらない。それどころかシーツの乱れもない。

はて、それほど自分は寝相が良かっただろうか。

朝八時。

かすみに連れられて朝食のために屋敷へ向かったが、昨晩の豪奢《ごうしゃ》な料理が腹に残っているらしく、どうにも食欲がない。

途中で、宿舎の周りにあった石が見当たらないことに気づいた。

あれほどあった石が消えている。重さもかなりあるだろうに、持ち運んだとも考えづらい。

昭吉はかすみに訊いてみた。

「かたちのいい石は石具《せきぐ》として売りに出すと聞いていますから、玄さんがトラックに載せて持って行ったのではありませんか。見本としても実物を見せなくてはなりませんし」

「そうなると玄さんは大変ですね。朝早くから石を運んだうえに、幾つもの工事現場へ人足を送り迎えしなくちゃならないし」

「この館の働き手も足りないくらいなんですよ。敷地内の石仏《いしぼとけ》の手を借りたいくらい」

「〝石仏〟ですか」

「この屋敷の人たちは、あちこちに置いてある石を、石仏って呼んでいます。なんでもご主人がそう呼んでいるから、みんな倣っていると田中さんから聞きました」

そういえば石はみんな人が蹲っているようなかたちをしている。しかし地蔵とも違う。だから石仏なのか。

朝食の席でその話をしたら、宮地は笑った。

「すぐに分かるさ」

すぐにと言われても、ここにいるのはあと三日だけだ。たぶん教えるつもりはないのだろう。

朝食は白飯に川魚や卵、海苔《のり》までついていたが、どうにも食欲が湧かない。口にしたのは味噌汁だけだった。朝見かけた臓物は昨晩の肉料理だったたか。もっと新しいものに思えたが、どうやら気のせいらしい。

白飯やおかずに口をつけない昭吉を眺めつつ、宮地は心配するより満足げだった。

「なに、気にすることはない。仕事なら充分こなせるはずだ」

仕事に対する意欲だけはある。結局、熱い茶を飲んで済ませることになった。少し妙な味がして顔をしかめたところへ、宮地は矢継ぎ早に語りかけてきた。

「仕事に関係ないことは忘れて、作業に集中してくれ」「年の暮れとはいえ、自分の故郷や家族のことを気にかけなくていい」「いっそ忘れてくれ」「使用人は専門的な言葉を使うこともあるが、特に気にすることもない。会話を耳にすることがあっても聞き流してくれ」

宮地の言葉が不思議と頭の中に染み込んでくる感覚があった。

二日目の仕事は『録音機』の設計と製作だった。巷《ちまた》に普及している蓄音機は、レコードの再生しかできない。蓄音機をもう一台修理して、設計と改造製作を進めるしかない。

一日でやれとは、注文に遠慮がない。

久尻と藤永に基本的な修理をさせて、簡単な図面を引く。自分にしか理解できない図面でも構わない。必要なのは一台、それも滞在期間中の仕事だからだ。

驚いたことに、録音用の平面板があった。ラッカー盤、輸入品だ。カッティングマシンまである。これなら記録時と再生時における回転部の同期調整に時間をかけるだけで済む。動力はぜんまいなので回転速度の試験に時間がかかるが、製作時間をかなり短縮出来るのでありがたい。音声信号の拡大については内径の指数計算が面倒なのだが、蓄音機についているホーンを利用するので問題ない。

宮地という男、どれだけ物持ちなのか。趣味のものに投じる資金と、その幅広い収集癖に舌を巻く。

製作に夢中になり、三人とも昼食を摂らなかった。さすが技術者だなと自画自賛する。なぜこんなに仕事に熱が入るのだろうと我ながら不思議に思う。そうか高給だったかと思い出すのに時間がかかったほどだ。しかし報酬を気にかけなくなっていることには我ながら驚いた。

こんな機械弄りが仕事なら、いつまでも続けていたい。まるで時間が止まったようだ。

昼過ぎにある程度目処《めど》が立ったので外へ出て休憩をとることにした。館の脇で芝生に腰を下ろし、かすみに淹《い》れてもらった茶を三人で飲む。師走の風が冷たいが、むしろ気持ち良かった。

熱い茶に喉を潤《うるお》わせていると、門から幌付きトラックが入ってきた。

玄関から田中が出てきて急ぎ足で近づいていく。予定外の帰宅らしい。

「どうした。こんなに早く戻るとは聞いてないが」

トラックが止まり、運転席から玄が顔を出す。

「事故だ。人足が一人、現場で怪我をしたから急いで持ち帰ったんだ。向こうで手当てさせるわけにはいかんからよ」

〝持ち帰った〟だと。使用人に対してなんという言い草だ。

——と思ったが、なぜか怒りが湧いてこない。むしろ当然だと感じているのはどういうわけだ。

昭吉が自分の思考に違和感を覚えたのは、このときが初めてだった。

駆け寄って幌の中を覗《のぞ》いたら、男が一人荷台に横たわっている。気を失っているらしく、男は動かない。捲《まく》り上げられたズボンから突き出ている脚が妙な方向へ曲がっていた。ふくらはぎに古い火傷《やけど》痕がある。

「兄さん！」

いつの間にか、かすみが横に来ていた。昭吉の横で荷台を覗き込み、身体を震わせている。

「おい、勝手に覗き込むな」

玄が運転席から頭を出し、後ろへ向かって声をかける。

「宮地さんは屋敷で休んでる。どれ、吾輩も付いていこう」

田中がドアの下に突き出ている踏み台に立つと、トラックは館の向こうにある茅葺屋根の屋敷へと走り出した。

あとには昭吉とかすみが残された。

「ご家族の方ですか」

かすみはなにも答えなかった。

青ざめて唇を震わせていたが、やがて小さくかぶりを振ると、館へ向かって歩き出した。

「……いまはなにも訊かないでください」

思い詰めたような、ある種の気迫が籠もっている。かすみの背中が「一人にしてくれ」と語っていた。

足が竦《すく》むのを感じて、かすみを追いかける昭吉の足が止まった。

「気にするな」と頭の中で宮地の声が響いたような気がした。

目の前で起きた出来事を忘れるように、昭吉は作業に没頭した。三人とも集中したおかげで、夕方には録音機能がある蓄音機が完成した。レコードの再生専用機ではない。

振動による溝を記録する回転部の速度を調整する。試しに藤永に歌を唱《うた》わせてみたところ、本人の声質とともに綺麗《きれい》に再生された。彼の故郷で親しまれていたもので、『早春賦《そうしゅんふ》』という歌だった。

春とは名ばかりで風は冷たい。昭和という新時代の名だけが先行して生活はまだ厳しい。しかしそれでも、それぞれの胸には希望が宿り、育まれている——そんな思いが聞き取れた。

寒さと暖かさを歌詞に織り交ぜた名曲だと昭吉は思った。進行状況を確かめに来た田中が、その場で手を叩いて出来を絶賛したほどだ。

きつい一日だったが、それぞれ満足して仕事を終えた。

ふらつく足取りで宿舎へと戻る。外壁にはいつの間にか石仏が並んでいる。玄関へ入ったところで、玄と田中の声が聞こえてきた。宿舎の外壁に沿って歩きながら話をしているようだ。

聞くとはなしに二人の会話が耳に入ってくる。

「宮地の旦那の腕は、いつ見ても鮮やかだな。あいつは明日もまた使えそうだ。ところで新顔の按《あん》配《ばい》はどうだい。いつになく慎重じゃねえか」

「今回は新しい試みもあるからな。いきおい、慎重にならざるをえないってことだ」

二人は外壁の石仏を眺めながら去っていった。

〝新顔〟とは自分のことだろうかと思いつつも、話の内容がよく分からなかった。

集中する作業だったのでかなり消耗したらしい。

昭吉は宿舎の自室に戻ると、布団の上に倒れ込んだ。

なにも食べていないが空腹を感じない。ただ仕事をやり終えた達成感と充足感に満たされていた。

ほどなく深い眠りに落ちた。

三日目。十二月三十日、日曜日。

宿舎前の広場で、宮地が唱える呪文のような言葉が聞こえてくる。同時に、身体中に命が流れ込んでいくような充足感が湧き上がる。

ほどなくラジオ体操の音が流れてきた。曲に合わせて人足たちが揃って腕や脚を大きく動かしている。昭吉もそれに倣う。

人足の中に、昨日怪我をした者がいた。

それほど軽い怪我ではなかったはずだ。もう元気に動けるくらいに回復したのか。体操が終わってから宮地に訊いてみた。

「大した怪我でもなかったからね」彼は事もなげに答えた。

妙だと思いつつも、一時的な雇われ人としての身なので深く突っ込める話でもない。――と、意識が質問することを抑制した。

むしろかすみが呟《つぶや》いた言葉〝兄さん〟の方が頭に引っかかっている。彼女はあれからどうしただろう。

気がかりではあるが、約束の仕事は今日までだ。明日はここを去る身なのだ。

……はたしてそうか？

不思議なことに仕事の終わりという実感が湧かない。明日も、明後日《あさって》も仕事が続くような気がする。しかも仕事が継続することに期待感まである。

これはどういうことだろうと昭吉は首を捻《ひね》った。

前段で仕事の継続を田中から打診されていたことを思い出した。

もしかしたら自分は来年も就業することを望んでいるのかもしれない。しかし年内の仕事は明日で仕舞いだ。報酬を受け取り次第帰らねばならない。実家へ電話で連絡しておくかという考えが過《よぎ》る。

そういえば、電話の話はどうなった。故障しているとかでいまは使えないと聞いたが、かすみの話ではそんなことはないという。

が、そう急ぐこともないかと思い直す。いまは目の前の仕事に没頭しているせいか、不思議と懐《かい》郷《きょう》の念が湧かない。

食欲もない。この朝もお茶と味噌汁にだけ口をつけた。

宮地はそんな自分を気にかける様子もなく、むしろ満足げに食事の様子を眺めている。

「いまは仕事に没頭してくれ。請けた仕事の進行や完成に至るまで、故障した部品の管理も含めて、すべて自分の責任と考えて仕事にあたってくれ。助手を二人つけているが、彼らの身上《しんじょう》まで気にかける必要はないからね。あくまで他人だから、そこまで踏み込むことはない」

彼の言葉が頭に染み込む。

「さて、今日は昨日製作してもらった蓄音機で録音だ。私も参加するよ」

遊びを期待する子どものように宮地が声を弾ませる。

作業場へ向かうと、すでに久尻と藤永の二人が待機していた。ほどなくして宮地と田中が現れる。田中が手にしているのは、発売されたばかりのラジオ体操の三枚組レコードだった。

「私の声を録音するだけでなく、ラジオ体操の曲に合わせるとか、いろいろ試してみよう。これで私がいなくとも、みんなに私の声を聴かせることができるわけだ。朝だけなく、いつでも流すこともできる」

どれほど自己顕示欲が強いのかと昭吉は思ったが、口に出すのは控えた。

「録音は久尻と藤永、それと田中との四人でやってみたい。すまんが昭吉くんは、もう一台録音用の蓄音機を組み上げてくれないか。予備もないとね」

昭吉は顔を曇らせた。

「レコード再生用ならともかく、録音用となると難しいですよ。部品がない。昨日も四苦八苦でしたから」

「む、そうか」

宮地は顎に手をあてて俯《うつむ》いた。少々考えてから、顔を上げる。

「では部品を買い出しに行ってくれないか。車は生埜に運転させる。どうせ食料も買いに行かなくてはならんしね。君の目で確かめて、必要なものを買ってくれ。多少余分に購入してくれても構わない。千円ほど渡しておけばいいか?」

「それだけあれば人間だって買えますよ。人足を増やせます」

なかば冗談だったが、宮地は真面目に答えた。

「いまは部品の方が入り用だ」

「そんな大金、信用してくださるのはありがたいのですが、持ち逃げするかもしれないと心配になりませんか」

「それはないな。君は持ち逃げしないよ。絶対にね」

彼は意味ありげな笑いを浮かべた。

信用してくれるのはありがたい。たしかにそんな気持ちは露ほども湧いてこなかった。

そんな昭吉の疑念を知ってか知らずか、宮地は楽しげに発声練習を始めた。


外でしばらく待っていると、玄関の前に小型トラックがやってきた。運転席に座っているのはかすみだ。

「実は、田中さんが使っていたもののお下がりなんです」

送迎に来た車と同じ会社のものらしい。なるほど運転席が左側にある。

後部は荷台になっているので買い出しに出かけるにはちょうどいい。人足を何人も抱えている宮地としては、全員の料理を賄う材料を毎日のように用意せねばならないのだから、こうした運搬道具にも目を向けているのかもしれない。

食料の買い出しなどで彼女は慣れているらしい。しかし硬い座席はやはり苦手なようで、自作だろうか、イグサを編み込んだ畳表のような座布団を敷いている。

昭吉が乗り込むと、トラックは走り出した。

門を出たところで、昭吉は運転席のかすみに声をかけた。

「毎日のようにトラックで買い出しとは大変でしょう」

「それがですね」かすみは前を向いたまま答える。「料理の材料はそれほどでもないんです。せいぜい五人分くらい。料理は専門の人がしていますが、無口な人なんですよ。一日中厨房《ちゅうぼう》に籠もっているし。実際に料理を食べているのは宮地さんと田中さんに玄さん、それに昭吉さんとわたし。あ、汁物だけはたくさんこさえているみたいですけど」

「それじゃ人足の人たちの分が足りないのでは」

「そうなんです。いったいどこで朝食を摂っているのかと不思議に思って訊いたことがありましたけど、『現場近くの飯場《はんば》で食べてる』と言われました。トラックで現場へ向かう方が先らしいです」

「それじゃ冷蔵庫なんかどうしてるのかな。てっきり氷室《ひむろ》みたいな部屋があるのかと思った」

「以前はアメリカから輸入した、電気を使うものがあったけど、なんでも作りが複雑らしくて、すぐ壊れちゃったそうです。どこかの部屋に転がってると思いますよ。いまはごく普通の、氷を使う冷蔵庫です。かなり大きめですけど。あ、でも氷室のような部屋があると聞いたことがあります。なにか個人的な実験とか、いろいろ秘密があるみたいですね。教えてくれませんけれど」

「宮地さんらしい」ふ、と昭吉は鼻で笑った。

「わたしは本宅に入ったことはありませんけれど、そちらにも使用人がいるみたいですね。ときどき窓に影が動いていますから。本宅の人たちは、食事もこちらとは別々なのでしょうね。田中さんの話では、本宅の使用人も少なくて、各部屋とも宮地さんの書物で埋もれているそうですよ。海外のものも多いから、本の日干しやお掃除も大変でしょうにね」

小首を傾《かし》げながら、かすみはトラックを走らせた。

外に高いアンテナが見える。平地なので目立つ。

昭吉はここが埼玉の新郷村赤井《しんごうむらあかい》だと気づいた。かすみが言うには、ここの放送所の建設にも人足を出したらしい。

「ところで……」

かすみの舌が回りはじめたので、昭吉はそれまで訊きづらかったことを口にした。

「昨日怪我をした人ですがね。朝のラジオ体操に参加していましたよ。大事なくて良かった」

かすみは口籠もった。

「あなたのご兄妹《きょうだい》でしたっけ。無事でなによりでした」

しばし彼女は口を結んでいたが、ぽつりと零《こぼ》した。

「……兄だと思うのですが、覚えがないそうです」

ハンドルを握って、頭を前方へ向けたまま動かさない。

かすみは訥々《とつとつ》と語り出した。

五年前、かすみは兄と一緒に浅草へ奉公に出ていた。ところが大震災後の火災で兄と生き別れてしまった。浅草の街を捜し回ったが、ようとして行方が分からない。

しばらく兄を捜しながら浅草の現場で飯炊きとして仕事をしていたが、そのあとは東京市内だけでなく府内まで足を延ばして工事現場の飯場を転々とした。

「飯場にはいろんな人が出入りしますからね。お客さんの顔は毎日変わります。中には気前がいい人もいて、疲れが取れるというお薬や南国の果物のお酒を振る舞った人もいる、って話を聞きました」

三ヵ月前のことだった。

現場で働いている人足の会話の中から、兄の声を聞き取った。しかしどこを見回しても兄の姿はない。

ようやく声の主を見つけたものの、顔は違っていた。

しかし立ち居振る舞いは兄とそっくりだ。気になってその男を観察していたが、ある日のことズボンを捲り上げて休憩した姿を見て驚いた。

そのふくらはぎに、見覚えのある火傷痕があった。

兄に違いない。浅草の火災に巻き込まれて、顔を整形したのだろう。いまはそんな技術があると聞く。ひどい火傷を負ったのならありえないことじゃない。後遺症で記憶をなくしたとしたら行方が分からなくなっていたことも頷ける。

かすみは思い切って声をかけてみた。

案の定、数年前からの記憶がないという。いまは宮地という男に拾われて、人足として働いている。

かすみに対しては、やはり見覚えがないと申し訳なさそうに語った。

しばらく一緒に暮らそうと申し出たが、宿舎で寝泊まりしているのでそれは無理だと断られた。

仕方なく、しばらく様子を見ることにした。

彼が姿を消したのは翌日だった。飯場に兄は来なかった。翌日も。その翌日も。

かすみは飯場に来る同じトラックに乗っていた男たちに声をかけて兄のことを訊いたが、誰もが「そんな男は知らない」と語った。

そんな馬鹿な。つい昨日まで一緒に来ていたではないか。しかし男たちの顔に嘘《うそ》を吐いている色は見てとれない。みな本心から「知らない」と語っているように見える。

他に手がかりと言えば宮地という人物だけ。男たちの雇い主だという彼を探し出し、宿舎のある場所、すなわち宮地の屋敷を突き止めた。

かすみは宮地という男に願い出て、使用人として館に住み込んで兄を捜すことにした。間違いなく兄はここにいる。そんな確信めいた思いがあった。

「それと、変なことに気づきました」

「どういったことですか」

「朝、ここの人たちは玄さんのトラックで出て行きますけど、帰ってくるのを見かけないんです。もちろん兄の姿も。食事を摂ってる様子もないし。でも朝になると、ちゃんとラジオ体操をしてトラックに乗って出かけていく。……昭吉さんは宿舎に泊まっていますよね。その方たちにお会いしていますか」

「いや、それがですね……」

ばつが悪そうに頭を掻《か》く。

「誰にも会ったことがないんです。ぐっすり眠ってるので気づいてないけど、宿舎に寝泊まりしてる様子も窺えない。自分は通りすがりの身なので、深く突っ込んで訊くのもどうかと思いましてね」

「あら、ここで継続して働く方とばかり思っていました」

「約束は明日までです。でもたしかに継続してはと打診されてますがね」

「そうですか……」

彼女は話題を変えた。

「ところで、ご実家へは電話されたのですか。一昨日《おととい》は気にされていたようですが」

「実は、してない。明日帰る予定ですからね。いまさら電話することもなかろうと思って」

「他の方はどうなんでしょう。もう年末だというのに、久兵さんや藤永さんはご実家へ帰らないのでしょうか」

「どうだろう。それぞれの事情もあるだろうし、特に気にかけることもないからね」

「えっ」かすみは表情を曇らせた。

「他人だからね。あえて訊くこともしないよ。そこまで踏み込むことはない」

「………」かすみは口を閉じて、黙したまま車を走らせた。

やがて車は東京市に入った。行き交う人や馬の姿が多くなる。二人は千住を通り過ぎて上野《うえの》へと向かった。

この辺りに立ち並ぶ店は馬蹄屋《ばていや》が目立つ。まだまだ馬が移動手段として市民権を得ている。宮地邸の敷地内で馬を見かけないのが不思議なくらいだ。新し物好きなので、おそらく車などの最先端技術に傾倒しているのだろう。

道沿いにあった定食屋で昼食を摂ってから、電気関係の店を探し、『電機』『電気』『商店』『商会』『無線』などのそれらしき看板がある場所を回って買い物をした。店内を覗くと、見たこともないような電気関係の部品が並んでいる。

幸いにして資金は充分だ。余分があっても困らないとばかりに、あれやこれやと買い込んだ。

帰りは市場へ寄り、かすみが食材を購入した。屋敷に戻ったときには夕方になっていた。

「すっかり遅くなってしまったね」

「でも必要なものが購入できましたから。それなりに時間がかかっても仕方ありませんよ」

トラックを館の裏手に止めて、買い込んだ荷を降ろしていたときだった。

銃声がした。

かすみが小さな声を上げ、胸を押さえながら蹲る。

田中と猟銃を手にした宮地が駆け寄ってくる。

「暴発だ」田中が言った。

なにがなんだか分からないうちに、昭吉は身体を痙攣《けいれん》させているかすみを宮地と田中と三人で館へ運んだ。

彼女が運ばれた部屋の前で昭吉は声を荒らげた。

「どういうことですか！　なんてこった！」

「まあ落ち着け。すぐに措置はする」

宮地が差し出した、盆に載せたコップの水を呷る。

「ところで録音はうまくいったよ。レコードもできた。あとは効果だけだ」

「こんなときになにを！　……効果ですって？」

「レコードにしたラジオ体操の効果を確認するために彼女が必要だった」

昭吉は質問するために口を開いたが声にはならなかった。

平衡感覚がなくなり、視界が揺れる。立っていられず、その場に頽《くずお》れた。

頬に床の冷たさを感じつつ、昭吉は意識を失った。

夢を見た。

人足たちと一緒にラジオ体操をしている夢だった。

身体を動かすたびに活力が漲《みなぎ》る。周囲では、庭に置かれた石仏たちが人間の姿へ変化していく。

夢だ。これは夢なのだ。


四日目。十二月三十一日、月曜日。大晦日。

食堂では、いつも通りテーブルの正面に宮地が座っている。昭吉の隣には田中が控えている。

出入りのドアの前に、珍しく玄の姿があった。昭吉を見遣りながら退屈そうに欠伸《あくび》をしている。

年末なので仕事は休みらしい。

かすみが無言でテーブルに皿を並べている。きびきびした動きに淀《よど》みはない。

食欲もない。目の前で湯気を立てている白飯に食指が動かない。

「……銃の暴発？　そんなことはなかったよ」

宮地は引き揚げていくかすみの背中を指した。

「見ての通り、彼女はぴんぴんしてる」

昭吉は言葉もなかった。

「君には一昨昨日《さきおととい》からここで働いてもらったが、満足してるよ。この先もよろしく」

昭吉は顔を上げた。

「……い、一度おいとまして、自宅でよく考えてから、年明けに返事をしたいのですが。正直なところ、少し考えたい、です」

妙だった。宮地に口答えしようとすると身体が強張る。必死で言葉を絞り出した。

「なにか疑問でもおありかな」

「怪我が治っている生埜さんです」

昭吉はかすみを一瞥《いちべつ》した。

「彼女が気になるかな」宮地は薄笑いを浮かべた。

「暴発じゃない。ちゃんと狙って撃った」

「な……！」

昭吉は目を瞠《みは》った。二の句が継げなかった。

「死んでもらわないと困る。術が使えないからね」

脇に控えていた田中が昭吉ににじり寄る。

「宮地さんは『百 仏《ひゃくぼとけ》』と呼ばれる死人遣いです。関東大震災のときから大所帯になりましたがね。死んだ人たちを石仏にして使っています。日が昇ってから宮地さんが祝詞《のりと》を唱えると、死人は生きていたときの姿に戻り、働きはじめる。日が暮れて辺りが暗くなり、闇に包まれる頃には石仏に戻ります。使用人の玄は、彼らを現場へ送り届けるのと回収するのが仕事です」

ドア脇に立っている玄が補足する。

「現場で石仏になった奴らもだ」

「直接術式をかけずに、録音したものでも効果があるかどうかを試したかった。だから彼女を雇っていたんだ」

宮地は続けた。

「祝詞は二種類あるんだよ。酒と薬を身体に仕込んでから最初に石仏にするときと、その日使うために石仏から人の姿へ復活させるときだ。面倒なのは最初に石仏にするときだがね。これは録音した祝詞では無理だった。でも復活はうまくいったよ。彼女は無事に石仏から人の姿へ戻った。君の身体で試そうかとも思ったが、君はまだ調整中だからね。持ち前の知識や技術を損なうと困るから慎重にいきたい。他人に対する気遣いとか、愛情とか慈しみとか、そんな不要な感情を削《そ》ぎ落とす必要がある」

「……なにを言ってるんだ」

頭がついていかない。こいつらが話していることが理解できない。

「気づいていないのか。いまの君は、たとえ目の前で私が家族を殺したとしても怒ることができない。私に反駁《はんばく》する感情は起こらない。昨日は、銃を手にした私を見ても私に対して怒れなかったろう。また郷里に帰りたいとも思わなかったはずだ。君は私に対して逆らうことはできないんだよ」

宮地は蔑むような視線を昭吉に向けた。

「明日の朝からは新しい人生だ。ずっと私の使用人として働いてもらうよ。終身雇用とでも言うのかな。ちゃんと面倒はみる。生涯一つところで働き続けることは君の願いだったはずだ」

昭吉は宮地を睨《にら》みつけた。立ち上がって宮地の胸倉を摑み上げたかったが身体が動かない。

「死人遣いと言ったな。まさか俺をここで殺すつもりか」

宮地と田中が顔を見合わせる。そして笑い出した。

「まだ気づかないのか。いいか、お前はな――」

玄が昭吉ににじり寄る。

「もう死んでるんだよ」

「……！」

ひゅっ、と自分の喉から息を吞《の》む音が聞こえてきた。言葉は出なかった。

「嘘だと思うなら、自分の背中に手をあててみな」

慌てて上着をとり、シャツを脱ぐ。後ろ手に襷掛けをするように背中へ手を伸ばす。

左肩の下、背骨の手前に穴があった。本来皮膚があるはずのところに指があたらない。それどころか指を伸ばしても肉が無い。

身体が怖気《おぞけ》で固まった。

さらに指を伸ばしたら、ようやく指先になにかがあたった。

——これはなんだ。心臓か。動いていないのは、どういうわけだ。

自分の内臓に直接触れても、痛みもなにも感じない。まさか。

ま、まさか。じじじ自分はほんとうにし、し、死んでいるのか。

瞠目《どうもく》して宮地の姿を捉える。

「お、お前は……」

「まあ落ち着け」

宮地の声が頭に響く。

「仕事をすることに支障はない。君は自分の仕事のことだけを考えればいい」

熱くなった頭が急速に冷めていく。

動顛《どうてん》していた気が収まっていく。

「旦那の声だけは、逆らわずに吸収するんだな」玄が呆《あき》れ顔をつくる。「良く出来た奴だよ、お前は」

田中が続ける。

「あなたさまは単純な力仕事用のものではありません。技術者なので経験と知識が必要です。それが消えてしまっては元も子もない。宮地さんに言わせると、かなりやり方が違うそうです。施術に合う条件も違います。新鮮な生きている身体が適しているのはもちろんのこと、身柄を手元に置く必要がありました」

最後に宮地が補足した。

「力仕事用の人足なら、どうということはない。丸薬を仕込んでから、かたちを変えていく際に記憶をぜんぶ『消す』、そして主従関係の意識を『加える』。単純明快だから一日とかからない。しかし技術者は違う。知識や経験知を弄らずに、できるだけそのままにしておく必要がある。だから事前に主従関係を意識に植えつけておいてから術をかける。そのうえで余分なものを削って整えていくから、『削る』作業になる。なので、三日はかかるんだ」

宮地の声を聞いているうちに、荒らげていた呼吸も次第に落ち着いてきた。

……仕事をするにあたって支障はない。その通りだと意識が納得する。

いま自分が抱えている仕事はなんだ。

取りかかっている作業はなんだったろう。

昭吉が自問自答していると、宮地が声をかけてきた。

「まだ彼女のことが気にかかるかね」

「……なにをしたのか分かってるのか！」

唇がわなないた。思わず声に怒気が籠もる。

「彼女の前には、買い出した部品が積まれていたんだぞ。どれも精密機械だ。脂や血で汚れて使い物にならなくなったらどうする！　管理は俺の仕事の範疇だ」

昭吉は三人をねめつけた。

田中と玄は虚を突かれたように固まった。一瞬の間をおいて、含み笑いを漏らす。

「彼女に対する私的な感情は綺麗に消えているようですね」

田中の言葉に宮地が小さく頷く。

「……これはすまないことをした」

宮地は申し訳なさそうに頭を掻いた。

「昭吉くんの手間を増やしてしまったな。申し訳ない」

その言葉とは裏腹に、宮地は満足げな笑みを浮かべた。

*

昭和四年元日。新しい朝が来た。

冬の冷気が頬を打つ。寝起きなので頭がぼんやりして昨日のことすら思い出せない。

宮地が唱える祝詞で集められた石仏たちが息を吹きかえす。

石仏が手足を伸ばす。身体を動かすにつれて人の姿になっていく。

続くラジオ体操で、内に熾《おこ》った火を確かめるように膨らんでいく。曲とともに手足の動きが滑らかになっていく。

ラジオ体操を終えた昭吉は、もう一度深呼吸をした。

今日も一日が始まる。さあ、屋敷の工房へ行って働かねば。

明日も、明後日も仕事は続く。終身雇用制度の始まりだ。

ずっと――。

働き続けなくては。

昭和十年代　雨の救急車

昭和十年代は、戦争に明け暮れた時代だった。

世界恐慌により都市部と農村部との経済格差が甚だしいものとなり、家族を捨てざるを得ないほど困窮した地域もあった。それまでくすぶり続けた不満が爆発したように二・二六事件が起きたのが昭和十一年（一九三六年）。翌年には日中戦争の発端となる『盧溝橋《ろこうきょう》事件』が起こり、その後『太平洋戦争』終結まで十年近くも戦時下が続く。

世界中を、狂気が取り巻いていた。

本章では救急車をとり上げる。

火災発生時の緊急通報先が、『112番』になったのは大正時代末期。現在の『119番』になったのは昭和二年（一九二七年）のこと。

昭和六年（一九三一年）に日本赤十字社が大阪に車両を配備したものが救急車の最初とされている。警視庁消防部が救急業務を開始したのは昭和十一年。前年に（財）原田積善会からアメリカ製救急車六台の寄贈を受けてのものだった。

民間団体や有志が救急業務を助けることも少なくない。

運転する者、重病人を運び入れる者、乗り込む者。

それぞれの思いを乗せて、『救急車』は走る。

雨音が強くなった。窓の外に見える雨が本降りになっている。身体が冷えるのを感じて、わたしは椅子にかけてあったどてらに袖を通した。

ラジオで天気予報を確かめたいが、山間《やまあい》なので電波状況が悪い。こんな悪天候だとまったく役に立たない。

着物の上にどてらを羽織っているだけの姿。都会では筒型のロングスカートにパンプス、パーマをかけた短い髪型が流行《はや》っているらしいが、わたしにはいまのところ無縁だ。こんな山奥の工事現場事務所では特に。

作業員は常に不足気味で、一度入ると長期就業が求められる。なので、ここ隧道《ずいどう》工事現場には作業員が寝泊まりする宿舎や、事務室や食堂を備えた施設が用意されている。

「ふさえちゃん、仁科《にしな》からまだ連絡はないのか」

所長の堂島《どうじま》が窓から外を見遣りながら呟く。声に苛立《いらだ》ちが籠もっている。

「いえ、ありません」

とばっちりは御免なので、わたしは再び帳面仕事に戻った。

「救急車を持ち帰るだけだよな。なにやってるんだ、あいつは。……まさか配備される車両を乗り逃げしたのじゃあるまいな」

堂島は表情を曇らせた。猜疑心《さいぎしん》が強いにもほどがある。

「嫌ですよ、所長。そんな大それたことをするくらいなら、ものはついでとばかりに事務所の金庫のお金まで、ぜんぶかっさらっていきますよ」

「……それもそうか」

わたしの言葉に、堂島は頷いた。

「外国の車だそうですね。車なんて国内でもまだ珍しいのに、さすがは所長です。楽しみだなあ」

事務員の一人が目を輝かせる。

「製造したのは『ルノー』というフランスの会社だ。実際にパリという街で救命自動車として走っているらしい」

堂島はジャンガ打ちモンキーの玩具《おもちゃ》を弄り回した。子どもの誕生日に贈ったものだが、うまく動かないとぼやいている。

「この雨で、道が危ういのかもしれませんね」

別の事務員の言葉に、堂島はふんと鼻を鳴らす。

「途中で寄る村役場から電話くらいできるだろうに」

堂島はジャンガ打ちモンキーを机の脇へ置いた。

「……ふさえちゃん、みなの夕餉《ゆうげ》には汁かなにか温かいものがいいな」

豊かに蓄えた口髭《くちひげ》を揺らしながら堂島が声をかけてきた。

「そうですね。きつい作業のあとなので、たくさん用意します」

そろそろ仕込みに食堂の厨房へ向かおうかと思いはじめたとき、勢いよく事務所の扉が開け放たれ、男が入ってきた。

隧道の掘削作業にあたっていた、班長の橋本《はしもと》だ。息を荒らげながら肩を上下させている。

「落盤事故だ！」

帳簿を広げて算盤《そろばん》を弾いていた、わたしの指が止まる。堂島の瞳に険が浮く。

「中に閉じ込められたのは何人だ」

「す、少なくとも十人以上……」

堂島は部屋を見回しながら叫んだ。

「作業員を全員救出作業にあたらせろ。救護員は怪我人と程度の確認を急げ。村役場を通して町へ連絡、落盤事故を報《しら》せて病院の病室を確保させろ。それと応援要請、大至急だ」

堂島の拳が机を叩く。ジャンガ打ちモンキーの玩具が床に落ちて動き出し、手にしたシンバルを警報のように打ち鳴らす。

堂島は立ち上がり、自前の雨合羽《あまがっぱ》を壁際の箪笥棚から取り出した。雨脚が強いので傘では動きが鈍くなると予測したらしい。支給品の雨合羽は黒いが、堂島の雨合羽は毛皮のような薄茶色なので、この大雨の中でも彼だとすぐに分かる。

事故を報せに来た橋本に支給品の雨合羽を与え、二人は外へと向かった。事務員たちもまた、彼らに続いて雨合羽を着込んで外に出る。それぞれ救護施設と作業員たちの宿舎へと走る。

わたしは電話に飛びつき、送話器をフックから外してハンドルを回した。交換手に通話先を村役場と伝え、役場に繋がるなりまくし立てた。

「韻練山《いんねやま》の隧道工事現場で落盤事故です！　閉じ込められた者は十人以上、至急近場の町の病院の受け入れ手配と、車の応援をお願いします。こちらで常備している車は三台ですが、資材の搬入で二台は出払っています。一台は不具合で動きません！」

相手が復唱するのを確認してから、さらに続ける。

「仁科という者がそちらに出向いていませんか」

新たな作業員の志望者と面接しているというので、呼び出してもらった。

「すぐに戻ってください！」

わたしは非常事態を報せ、車が必要と伝えて通話を切った。

気づけば事務室にはわたし一人だけになっている。

つい先程まで事務仕事をしていた者たちの机は、鉛筆や帳面だけでなく、工具の部品や修理を検討するメモなどが散乱している。堂島所長の机は引き出しまで開いたままだ。

緊急時には、瞬時に頭が切り替わるものらしい。すばやく自分の仕事を終わらせて、わたしも雨合羽を着込む。ふと使えるかもと思い、事務所の傘を二本手にして建物を出た。

工事現場の傘は大きく、つくりが頑丈だ。とりあえず救出された作業員たちの雨よけにはなる。

降りしきる雨粒は大きい。周辺には地面を叩く雨が水煙を上げていた。風がないのは幸いだが、降り止《や》む気配はない。上も下も、右も左も雨に煙っている。

「大ごとだわ」

わたしは顔をしかめた。


事前に準備が進められていた大規模な工事現場ですら、作業が滞ったり事故が起きたりすることは珍しくない。ここ岩手県北部にある韻練山隧道工事でも二度目になる。

戦時下における武器弾薬の運搬を見込んだこの工事が立ち上がったのは二年前だった。

しかし、ほどなく硬い岩盤層にぶちあたった。急遽《きゆうきよ》予定を変更し、調査を重ねて山をぐるりと回った別の場所から一年前に工事が再開されたものの、遅れは否めない。

ただでさえ冬場は雪のため工事を進めることはできない。『山笑う』春先から秋までが稼働期間なのだ。先週東京市へ上京した際に、堂島は工事の遅れを叱責された。

しかし彼は転んでもただでは起きなかった。工事の助成金と、現場で怪我した作業員のための救急車両を手配させたのは堂島の腕である。車両の足回りを山間部の仕様に変更する整備が終わり、今日は救急車を引き取る予定だった。

山奥なので作業員たちは泊まりがけの就業なのだが、短期の者もいるので入れ替わりが激しい。徴兵を拒み、名前を変えて流れてきた者もいる。さらに血の気が多い者が多々いるため、喧嘩《けんか》騒ぎが絶えない。脱走する者もいる。得体が知れない者もいる。正直なところ、自分を含めてろくな者がいないし、危ない奴ばかり寄ってくる。怪我は作業時のものだけではない。宿舎での喧嘩騒ぎで洒落《しやれ》にならない怪我を負う者もいる。

しかしこれほど大きな落盤事故は、今回が初めてのことだった。


隧道の入り口周辺に人集《ひとだか》りができて、怒声が飛び交っている。もともと気性が荒い作業員たちなので喧嘩をしているようにも聞こえる。隧道は人の出入りが激しく、中から出てくる作業員たちは皆一様に咳《せき》をしている。

資材置き場の横、掘っ立て小屋のような休憩所に八人以上が横たわっていた。吹き込む雨風に曝《さら》されている。雨合羽姿で腰を屈めながら脇を歩いているのは救護班の人たちと戸衣《へごろも》医師だ。常駐している医者は一人だけなので忙しない。次々と大声で指示を出している。

「彼らを食堂へ運んでくれ、ここではずぶ濡《ぬ》れで体力が弱ってしまう！」「食堂の机と椅子をどかして場所をつくれ！」「湯を沸かせ！」「怪我人の患部の消毒を急げ！」

資材置き場の横に置かれている、不具合で動かないトラックの前で男たちが苦闘している。車の鼻先にクランク棒——始動転把《しどうてんぱ》と呼ばれる、エンジンを動かすための鉄棒を装着して力任せに回そうとしているが、やはり動かないようだ。手伝ってやりたいものの、わたしは車に詳しくない。

「ちぐしょう、雨で滑らあ！」

津軽弁《つがる》だ。この飯場は大人数だが隧道が開通するまでなので、参加している作業員は周辺の県からだけではない。もっとも言葉が通じなければ文字通り話にならないので、事務所の者はみんな標準語（らしき言葉）を話す。この辺りでは珍しいので重宝されている。わたし自身、事務員として雇ってもらえたのは、子どもの頃に上京する夢を持っていたので、ラジオで流れている言葉を繰り返し練習して、話せるようになったからだ。東京弁と揶揄《やゆ》されることもあるが仕方ない。

暗い闇の中から次々と作業員が救出されてくる。横たわった男たちは陸に上がった魚のように口をぱくぱくさせている。

「車はまだか！　こんなときのための救急車だというのに、仁科はどうしたんだ！」

「役場まで戻っていたので連絡がつきました。ほどなく現れると思います！」

堂島の叫びに、わたしが声を張り上げる。雨音と喧騒《けんそう》が大きいのだ。

横たわっている男の脇に屈んでいた戸衣が立ち上がる。

「ふさえちゃんに言っても仕方ないことだが、これだけの大事故だ。一刻を争うぞ」

のっぴきならない事態になっていることを、その場にいる全員が理解した。

「……あれはなんだ」

一人の作業員が道の先に顔を向けている。わたしもまた、目を凝らした。

雨の中を、なにかがこちらへ進んでくる。クマやネコを正面から見るようなずんぐりむっくりした姿だ。だがクマよりはるかに大きい。

それが一台の車だと気づいたのは、すぐ目の前まで近づいたときだった。見たことがない型だ。車はわたしたちの前で止まった。

前方へ鼻のように大きく動力部が突き出ていて、後部が箱になっている。荷台に幌を被《かぶ》せるのはよくあるけれど、すっぽり箱として密閉されている。車体は象牙色で、側面に白地に赤い十文字。覗き窓があり、カーテンまでついている。

運転席から、上着を着込んで首にぼろきれを巻いた初老の男が降りてきた。頭の毛は申し訳程度にあるだけだ。車のエンジンはかけたままである。

「えらい騒ぎじゃあ」

男は手袋をした手を合わせながら皆ににじり寄ってきた。

わたしは持っていた傘の一本を差し出した。

「こりゃすまんがあ」男は傘を受け取って広げた。

「おいおい。ふさえちゃんまで出てきたら、事務所には誰もいなくなるぞ。誰が電話番をするんだ」

ぼやいてから、堂島は男に向き直った。

「あんたは？　見慣れない顔だが」

「『和尚《おしよう》』と呼んでくれ。役場で仁科ちう人と話してな。車の運転ができる言うたら、作業員として雇われたがあ。これから世話になるがじゃ」

「はて、このへんに寺なんぞあったかの」近くにいた年配の作業員が首を傾げる。

「ちくと離れた土地で、小《ち》っけえ廃《すた》れた寺に住んどったがあ。神社でん寺でん、そたらところに住んどったら『和尚』じゃあ」

遠方からの人たちとも交流していたので、あちこちの方言が入り交じった言葉になってしまったのが悩みの種だという。

「流れてきた出稼ぎだがじゃ。よろしうに」

「お腰のものは木魚を叩く撞木《しゅもく》ですか」

わたしは和尚の腰から横に突き出ている棒を指した。柄《え》が太く、頑強そうだ。

「愛用の棓《ばい》じゃあ。慣れた仏具でないと、経を上げて供養するにも木魚を叩く手が滑るがよ」

和尚は照れ笑いを浮かべたが、災害現場で葬式の話はいかがなものかとわたしは苦笑した。堂島や戸衣もまた同じ思いらしく、口を『へ』の字に曲げている。

「仁科に会ったんだな。あいつはどうした」

「仁科……ああ、あん人は役場の車で先に出たがじゃ。こっちの車は燃料が足らんちゅうて用意せにゃならんかったが、待っとれん言うてな。一人で来たが、途中で通れんようになった道があったに、難儀したがじゃ。なんじゃあ、あん人は先にここへ着いとらんのかい」

「あいつはこの車をあんたに任せたのか。……なんと不用心な」

堂島は舌打ちした。

「おい。誰か仁科を見たか」

堂島は周囲に問い質《ただ》したが、みんな首を振った。

「運ばにゃならん怪我人はいるか。こん車は病人や怪我人を運ぶ車だと聞いたがよ、この雨だ。すぐ出にゃあ途中で往生するがな。が、ちとそん前に……」

和尚は軽く手を上げた。

「この雨のせいか、身体が冷えた。ちと厠《かわや》を借りるがじゃ。すぐ戻るでよ」

和尚は辺りを見回した。

右手の奥まった場所には事務棟がある。左手には食堂があり、怪我人を運ぶため人が頻繁に出入りしている。その隣は医務室だ。奥には作業員が寝泊まりしている宿舎が二棟並んでいる。

「ついでに、ちくと飲み水を分けてもらおうかい」

和尚は運転席の脇に置いてあった竹筒と布巾《ふきん》を持ち出して、足早に食堂へと向かった。

堂島は隧道から救出された負傷者たちが食堂へ運ばれていく救助活動をしばらく眺めていたが、「事務所にいるから仁科を見かけたら寄越してくれ」と言い残して事務所へ足を向けた。

わたしはそのあとを追おうとしたが戸衣に止められた。

「ふさえちゃんはこっちを手伝ってくれ。食堂へ行って、湯を沸かして消毒の準備を進めてくれないか」

篠突《しのつ》く雨の中、救出作業が続く。

隧道から大八車《だいはちぐるま》に乗せられて、また一人の男が運ばれてきた。食堂へ運ばれていく途中だったが、手足が激しく痙攣しているのを見てとった戸衣が、すぐさま近寄って容態を診る。

わたしは二人に駆け寄り、戸衣の作業の雨よけのために傘を広げた。やはり傘を持って出てきて良かった。

食堂を手伝っていた橋本が戻ってきて、戸衣へ駆け寄った。

「食堂で一人死亡した。とうとう死亡事故になったぞ」

「……分かった。事務所にいる堂島にも報せてやってくれ」

「うむ」

橋本は大きく頷くと、事務所へ向かって走り出した。

戸衣の前で横たわっている男は喘鳴《ぜんめい》を繰り返している。戸衣は男の口を覗き込み、シャツをはだけさせて胸を顕《あら》わにする。手をあてがい、呼吸と心臓の鼓動を確かめる。

戸衣は眉間に皺を寄せた。

「……ここでは無理だ。町の病院へ運ばないと」

戸衣は頭を上げて周囲を見回した。

「あの男──和尚と言ったか。いまどこにいる。すぐに車でこいつを町へ運ばせるんだ！」

「ほ。早速救急車の御用向きじゃ。馬車でんトラックでん、剝き出しの荷台に乗せちゅうと、雨で患者が凍《ここ》えちまうがよ」

傘をさした和尚が近づいてくる。左手に包みを抱えている。その表情は雨でよく見えない。

「一人、大至急運んでくれ！」戸衣が声を荒らげる。

「酸欠のうえ粉塵《ふんじん》を吸い込んだようだ。意識が朦朧《もうろう》としている。すぐに町の病院へ連れて行ってくれ」

「まだ救出されていない人がいるのでは」脇に控えていた、鉢垣《はちがき》班長が質す。

「待ってる間に手遅れになる。目の前にいない怪我人より、いま助けるべき患者を優先する」

「どれ、いま後ろを開けるがじゃ。すぐ病人を乗せろやい」

戸衣は作業員たちに指示して、たったいま診ていた男を畳に乗せて連れて来させた。和尚が車の後ろを開ける。観音開きになっているのが目新しい。

車の中は殺風景だった。目についたのは車窓にかかっているカーテンくらいだ。数枚の板が組まれた、板敷きの床がある。あとは奥に折り畳まれた毛布が二枚積まれているだけだ。だがそれも仕方ない。救急車は治療する車ではない。治療する場所へ、一刻も早く患者を送り届ける車なのだから。

男を乗せた畳を、数人がかりで車へ乗せる。

「私は付き添えないぞ」戸衣が零す。「残った患者を診てやらねばならんからな」

「俺が行く。こいつは俺の班だ」

鉢垣が進み出た。「俺が付き添って、春助《はるすけ》の容態を見届ける」

春助と呼ばれた男は苦しげに喘鳴を繰り返している。

刹那、わたしは叫んだ。

「春助さん！」

わたしは目を潤ませながら患者の足に飛びついた。

「まさか、あなただったなんて……。あなたが死んだら、わたし、わたし……」

周りの者たちは声もない。

わたしは顔を上げた。

「わ、わたしも行きます！　この人に付いて行きます！」

「ふさえさん、あんた……」戸衣が呟く。

「早く乗れ」

鉢垣が顎をしゃくって促す。わたしは急いで車に乗り込んだ。

和尚が運転席へ向かう。

戸衣が鉢垣に声をかけた。

「できるだけ早く応援を寄越してくれ。特に車が必要だ」

「分かった。こっちは任せたぞ」鉢垣が頷く。

鉢垣が後部ドアを中から閉めると、車はゆっくりと動き出した。

車内に、車体を叩く雨粒の音が響く。

「あれは橋本じゃないか」

車外から戸衣の声が聞こえたような気がして、わたしはカーテンを捲《めく》って外を覗いた。

事務所から雨合羽を着た男が戸衣たちのもとへ走っている。

「大変だ、所長が死んどる！」橋本の声だった。

「奥の金庫が荒らされて、空っぽだ！　電話の線も切られていて通じねえ！」

俄《にわか》に男たちの声が騒ぎ出したようだが、雨音と砂利道を進むタイヤの音にかき消された。

「いまの声、聞こえました？」

「なんか騒いどるがじゃ……」

運転席で呟く和尚に、わたしは迫った。

「急いで、この人を町の病院へ！　一刻を争うの！」

「……仕方ないな」鉢垣もなにか言いかけたが、そのまま口を噤《つぐ》んだ。

「山の祟《たた》りじゃあ」

運転席の和尚は小さく肩を竦めた。「だがな、救急車は既に死んどる者《もん》にゃ必要ないだろがい。助かる可能性がある者を乗せる車じゃ」

この場合での言葉としてはどうかと思ったが、わたしは口を閉ざした。

救急車は、これからも生きる人のための車なのだ。

激しく雨粒が爆《は》ぜる山道を、救急車は進みはじめた。

大粒の雨は止みそうにない。ややもすると視界がきかなくなる。カーテンの隙間《すきま》から窓の外を見遣りながら、わたしは嫌な予感がした。

木立の中の電柱を渡っている電話線が切れているのがちらりと見えたからだ。雨の中で太い線が揺れている。つい先ほど事務室から村役場へ連絡できたので、今しがた切れたのだろうか。

わたしは思わず舌打ちした。

そばで仰向《あおむ》けになっている春助が、息を荒らげながらこちらを見ている。

「春助さん、息が苦しいの？」

わたしは頭を近づけた。

「無理になにか話そうとしないで。大丈夫、わたしがついてるから」

ひゅう、と鉢垣が口笛を吹く。

「驚いたね、どうも。ふさえちゃんは二十過ぎだよな。十は歳が離れてるだろ。春助はまだ先月入ってきたばかりの半人前だ。三十過ぎのいい大人が、ろくに仕事も覚えねえと思ってたら、そっちの方に御執心だったとはなあ」

春助が大きく咳《せ》き込んだ。わたしは懐《ふところ》から巾着《きんちやく》を取り出して小さな包みを開けた。

「喘息《ぜんそく》の薬。少しは咳が治まると思う」

「水ならあるがよ。これを使え」

運転席の和尚が、栓がついた竹筒を手にしている。わたしは手を伸ばして竹筒を受け取り、春助の頭を起こした。

開いた口に一包みの粉薬を注ぎ、栓を抜いた竹筒の口を春助の口元にあてる。竹筒を少し傾けると、よほど喉が渇いていたのか、ぐいぐいと春助は水を飲んだ。

「けふっ」

春助は一度小さく咳をして、大きく身体を震わせた。続いて大きく息を吐き、そのまま大人しくなった。

「少し時間がかかりそうだから、安静にして眠っていて」

わたしが春助に毛布をかけてやると、彼は口を半開きにしたまま目を閉じた。

どうやら眠ったらしい。

「どのくらいかかりそうだ」

「分からん。なんし、この雨だあ」

「できるだけ急いでくれ」

鉢垣の言葉に和尚は答えず、黙って車を走らせた。


山間の道なので勾配が激しい。上下に車が弾み、道を上っているのやら下っているのやら分からない。それこそ前へ進んでいるかどうかすら怪しい。

それでも春助は目を覚ますことなく毛布をかけたまま大人しい。

「毛布はもう一枚あら。ふさえさんと言ったか、あんたが使え。女の身体にこの寒さは応《こた》えるが」

和尚に促されて、鉢垣が隅に畳まれていた毛布を差し出した——が、鉢垣の表情が曇り、その手が止まる。

「……血か」

毛布には赤い染みがあった。黒ずんでいないので新しいもののようだ。

「なんし救急車だがよ。どこぞで怪我人を運んだあとじゃろがい」

「……この車は、山道に合うよう手を加えて仕上がったばかりだ。ここが最初の配備だと聞いているぞ」

鉢垣は首を傾げた。

わたしはその手から毛布をはぎ取った。

「すみません。春助さんも寒そうだし、もう一枚かけてあげようかと思います。汚れているのは、この際仕方ありません」

鉢垣は春助を一瞥した。

その目に労《いたわ》りの温かさを感じなかったので、わたしは不審に思った。

「春助さん、助かりますよね」

「……」鉢垣は答えない。

「難しいと思われているのですか」

「ふさえさん、あんたは春先からこの飯場に来たばかりだ。だからここの連中について詳しくねえ。医者の戸衣を含めて、特に事務所勤めの奴らに心許しちゃあ、いかんよ」

鉢垣は顔を上げた。

「あの戸衣はな、特に計算高い。自分の手柄になるようなら、この車に乗せるなんてこたあしねえ。助けられるような按配なら、自分が助けたと言い張るために現場に残すだろう」

「どういうことですか」

「……つまりだ。自分には助けられんと思うた奴には手を出さん。春助は放り出されたというわけだ」

わたしは言葉を失った。

わたしが春助にしたことは無駄なことだったのか。

「戸衣だけじゃねえ。堂島所長なんか、毎日のように運営費を着服して、事務所奥の金庫に貯《た》めとる。特にお国から助成金が出たばかりだから、あいつはさぞかし舌舐《したな》めずりしてるだろうよ。なにせ人だけでなく、汽車を通す道らしいからな。ゆくゆくは戦車や弾薬を運ぶ道になる。どれだけ帳簿を誤魔化して私腹を肥やすか分からんぞ」

最近、堂島所長の神経が過敏になっていたことを思い出す。

「ここの現場は雇われ人が多い。去年の春に国家総動員法が施行されて以来、赤紙から逃れようと流れてきた、危うい者《もん》も混じってる。地元の人たちは、むしろ面倒をみる側だ。お国の施策だから、金を落としてくれる。周辺から寄せ集められた奴らは血の気が多いし、毎日喧嘩騒ぎが絶えない。どこぞの炭鉱では、人死にまで出ているという話も耳に入ってきてる。やれ自分の服や道具がなくなった、飯が不味《まず》い、財布が見つからないとか騒いどる。人の出入りも激しいし、辞めたり入ってきたりで作業員の顔ぶれも変わる。知ってるか、そんな奴らの金目のものを盗んで現場を渡り歩くことを商売《ばい》にしてる奴もいる。事件が発覚したときには宿舎から消えてるが、仕事がしんどくて消える奴らも多いから、結局うやむやになる」

「そんな端金《はしたがね》子なんて、盗《と》っても日銭にしかならんでしょうに」

わたしは蔑みながら小さく溜め息を吐いた。

「まったくだ」

鉢垣も同意する。

「仕事はしんどいし、工期の間は帰省もさせてもらえないから、現場を逃げ出す奴らがあとを絶たん。たとえ逃げ出しても、こんな日だと山ん中で行き倒れだ。春先に近くの山で遺体が見つかったときには、クマに食われていて、土地の者なのか、登山者なのか、ここの工事現場から逃げた者なのかすら判別がつかなかったそうだ。殺されていたとしても分からんだろうよ」

「山の祟りだあよ」

運転席から和尚が口を挟む。

「山の腹を穿《うが》つなんて罰当たりなことをするから、山の神さんが怒って人を殺しとるがじゃ」

そんな和尚の言葉が耳に入らないかのように、鉢垣は窓の外に顔を向けた。

降りしきる雨の向こうに、時折家屋が覗く。

「そういえばこの辺りの人たちは工事に参加していないですよね」

「みんな嫌がってるのさ。なにせ忌《い》み山だからな」

鉢垣は吐き捨てるように言った。

「工事してるここ、奥名護《おくなご》の山は『韻練山』だ。これは中央の指導で工事が始まったときに改められた名前だ」

「……山の名前を変えたのですね。わたしも聞いたことがあります。町の人が言ってました。当時この辺りは貧しくて、山を幾つも通す数年がかりの政府事業が始まったから、これはいよいよお金になると、お金で喜ぶ『金喜山《きんきやま》』とか、お金が輝く『金輝山《きんきやま》』ともてはやされたって」

「実際は違う。それまでは、禁ずる忌み嫌うの『禁忌《きんき》の山』と言われていた。こんな場所はいくらでもある」

「なんでそんなことを」

「地図に表示するには適当でない、ってことじゃろがい」運転席の和尚が呟いた。

「そうだ」鉢垣が頷く。「政府が絡《から》んだ中央官庁の仕事だからな。穢《けが》れた名前は嫌われる」

「では『韻練山』も」

「それまでは『要《い》んね山』『去《い》ね山』『忌む山』と呼ばれていた」

「あの、それってどういう……」

「姥捨《うばす》て山だ」

吐き捨てるように鉢垣は言った。

「こんな山奥じゃあ、生業といったら小さな田んぼやマタギくらいでな。小さな村で助け合っていても、活計《かっけい》はかつかつだ。年老いて狩りもできなくなったら、その家どころか村のお荷物だ。ここいらの山々じゃあ、そんな村がいくつもある。役に立たなくなったご老人たちが、『お前は要らない』『もう去《い》ね』と言われて、実の家族、自分の子どもたちからいくばくかの米と水を持たされて、捨てられた山だ。だから『要んね山』」

わたしは言葉が出なかった。

「役に立たなくなった者、要らない者は捨てる。当たり前のことだ。もっとも、せめて雨風をしのげる場所くらいはと考えた者《もん》もいて、粗末な小屋が山の中腹に建てられたそうだがな。地元の人は『神社』と呼んでいるそうだ。いまはもう誰も住んどらん。一度入ったが最後、帰り道も分からなくなるくらいの奥深い山だしな」

ふう、と鉢垣は溜め息を一つ零した。

「……でも、姥捨て山なんて昔の話ですよね」

「いんや、祟りは続いとる。その証《あか》しに、いまでも人が消えとるがじゃ」和尚が答える。「去年もな、人が消えたがよ。新聞で読んだがじゃ」

「それも中央のお役人さんだ」

鉢垣が話を継ぐ。

「一年前に、はるばる東京市から工事計画を立案したとかいうお役人さんが現場の視察に来た。落盤事故とか、炭鉱の粉塵爆発を憂えて、工事現場を廻《まわ》ってるとか言ってたな」

「いついなくなったんですか」

「翌日の帰り道だ」鉢垣の言葉が重くなった。

「山奥なもんで、宿舎に一晩泊まった。夜半から雨になった。朝に小降りになったものの、現場から離れたとたんに大雨だ。お役人さんとお付きの者、二人を乗せた車の後ろ姿を見送りながら心配したが、案の定だ。その車は町どころか村でも見かけよらんまま、消えた。車をまるごと持ち逃げするには身分が真っ当すぎる。中央からも調べに来た連中もいたが、見つかったのは一ヵ月もあとのことだ。山道を外れて斜面を落ちていた。二人は大怪我を負って車から出ようとしたが、そのまま息を引き取ったらしい。ドアはひしゃげたまま開け放たれていて、遺体は付近の動物に食われていた」

「山の祟りだがよ！」和尚が叫んだ。

「姥捨て山とされた山が人の命を食らうことを覚えて、人を襲っとるがじゃ」

車内の空気が重くなった。

村から離れたのでとうぶん人家はない。激しい雨の向こうには木立しか見えない。

勾配が上向きになり、身体の重心が後方へ傾く。車内には摑まるものがないので、わたしは揃えている両脚を車の後ろ側へ移して体勢を整えた。

心なしか速度が落ちているようだ。

「しばらく上り坂が続くがよ。気ぃつけてくれ」

エンジンが噴き上がる音が響く。

「餅でもどうだいね」

和尚は竹筒に入った水と団子餅を鉢垣に渡した。運転席の脇に包みに入れて置いておいたものらしい。

「さっき食堂の厠を借りたとき、ちょうど小腹が空いとったんで、こさえてあったものを幾つか分けてもらったがじゃ」

和尚は笑った。みんなそれどころではない状況なのに、この人はどこか他人事《ひとごと》のように飄々《ひょうひょう》としている。

「この先どうなるか分からんが。力つけとかにゃ」

こさえたばかりのものを持ってきたらしく、二つの団子餅はまだほのかに温かい。

わたしはいらないと断った。どうにも食欲が湧かない。

「もし食べられるようなら、春助さんに」

促されて、鉢垣は餅を千切《ちぎ》って春助の様子を窺った。

「春助、起きてるか」

返事はない。

「無理に起こしても、苦しがるだけかもしれんな」

仕方なく鉢垣が食べた。

車輪が空転を始めた。まだ上り坂の途中だ。

「和尚、どうした」

「車が重いがあ。水溜まりに入って滑っとるがじゃ。こんなところで往生した日にゃ、おっぺんぺんだがよ。あーのねえ、おっさん。わーしゃ、かーなわんよ」

場違いな和尚の軽口に、わたしは顔をしかめた。

なぜこの男は気分が浮ついているのか。逼迫《ひっぱく》した状況が続いているというのに、まるでこの状況を楽しんでいるようだ。

「おどけてどうする」鉢垣も眉根を寄せた。

「どれ、俺が押してやる」

鉢垣が後ろを開けると、外の雨が車内に舞い込んだ。その背中越しに見えたのは、豪雨で霞《かす》む道だった。

深い水溜まりが広がっている。足首まで浸《つか》ってしまう深さだと見てとれる。

鉢垣は慌てて後ろを閉めた。大きく肩で息をしている。

「こりゃあ一大事だ。……春助の様子はどうだ」

顔に半分かかった毛布を除《の》けて、春助の顔を覗き込む。

動かないどころか生気がない。

頭を近づけてみると、馴染《なじ》みのない臭いが鼻を突いた。

……死臭？

「のけ」

鉢垣がわたしを押し退《の》けて春助の首筋に手をあてがう。しばし揉《も》みほぐすように首にあてた手を動かしていたが、鉢垣の顔が険しくなっていく。

彼は春助の顔に毛布をかけると、運転席の和尚に詰め寄った。

「和尚、いまどの辺りまで来てるんだ」

その息は荒い。

「正直、分からんがな。町へ続く道の途中だあ。長いだらだら坂が続いたあと、平地に下りればなんとかなる。だけんじょこの雨だあ。どうにも車が重くて先へ進まんがよ」

鉢垣の顔が赤くなっている。滝のような汗が噴き出している。

「……も、戻る手もある」

鉢垣の動きが鈍い。胸を押さえて苦しみながら肩で息をしている。

「馬鹿なこと言わないで」

わたしは目をつり上げた。戻るわけにはいかない。

「電話線は切れてた。工事現場の惨状を直接伝えられるのは、わたしたちしかいない。絶対に、町まで行かなくちゃあ。……早く車を動かして！」

「無茶言いな。三人も乗っとるがな。この按配だと、重くてそうそう動けんがあ」

わたしは後ろのドアを開けた。

「なにをするがじゃ……」

和尚が訝しむ。鉢垣も俯いていた顔を上げる。

「死んだ者は荷物にしかならんでしょ。荷を捨てれば車は軽くなる。いまはあたしたちが町へ行くことが大事」

要らない者は捨てる。当たり前のことだ。

「お前、自分が恋い焦がれた人に対して……」

鉢垣は咎《とが》めたが、わたしは動かなくなった春助の足首を掴んで引き摺り、車外へ捨てた。

「お前、……なんてことを」

伸びてきた鉢垣の腕を掴み、力任せに引く。鉢垣の身体がつんのめって前屈みになる。

わたしはそのまま鉢垣を外へ放り出した。

鉢垣の身体は外の水溜まりに突っ込んだ。併せて発作を起こしたのか、腕と脚をびくつかせたまま起き上がってこない。

腰に手をあてて、大きく息を吐いてから、わたしは後ろを閉めた。

「これでずいぶんこと、軽うなったやいねえ」

思わず地の方言が出てしまった。

今度はわたしが運転席の和尚へ詰め寄る。

「さ、早いとこ町へ」

「無茶しよるおなごじゃな」

「こんなところで往生するわけにいかないでしょ。早く車を出して」

「あの二人は放《ほ》っとくんか」

「いまは、わたしらが助かる方が先。早く町へ出られれば駄賃も弾むから」

わたしは懐に隠すように巻いてあるさらしから、一円札を二枚取り出して和尚に突きつけた。

「たまに耳にする、炭鉱なんかの事務所を荒らしとるのはお前さんだったか。金でも車でもなんでも、もらえるもんはもらっとくがよ」

「余計な詮索《せんさく》はしないで。その方が身のためだからね」

「分かったがな」

和尚は紙幣を受け取って懐中に収めると、前に向き直って居住まいを正した。

「ほ。車が軽うなった」

車はゆっくりと走り出した。

＊

わたしが炭鉱や鉱山などの採掘現場事務所に勤めはじめたのは十二のときだ。

実家は農家で貧しかった。思えば役場の前で聞いていたラジオ放送だけが楽しみだった。口を合わせていたら、いつの間にか標準語を覚えていた。

結局、口減らしにとある炭鉱へと働きに出された。

「帰ってくることはならん」

家族から「お前はもう要らない」と放り出された。

それまでわたしの『世界』だったものが、このときすべて消えた。

気性の荒い作業員たちは日々争い事を起こす。雑用仕事とはいえ、巻き込まれなかった日などない。毎日のようにからかわれ、身体に手を出され、毎晩隠れるように布団部屋で身体を丸めながら泣いた。

十四になったとき、坑内で粉塵爆発事故が起きた。

宿舎の部屋を回りながら布団を片付けている最中だったが、慌ただしく男たちが声を荒らげながら出入りするのを見て、とんでもないことが起こったのだと察した。

やれ誰が巻き込まれた、誰それが坑内から出られない、すぐ現場へ行って手伝えと怒号が飛び交う。

宿舎に誰もいなくなった。布団を片付けていた部屋の主たちは怪我で動けないらしい。彼らがこっそりお金をため込んでいることは知っている。その隠し場所も。

各部屋に出入り自由の身だ。

逃げるならいましかない。しかも持ち主がいなくなったお金が隠してある場所も知っている。ほとんどは彼らが博打をしている部屋だ。いまは見張りも誰もいない。

わたしはそんな場所を廻って、腹に巻いたさらしの中へ、手当たり次第にお金を突っ込んだ。さらしが膨れると、逃げ出すために外へ出た。

動けない怪我人たちを乗せた一台のトラックが門へ向かっている。わたしは門衛所で止まったトラックの荷台に乗り込んだ。

「お父ちゃん」と叫びながら。

守衛の人はわたしに気づいたが、一瞥しただけでトラックから降ろされることはなかった。

町へ出てからトラックを抜け出し、近場の駅で汽車に乗る。

目的地は実家だった。まとまったお金を渡せば、また迎えてくれると思ったのだ。

しかし実家は消えていた。田んぼは借りものだったが、併せて知らない人の手に渡っていた。家族は一人として残っていなかった。

近場の人から「逃げた」と聞かされた。

ひとしきり泣いて、自分は天涯孤独の身になったのだと実感した。

どこかへ行こう。どこでもいい。人が多くて、紛れることができるところなら。

金の稼ぎ方は覚えた。新たな人生の始まりだった。

＊

この韻練山の隧道工事現場事務所に勤めはじめたのはこの春だ。もちろん狙って入った。

県が監督する事務所より、助成金があるぶん中央の監督下にある工事現場の方が、金がある。大なり小なり、事故を起こさない現場などない。寄せ集めの作業員が多い現場ならなおさらのこと。

現場の者たちと親しくなり、あらかじめ金の隠し場所を摑んでおき、事に備えた。今回の事故は驚くほど急激で派手だったぶん、隙も大きかった。机の引き出しは開いたまま。金庫番も誰もいなくなった事務所で『仕事』をするのは実にたやすい。

事故の報せが入ったとき、所員たちは瞬時に事故の対応へと向かった。

わたしもすぐに頭を切り替えた。仕事をするなら、いまだと直感した。

戸衣の指示があっても、どうしてわたしが宿舎の食堂へ向かわなかったのか。なぜ厨房に入って消毒用の湯を沸かさなかったのか。部屋を暖めることくらいはできたはずなのに。

機を窺っていたからだ。重傷者を値踏みして、一緒に車に乗り込むためだ。

ここから逃げるために。

電話で頼んだ車がなかなか現れなかったときには焦《じ》れた。事務所にあった札束を腹に収めているというのに、逃げ出すことができなければ話にならない。

大雨の中に現れたこの『救急車』は神々しく見えた。まさしく神の使いだった。

千載一遇《せんざいいちぐう》のこの機会を逃すわけにはいかない。

春助が恋人なんて、もちろん嘘。口を挟む者はいないだろうと思ったが案の定だ。

春助に飲ませたのは薬ではない。毒草の粉だ。だから春助の容態がおかしくなっても口づけすることはできなかった。

戸衣が見放した患者は死ぬと鉢垣から聞いて、わざわざ手を下す必要はなかったかもしれないと動揺したのは言うまでもない。

しかしこれで邪魔な二人はいなくなった。

あとは町へ着きさえすれば姿を消すだけだ。


上へ下へと大きく揺れながら車は進んでいく。

少々長いような気もしたが、それだけ進んでいるのだろうと逸《はや》る気持ちを抑える。

遠目でも人家の灯は見えないものかと車窓を眺めているうちに、先ほど見た切れた電話線が頭に浮かんだ。妙に気になる。

「……和尚。外の電話線を切ったのは、あんたでしょ」

「ほ。なにを言いよるがじゃ」

「出掛けに所長が死んだとか聞こえたし、事故とは別に妙なことが重なってる。きっと誰かの仕業。わたしは山の祟りなんて信用しないからね」

「儂《わし》だって、もちろん本気じゃねえよ。口からの出任せだ。ありゃ手拍子に合わせた間手《あいのて》、祭り囃《ばや》子《し》みたいなもんだがじゃ。なんか楽しくなっちまってよ」

含み笑いをしているのか、その肩が上下している。

「ところであんた、団子餅は食わなかったんだな」

「なにか食べたいと思う状況じゃないでしょ。……どういうこと」

「毒草を混ぜてあったかんな。死んでもおかしくないくらいだあ」

わたしは最後に見た鉢垣の姿を思い出した。彼は胸を押さえながら苦しんでいた。顔を真っ赤にして、滝のような汗を流しながら。

「ついでに食堂の他の団子や汁にも、しこたま混ぜておいたがじゃ」

含み笑いを漏らす運転席の和尚に、わたしはにじり寄った。

「わたしも食べていたら死んでたってことなの」

「世話なかったことには違《ちげ》えねえがよ、まあ怒るなやい。お前さんが春助いう男を始末しようとしたときには水を差し出してやったろ」

わたしは春助に毒を盛ったときのことを思い出した。あのとき、和尚は水が入った竹筒を渡してくれた。

〝水ならあるがよ。これを使え〟

「飲ませろ」ではなく「使え」だった。和尚はわたしが春助を処分しようとしていることを知っていたのか。

「儂は人の殺気に敏感でな。助《す》けてやりたくなるのは、まあ性分だろな」

かっかっか、と和尚は乾いた笑い声を上げた。

道に伸びた木の根を踏み越えたらしく、車が激しく上下に揺れる。わたしは慌てて崩れた体勢を整えた。

「あんたも同じ穴の狢《むじな》ってわけだ」

「儂と似たような者《もん》がここにもおると分かったときには驚いたがよ」

「所長も、あんたが殺したのね」

わたしは脇へ置いておいた傘を手繰り寄せた。

「所長はあんたのことを不審がってたものね。一人で事務所へ向かった所長を食堂から見たんでしょ。あの雨合羽は目立つからね」

「あん男は面食らってたぞ。なんし、金庫が開いてて中身は空だし、事務所の電話線は切れてたからな。後ろから近づいても、ちぃとも気づかんかったくらいだあ」

和尚が乾いた笑い声を漏らす。

「事務所の線を切ったのはあんたじゃろ。事務所が誰もいなくなるというのに、あんたは外に出たと、あん男は零していたかんなあ。つまりあんたが最後に部屋を出たっちうことじゃろがい。ここに来る前に木々を渡る電話線を切っておいたのに、無駄骨になったがじゃ」

「余計な詮索は無用と言ったはずだよね」

わたしは傘の先で和尚の後ろ頭を小突いた。

「やめろや、痛いがな。儂と同じような者《もん》がいると分かって、嬉しゅうなってきたところじゃが。なんし、こんなことは初めてじゃが。どうせ車の運転はできないじゃろがい。でなけりゃ、余計な芝居なんぞせんだろ。とっくに儂を襲って、自分で車を運転しとるがじゃ」

——読まれていた。こいつ、存外頭が回る。

「まあ急《せ》くな。この辺りまで来たら、もうすぐだでよ」

ハンドルを握る和尚は落ち着いている。窓の外に視線を向けたが、雨に叩かれる木々しか見えない。道の脇に張り出している枝の近さで狭い山道を走っていると分かる。

「ちなみにな、一年前に帰り道で死んだお役人たちのことは知らんよ。あん二人は儂が手にかけたわけじゃないがよ」

わたしは異常な気配を感じていた。たぶん殺気だ。

和尚は、この状況を喜んでいる。喜々として人殺しを楽しんでいる。

息が荒くなった。冷えた車内に呼気が舞う。身体の震えが止まらない。

これが武者震いというものか。

救急車は長いこと坂を上るように走っていたが、やや平坦な道に入った。

雨が小降りになってきた。雨脚が弱まり、視界が開ける。

外に宿舎が見える。いまは廃屋となった、二年前の工事現場らしい。

宿舎の脇に人が倒れている。見覚えがあるその姿は仁科だった。雨の中、割れた頭から血を流したまま動かない。

「仁科ちゅうたか。車の油がねえとかで寄り道することになったがじゃ。こっちに来てな、ブリキ缶を車の中へ運び入れようとしたがな、あんまりとろくしゃあでよ。頭の後ろが隙だらけだったがじゃ。んで、我慢できんようになってよ、行きがけの駄賃とばかりに手が出とったが。まあ、手頃な住み処《か》になりそうだしよ、いい場所が見つかったわい」

口調に淀みはない。和尚は滔々《とうとう》と話した。

「ここで仕舞いだ」

車が止まった。

和尚は運転席から降りた。

わたしが車の後ろのドアを開けると、雨でずぶ濡れになった和尚が現れた。その手に愛用しているという棓を摑んでいる。

「こんな楽しいことは滅多にねえがじゃ。仏さんに感謝せにゃあ」

——手加減は無用。殺さないと、こちらが殺される。

傘を握りしめるわたしの手に、汗が滲《にじ》んだ。

昭和二十年代　愛しき我が家へ

終戦を迎えて、数年に亘《わた》る戦時下という暗黒時代が去ったのが昭和二十年（一九四五年）である。

戦争終結時点で約六百万人以上がアジア各地や太平洋の島々に取り残された。彼らを本土へ帰す復員輸送は昭和二十年十月から始まり、翌年の春から夏にかけてピークとなり、昭和二十二年（一九四七年）夏まで続いた。

『欲しがりません勝つまでは』。生活物資を削り、疲弊した先にあったのは厳しい現実だった。ゼロからではなく、マイナスからのスタートである。ただ生きるだけでも艱難辛苦《かんなんしんく》の繰り返しだったことは否めない。そんな状況で、歪《いびつ》な意識が顕現《けんげん》したことは想像に難くない。

ここで多くは語るまい。

戦後というドラマはこの年代から始まる。

待ちわびた復員船に乗ることができたというのに、兵たちの表情は一概に安堵したものではない。俵安男《たわらやすお》がいる船室の男たちは、みな一様に表情が重い。

敗戦の絶望感だけではない。安男は左目の視力の他に、左腕と左脚の膝《ひざ》から下を失っている。

終戦の報せが入ると、彼らを差し置いて負傷していない者たちが我先にと引き揚げていった。『お国のため』に身を挺《てい》して戦った者が身体を痛めると「お前はもういらない」と放り出される。後回しにされた挙げ句、十把一絡《じっぱひとから》げで復員船に詰め込まれた。

「辛《つら》いよな。こんな身体じゃあ、なんもできね」

南忠次《みなみちゅうじ》が安男の思いを見透かしたように呟いた。そんな忠次は両目が見えない。

安男も忠次も三年前に十九歳で徴兵されたから今年二十二になる。人生これからだというのに、家族の負担にしかならない。しかし次の年に徴兵された者は十七歳だった。

——なにもできないので、人間魚雷として特攻して行ったという。そんな彼らよりはマシだったのか。

いや華々しく散った方が、地雷原を走らされるより良かったかもしれない。なまじ生きながらえたがゆえに、自分たちには辛い人生が待っている。

「内地では、戦時中から大きな地震が重なってるそうだ。きっと八百万《やおよろず》の神さんも怒ってる」

安男が頷くと、忠次は続けた。

「俺は漁師だ。実家は三重県の尾鷲《おわせ》市ってところで、熊野灘《くまのなだ》を望む町だ。女子《おんなご》どもは魚を日干しにする仕事の他に、ようやく缶詰にして軍部へ供給する仕事が始まったところだった。去年一月の大地震でかなり亡くなったらしいから心配でたまらん。だが目がこんなんなっちまったからよ、帰ってもなにをしてやれるか分からん。むしろ面倒みられる側になっちまった」

「お前《めえ》はまだいいずらぜ」

両の太腿《ふともも》から下の脚がない阿部伊介《あべいすけ》が横から入る。同じく二十二歳だというのに、気性が曲がった老人のような目付きになっている。

「俺の家族は軍部の工場で働いてたが、一昨年《おととし》暮れの地震が軍事機密にされたもんだから、家族が生きてるかどうかも分からねえずら」

伊介の生まれは信州《しんしゅう》松本《まつもと》だが、家族揃って愛知県の名古屋市へ移り住んでいる。

「俺は印刷工場で働いてた。中区《なか》の鉄砲町《てっぽうちょう》ってとこに住んでたずら。近くに軍の工場があってな、印刷物の検閲がしょっちゅうだった。公布される文書とか、消防の新聞や冊子とか、仕事には事欠かなかったずらぜ。帰ったら机にしがみつく仕事になるだろうが、任せてもらえるか心配だあよ」

三人とも郷里が東海地方という縁で自然と寄り添っている。地の言葉では会話が成り立たないので、安男と忠次は訛《なま》りや方言を意識的に抑えているものの、伊介だけは語尾に訛りが出る。

はあ、と誰ともなく太い息を吐く音が船室に響いた。

無為な時間を過ごしながら思い起こすのは郷里のことばかりだ。

カエルの鳴き声に送られながら歩いた畔道。友だちと一緒に夢中になったドジョウ獲《と》り。カメに咬《か》まれた指。最初に茶摘みを手伝った日は、腕が痛くなってわあわあ泣いたものだ。

実家は遠州《えんしゅう》――静岡県の掛川《かけがわ》市でそこそこ広い茶畑を営んでいる。早く帰郷して掛川の茶を飲みたい。徴兵されたときはイチゴ栽培に手を出したところだったが、うまくいっているだろうか。

時折思い出すのは、裏山の竹林で竹の子を掘っていた折に見かけた女の子だ。竹の子がうまく採れないと困っていたので手伝ってやったら、とても喜んでいた。近くの養蚕場《ようさんじょう》で働いていると聞いたが、いまはどうしているだろう。あれからもう三年が経つ。どこぞへ嫁いでいったとしてもおかしくない。

いまや自分は茶摘みどころか、肥料にするための藁《わら》を地べたに敷いていくことすら手間どってしまう。歩くことさえままならない。

両親や姉や、歳が離れた妹に旗を振られて送り出された長男だというのに、負け戦のうえ、家に帰る自分を、家族はどう思うだろう。

はたして故郷は自分を受け入れてくれるだろうか。いや、そもそも郷里は無事なのか。自分の家族は元の家で生活しているのだろうか。

＊

押し込められた船室で何日も饐《す》えた臭いに耐えて、やっと復員船は港に着いた。

埠頭《ふとう》に人が集まっている。

家族を迎えに来た人たちが顔をくしゃくしゃにしながら、おのおの名前を書いた紙を掲げて声を張り上げている。

安男の名は見当たらなかった。

目が見えない忠次は安男にしがみついた。

「本当に俺の名はないのか。もっとよく見てくれ。誰かいないか。なあ、俺の名を叫んでる人はいないのか」

閉じた目から涙を流しながら、忠次は声を震わせた。

「ここからでは見あたらん。俺の名前も」

「後生だ。もう少しだけ、俺の名を探してくれぇ」

二人の横で、伊介も肩を落としている。小柄な身体がさらに小さく見える。

下船して、しばらく動かずに家族の顔を探す。家族が見つからない人たちが、よもやまさかと身体の一部を失った安男たちの顔を覗きに来る。

安男や伊介は、知った顔はいないかと必死に目を巡らせる。

忠次は声を張り上げた。

「忠次です！　南忠次です！　お父さん、お母さんはいませんか！」

目を背ける者、自分の家族ではないと安堵して小さく溜め息を吐く者たちが離れて行く。

「南忠次です！　忠次は帰って参りました！」

二時間も経った頃には、周りには誰もいなくなった。ただ忠次だけが、涙をぼろぼろと零しながら自分の名前を虚《むな》しく叫んでいる。

「お父さん、お母さん！　僕はここです！　ここにいます！」

気づけば三人とも泣いていた。港は夕陽《ゆうひ》に包まれている。三人の足下には、涙が流れたように影が滲んでいた。

迎えがなかった者や、帰省する列車の手配ができなかった者のために、土地の篤志家が用意した宿舎があると知らされて、安男たちはひとまず安心した。

「今日はそこに泊まるしかないな」

安男の提案に、忠次と伊介は頷いた。

覚束《おぼつか》ない足取りで案内された宿舎へ向かう。目が見えない忠次の肩を安男が抱き、左脚がない安男は忠次に寄りかかる。後ろに、伊介を乗せた大八車を安男と忠次が引く。

「いつもすまんずら」

「言うな、お互い様だ」

「俺だって忠次がいなけりゃ、まっすぐ歩けんからな。一蓮托生《いちれんたくしょう》だ」

ふと横を通り過ぎる車に煽られて、ふらふらと電柱にぶつかった。

「……ちきしょう、誰だ、こんなところに電柱なんか立てやがってよお」

安男が毒づく。

「ちょい待ってくれい。その紙はなんずら」

伊介に指摘されて、安男も電柱の貼り紙に気づいた。真新しい紙である。最近貼られたものらしい。

「なんだ、これ。復員兵向けのものらしいが……」

「なんて書いてあるずら」興味深げに伊介が身を起こして上半身を前に傾ける。

「古めかしい漢字が並んでる。俺には、よう読めん」

「俺に貸せ」

伊介が手を伸ばすと、安男は電柱の紙を引き剥がして渡した。読み書きは三人のうち伊介が最も長《た》けている。

「ふん、安っぽい紙ずらぜ。……人寄せの文だ。戦地で失った身体を取り戻しませんか、って書いてある。希望者は彼誰《かわたれ》神社まで。この神社って、近くなのか」

「よせよせ」忠次は吐き捨てた。「俺たちみたいな奴らから、なけなしの金を巻き上げようってことだ。俺たちの家族まで、すかんぴんにされちまうぞ」

「ふざけんな！」

伊介は手にした紙を破り捨てた。

「馬鹿にするのも、いい加減にしろずら！」

誰ともなく嗚咽《おえつ》を漏らす。

宿舎へ向かう三人の足取りが、さらに重くなった。

＊

朝。起床すると、安男と忠次の二人は寝惚け眼のまま追い出されるように宿舎の外へ出され、椀を渡されて炊き出しの列へと並ばされた。

しかし伊介の姿がない。疲れて眠っている二人を起こしたくないと気遣って、伊介は厠近くの場所で横になったのだが、朝になるといなくなっていた。

二人は雑炊が入った椀を手にして、他の者たちの邪魔にならぬよう、近場の宿舎の壁を背にして座り込んだ。

炊き出しの雑炊に口をつけながら忠次がぼやく。

「雑炊というより吸い物だな、こりゃ」

「汁物だと思えばいいやな」

菜っ葉が浮いているだけで底に沈んでいる米粒は一口分もない。見えない方が馳走《ちそう》だと想像できる。故郷のとろろ汁が恋しい。

残り半分。一気に飲み干そうかどうか、安男は迷った。

「ところでまだ伊介は見あたらんのか」

「ああ、姿が見えない」あらためて安男が辺りを見回す。

帰りそびれた復員兵は多い。特に重傷を負った者たちは足が重い。家族にどんな顔をして会えばよいのか分からないのだ。そもそも一人で帰れるなら、まだ運がいい。

「一人で歩いて帰ったはずもなし、心配だな」

ふう、と忠次が溜め息を零す。

「よお、お二人さん。おはようずら」

伊介の声がした。

「伊介、お前どこへ行って……」

通りの向こうに伊介の姿をみとめて、安男は声を失った。

「……伊介か。声の位置が高いような気がするが」忠次が訝しむ。

「うはは。そうだろ、そうだろ」

伊介は両の脚をきびきびと動かしながら近づいてきて、忠次の肩をばんばん叩いた。

「忠次よお、触ってみるずら。俺の新しい脚ずら」

忠次の手をとって、伊介は自分の脚へと誘《いざな》った。忠次は腰から下、ズボンの内側にある肉を感じて指を震わせた。

「伊介、お前……」

安男は瞠目したまま、二の句を継ぐことができなかった。

昨日まで伊介の太腿から下にはなにもなかった。しかしいまは汚れたズボンの中に二本の脚がある。軍服は汗と垢《あか》でごわごわしているものの、血管や筋肉が通った本物の脚がある。軍靴に収まっている足には、しっかり五本の指があるはずだ。でなければ力強く歩けない。

「驚いたか、ん？」

「いったいどういうわけだ」忠次が訊いた。

伊介は二人の間に腰を下ろした。

「実はなあ……」

伊介は語り出した。

昨晩のこと。

伊介は夜分に尿意を催して目が覚めた。

安男も忠次も深く寝入っている。起こすに忍びない。さて一人で厠へと行けるだろうかと身体をもぞもぞ動かしていると、隣の男に声をかけられた。

「小便か。どれ、儂が付きおうたるわ」

三十代くらいの男だったが、左腕の肘から先がなく、右目が見えないようだ。男は右腕で伊介を抱えながら、ずるずると廊下へ出た。

「すまんずら。なんなら外でもいいずらぜ」

「そうだな。そっちの方が面倒なさそうだ」

男は伊介を外へ連れ出し、伊介は宿舎の玄関脇で用を足した。

「いい月夜だ」

男もまた、伊介の横で小便をしながら夜空を仰いだ。

「俺は伊介だ」

「儂のことは曹長《そうちょう》と呼んでくれや。名前より、そっちで呼ばれてたから耳に馴染む」

曹長が小さく笑うと、伊介は了解したとばかりに「はい」と頷いた。

「お前さんなあ、ここいらに貼られている紙を見たか」

「戦地で失った身体を取り戻しませんか、ってやつですかい。夢物語ずらぜ」

「儂ら、お国のために戦ってきた復員兵を騙《だま》そうなんて鬼畜だよな。本当の話ならありがたいがな」

「ああ、一発殴ってやりたいところずら。本当の話なら別だがよ」

「場所は彼誰神社だったな。この裏手にある小山の中腹にあるそうだ。さほど歩かなくて行ける場所だな」

「説教しに行く、ってんなら付き合うずらよ」

「……懲らしめにゃならんよなあ」曹長は頷いた。

本当の話なら別なんだがな、と互いに呟きながら、曹長は伊介を大八車に乗せた。

身体の内に湧き起こるのは怒りか期待か。曹長の力は強く、ゆるやかな坂道をぐいぐい上る。

やがて神社が見えてきたところで道は平坦になった。

二人が鳥居を潜《くぐ》ると、社《やしろ》の脇、茂みの向こうに提灯《ちょうちん》の明かりが見えた。誘うように揺れている。

「ようこそ。こちらです」

提灯の上に狐《きつね》の面が浮かび上がる。落ち着いた男の声である。

「お前さんたちかい。身体を取り戻しませんか、って貼り紙したんは」

「はい。目でも鼻でも耳でも、腕だろうが脚だろうが、新しいものをお付けできます。胸を張って故郷へ帰ることができますよ」

「ほ、本当の話なのか！」伊介が叫ぶ。

「はい。この奥で開かれている賭場《とば》で、勝負に勝てればですが」

「勝負だと」

「ただで新しい手足を手に入れようなんて話は虫が良すぎますからね。自分の腕や脚を賭けて、勝負していただきます」

二人は顔を見合わせた。

奥へ進むと、はたして隠れるようにその賭場はあった。

最初の部屋で、自分が持っている身体の部分を札《ふだ》にして丁半博打《ちょうはん》をするのだと説明された。うまく札を増やせれば自分の身体に合ったものを見繕って身体に付けてくれるという。

二人が迷っていると、部屋の奥の扉が開いて一人の復員兵が姿を現した。

見る限り負傷している部位はない。だがその男が軍服を脱ぐと、右の太腿と左のふくらはぎの上に、うっすらと繋げた痕があった。

彼は左目と両脚を勝ち取ったのだと紹介された。

少し考えたあとで、曹長と伊介は勝負を決心した。

そして、伊介は勝った。

「勝負よりも、俺に合った脚を見つけるのに手間がかかったずら。おかげで一睡もしとらんが。だけんど目が冴《さ》えとるけえ、この通り元気いっぱいずら」

「ほ、本当なのか」忠次は取り乱した。「その話が本当なら、俺も勝負したい」

無理もない、と安男は思った。これから先、一生目が見えないというのは辛い。他の者たちとは生きる世界が違ってくる。

「一つ、いいか」安男は指を立てた。

「負けた場合はどうなるんだ」

「そりゃ同じことずら。負けた分だけ身体の部分を失うか、大負けすると命を失うずらぜ」

「構わん」忠次は即答した。

「むしろありがたい。これ以上不自由を蒙《こうむ》るくらいなら、いっそ死んだ方がマシだ。すべてか死か。俺はそれでいい」

安男は考え込んだ。

勝てればいい。だが負けたら死ぬというのはどうだ。戦争は終わった。戦場に赴いていた敗戦国の兵士としては、戦死せずにお国へ戻って来られただけで御の字と言えるかもしれない。命あっての物種だからだ。いまこの見知らぬ土地で死んでしまったら元も子もないのでは。

しかし――。

はたしてこのまま帰って家族は喜ぶだろうか。一家の長男としての責任を果たせるだろうか。家長どころか、厄介者《やっかいもの》ではないのか。むしろいない方が、家族にとって幸福ではないのか。

畑に出ても突っ立っていることしかできない。それは家長と呼べる者なのか。

それで自分は納得できるのか。

安男は唇を嚙《か》みしめた。

「……やる。俺もやる」

「決まりずらな」伊介は頷いた。

伊介に案内されて、安男と忠次は山の中腹にある彼誰神社へと向かった。

社の陰に溶け込むように、狐面を被《かぶ》った黒服の男が立っている。

「ようこそ。ここからは私が案内します」

先頭を歩いていた伊介が二人に振り返る。

「すまんが、お前らとはここでお別れずらよ」

「待っていてくれないのか」忠次が唇を尖《とが》らせる。

「一刻も早く故郷へ帰りたいずら。二人とも達者でな」

これほど元気な伊介の声を聞いたのは、初めてのことだった。たぶん忠次も同じだろう。

安男は力なく手を振った。

突然の別れだった。元気に手を振る伊介を、どんな顔をして見送ったのか思い出せない。

俺たちはいつも一緒だった。故郷へ帰らず、三人で暮らしていこうかと何度も考えたほどの仲だった。

胸の内に湧き上がったのは別離の感傷だけではない。衝撃と興奮の中で、羨望や妬《ねた》みが頭の中で渦を巻く。

正直に言おう。朋輩《ほうばい》が身体の失った部位を取り戻した喜びの感情よりも、「それなら自分も」という思いが膨れ上がっていた。

狐面の男は茂みに隠れた山道を進んだ。

神社の表にある鳥居とは別の鳥居を潜り、さらに進むと山肌に埋め込まれたような扉があった。

山の中へと通じていそうな観音開きの扉を二枚潜ると、行き止まりは土間だった。

木造の卓の周りに五つほど椅子が置かれている。蠟燭《ろうそく》が卓に二つ、四方の壁と、合わせて六つ灯されているが薄暗さは否めない。

正面にはなにもない。剝き出しになった土だった。賭場の規則らしきものが書かれた紙が両側の壁に貼られている。

「では、私はここで。誰《たれ》ぞ訪れる者がおりましたら迎えなければなりませんので」

狐面の男が一礼する。代わりに、正面の土の壁に扉が現れ、中から別の狐面が現れた。

「それでは、賭場の決め事を説明します。そのあとで、賭場に参加するかどうかをお決めください。参加するにせよしないにせよ、この場で決めたことは翻《ひるがえ》りませんので、よくお考えください。『不参加』の意思表示のあとで決意を変えても通りません。また、一度参加した者が精算したあとで再び参加することも叶いません。機会は一度だけです」

よく通る声だった。

体軀《たいく》は立派な成人男性だが、声には幼さがある。もしや子どもではあるまいかと安男は思った。

黒装束の狐面の男は、壁に貼られた紙の文字面を追いながら、賭場についての決め事を説明した。

・お金ではなく、身体を賭ける賭場である。お金に代替することはできない。
・丁半博打。手持ちの札を賭ける。
・札の枚数は、以下の身体部が損なわれていなければ十五枚。
『脳』『心臓』『右目』『左目』『鼻』『耳』。胴体部分の『肺』『消化器上部』『消化器下部』『膵臓《すいぞう》』などの臓器』。『右腕』『左腕』。『右脚』『左脚』。それと『生殖器』。
・参加する場合、参加者の身体に見合った札の枚数が渡されるので、その札を元手に参加する。
・札の貸し借りは自由だが譲渡はできない。また、貸した者が返却を求めたら、借りた者は札を速やかに返さねばならない。
・いつでもやめることができる。精算は「やめる」と宣言したあと速やかに。

その際に、失った分は取られる。指定する部分がなければ胴元が勝手に選んで身体から切り取る。また、勝った分は、札に部位の識別がないため、希望する身体の部分にできる。火傷など特殊なものについては応相談。
・一度場に出した札を引くことはできない。
・札の枚数が揃わなければ勝負は成立しない。しかし場合によっては、胴元が札の足りない分を揃えて賭けを成り立たせることもある。
・毎回参加しなくてもよい。好きなときに参加してよし。別に食堂や浴場もあるので楽しんでよし。ただし連続して参加しないのは十回まで。十回続けて参加しなかった場合は『強制退場』。疲れなどで睡眠をとりたい場合は応相談。
・賭場から出ることはできない。
・一度やめたら、再度参加することはできない。この賭場は、生涯一度だけのもの。

「手持ちの札が一枚もなくなったときはどうなる」安男は質問した。

「一枚もなくなれば場に参加することはできません。十回続けて参加しなかった場合は退場いただきます」

「退場って、帰ることができるのか」

「人生が終わると思ってくださって結構です」

忠次も訊いた。

「故郷に電報や手紙を出すために、賭場から出たとしたら」

「どのような事情であれ、なりません。どこまでも追いかけていって問答無用で処分することになりますのでご注意ください」

うへえ、と忠次はおどけたが、狐面から覗く目は笑っていない。

伊介から聞いていた通りだった。齟齬《そご》はない。

「安男、俺たちは一蓮托生だからな」

「分かってる。見捨てるなんてしないさ」

二人が賭場への参加を宣言すると、紐《ひも》がついた麻袋を渡された。

「『首袋』です。札を入れて、首に下げてください。札が一枚もなくなれば、札の代わりに首が入ります」

冗談ではなさそうだ、と安男は感じた。ここで会った狐面の二人とも、ただならぬ雰囲気を纏《まと》っている。所作は落ち着いているものの、必要とあれば俊敏な動きを見せそうだ。隠し持った短刀で二人の首を落とすくらい造作もないだろう。

続いて、木札が渡された。

安男が渡されたのは十二枚。忠次は十三枚。すでに失っている身体の部分を、それぞれ差し引かれている。

渡された木札を麻袋に入れて首に下げた。

なにもなかった壁に扉が現れた。狐面の男が扉を開けて、安男と忠次を誘う。

扉の向こうには、遊郭のような薄暗い部屋が並んでいた。

「もう一つだけ」安男は歩き出すことを躊躇《ためら》うように訊いた。

「どうしてこんなことをしている。それに身体を戻すなんて人間業ではないよな」

「後者は質問ではありませんよね。まま、答えになっていますから」

ふふ、と狐面が笑う。

「説明が必要ですか」

「こっちは命を張るんだぞ。せめて納得してから札を張りたい」

「……分かりました。もう賭場への参加を表明してることですし、いいでしょう」

黒服の狐面は面を外した。現れたのは同じく狐の頭だった。

言葉を失っている安男と忠次に、狐は言った。

「私たちは『魂衒衆《こんげんし》』と呼ばれている妖衆《あやかし》です。人の身体の部位を自在に付け替える術を持っているので、お困りの方へ声をかけています。しかしただではありません。私たちが欲しいもの、魂を賭けていただきます」

「魂だと。身体の一部じゃないのか」

忠次が顔をしかめる。

「札は身体の一部ですよ。しかし全体を失うと命をいただきます。中途でやめることもできますから、かなり良心的だと思いますがね。もちろん如何様《いかさま》などは決してありません」

牙《きば》が覗く口元から、くっくっと笑いを漏らす。

「私たちにとって魂は食べものでもありますし、取引の材料として扱われる金子《きんす》のようなもの。それを狩るためにこのような場を用意するのも趣があるではありませんか。参加された方々には、自分の願いと命を秤《はかり》にかけていただきます」

「いつもこの場所で興業しているのか」

安男は訊いた。

「一時的なものですよ。特需と言いますか、終戦後のいまはあちこちで似たような場が開かれています。普段は祭りなどで気分が高揚している人間に声をかけるのですが、いまは時期的に狙い目ですからね」

外していた狐の面を再びつける。

「私たちは一つところに長居しません。流浪の妖衆です。土地神に仁義を切り、古寺や神社で賭場を開きます。土地神へは狩った魂の一割を渡すことが決まりなのですよ。基本的に集めた人間の約半数の魂が獲れるので人集めにも力を入れているのですが、この顔で人前に出るのも憚《はばか》られるので、この通り面をつけています。……そうそう、私は単なる案内役ですが、白装束を纏った者は各組の頭《かしら》なのでご注意ください。機嫌を損ねて命を落とすなんて馬鹿馬鹿しいですからね。せめて賭け事の結果としての方がご自身も納得できるでしょう」

狐面が先頭に立って歩き出す。

「あんたらの組は幾つもあるものなのか」

狐面は振り返らず、前を向いたまま首すら動かさない。

「賭場を仕切る『畳組』。土地神との交渉や、食事や風呂や布団など生活空間を整える『賄い組』。術に長けているのは、勝った方へ身体を整えることと魂の回収をする『抜き手組』ですね。ちなみに私は『畳組』です」

一行が進んで行くと、奥の部屋の前に、別の狐面をつけた男が現れて部屋の襖《ふすま》を開いた。

「私が賭場を仕切っております。さ、どうぞ」

白装束なので組頭だ。時折廊下を黒装束の者が走ったり横切ったりしている。薄暗いので闇が動いているようだ。

部屋は十二畳くらいの畳部屋だった。空気が張りつめている。

参加者は六人。彼らは一様に身体のどこかを失っている。安男と忠次が入ると、みな二人を一瞥したが、すぐに意識を勝負へと戻したようで、賽《さい》が入り伏せられている壺《つぼ》へと視線を戻した。

彼らの前には、それぞれ数枚の札が置かれている。

中央に二枚の畳が重ねられている。その向こうに、着物の肩をはだけた振り手が座っていた。やはり狐面だったが、肩下まで垂れている黒髪には艶《つや》がある。その両脇に二人、出入り口近くに二人、黒装束の狐面が控えている。

しなやかな振り手の指が伸びて、徐《おもむ》ろに壺を傾ける。

「五二《ぐに》の半」

通る女の声とともに一陣の黒い風が舞い、場に置かれた札が消えたり、倍になったりした。

「死にてえ……」

目の前の札が消えた男が頭を抱え込む。しかし胡坐《あぐら》をかいた脚の上にはまだ八枚くらいの札がある。すべての札を袋から出して勝負しているらしい。

安男と忠次の近くにいた男もまた、大きく肩を落とした。徐ろに脇の茶に手を伸ばし、一口飲んでから、いま気づいたかのように二人に目を向ける。右目は見えていないようだった。左腕の肘から先もない。

「新顔さんかい。こっちに座りな。儂のことは曹長と呼んでくれ」

横に座るよう促して、首を伸ばす。

「あまり勝負を急《せ》くもんじゃない。機を窺い、仕掛けないと負けるぞ」

たしかに曹長と名乗る男は賭けに参加していない。『見《けん》』だった。もしかしたらこの回だけでなく、何度か勝負を見送っているのかもしれない。

「安男です、よろしく」

「……忠次です」

二人は名乗りながら曹長の横に腰を下ろした。

「もしかして伊介という男を知りませんかね。自分らの仲間だった男でしたが、ここで両の脚を手に入れました。曹長は、彼とご一緒だったのでは」

隣で忠次も頷く。

「ああ、あいつは運が良かった。初《しょ》っぱなの一手だけで決めちまったからな。しかも度胸もあった。手始めといいつつ、手札を二枚一度に張るなんてことは、五分五分の勝負だと理屈で分かっていてもできないもんだ」

曹長は腕を組み、うんうんと自分で頷いた。次に、はす向かいで頭を抱えながら「死にてえ」と呟いている男を目顔で指しつつ、声を落とした。

「あの『死にたい』なんかも、いま一つ勝負に出ることができずに、ずっと手札が行ったり来たりだ。ああなると、いつまで経っても抜けられなくなる」

曹長は骨と皮だけのような首を伸ばして、二人ににじりよった。

「そこで、だ。儂ら組まないか」

組めば巧《うま》い手があるんだ、と彼は言った。

不穏な空気を嗅《か》ぎとったのか、部屋にいた参加者たちが三人を一瞥したが、狐面をつけた者たちは気にする素振りも見せない。

「外で話そう」

安男と忠次は曹長に言われるがまま、板敷きの廊下へ出た。

「いったいどういう……」

「まあ聞け」

曹長は忠次の問いかけを軽く手を上げて制し、声を落とした。

「儂は無駄な勝負をしない。極力『見』を続けて場の流れを読んでいる。もちろん勝負する奴らもな。いいか、負けて札をなくす奴ってのはな、独特な空気や流れを持ってる。負け犬の雰囲気というか、負の運命に取り込まれるんだ。だからそんな奴の逆張りをすれば勝てる」

「それが確かなら、どうして一人でやらんのですか」

安男が口を挟む。

「時間がかかりすぎる」曹長が顔をしかめる。

「負けてくるとな、そうそう勝負をしてこなくなる。それに見張る負け犬は一人だけでなく二人や三人が望ましい。より確実になる。そうなるとこっちとしても手持ちの札は多い方がいい。だからまず三人の札を合わせる。一人でも欠けたら札が消えちまうから、これは救済措置でもあるんだ。一蓮托生、生きるも死ぬも一緒だ」

「ああ。そ、それもそうか」

話にほだされたのか、忠次が首袋の口を広げて中の札を覗かせる。

「いや、ちょっと待ってくださいよ。その理屈はおかしいと思う。何人組もうが、みんなで参加するとなると枚数の多寡《たか》は関係ないのでは……」

そのとき曹長の後ろに気配が現れた。

白装束を纏っている狐面だった。安男や忠次をこの部屋で迎えた者である。

「ご注意ください。次があなたさまの十回目になります。参加しなければ……」

「おっと、こいつはいけねえな。坊、とりあえず二枚拝借するぞ」

言うなり、曹長は忠次の首袋から頭を出していた二枚の札を摑んで賭場に戻った。

「おい。まだ承知してないぞ！」

安男が追いすがったが、隅に控えていた狐面に後ろから肩を摑まれた。

「賭場での乱暴ごとは御法度《ごはっと》です」

肩を摑む手の力が異常に強い。鍼灸《はりきゆう》に通じているのだろうか。ツボを押さえられたように全身が痺《しび》れて動けない。

「おい。なにがどうなったんだ」

忠次は賭場の入り口で立ち尽くした。

曹長は動けなくなった二人を見遣り、ほくそ笑んだ。

「心配するな。すぐに増える」

着物の肩をはだけた女の狐面が賽と壺を持ち、両腕を伸ばす。

「どちらさんも、よござんすね」

壺に賽が入り、からからと乾いた音をたてる。振り手の腕が風を切る。

伏せられた壺が二度三度と押し引きを繰り返したあと、場に静寂が訪れる。

「さあ、どっちもどっちも！」振り手の後ろに控えていた狐面が一歩前に進み出て、声を響かせる。

「……半」『死にたい』が札を二枚置いた。

曹長は手にした二枚の札を場に差し出した。

「丁に二枚だ！」

それを合図にしたかのように、場に次々と札が張られていく。

「半だ」「丁に三枚」「……半」「丁」

声が途絶え、振り手の脇に控えている狐面が声を張り上げる。

「半方《はんかた》、三枚足りません。どなたかありませんか」

声はない。すでに場にいる全員が札を張っている。参加していないのは安男と忠次の二人だけだ。しかし動けない状態で札を張れというのも無理というものだ。

「『見』だ」と安男。

「張れるわけないだろう」忠次も続く。

黒装束の狐面が壺の振り手に囁《ささや》く。

「流しますか」

「いや」戸口に立っていた白装束の狐面が答える。

「この勝負、こちらで札を揃えましょう」

参加者たちから安堵とも嘆きともつかぬ溜め息が漏れ、場が緊張に包まれる。

壺に白く細い腕が伸びる。しなやかな指が壺を傾け、賽を覗かせる。

壺が取り払われて、出目《でめ》が宣言される。

「四一《しっぴん》の半」

曹長の顔が歪《ゆが》む。

彼を見遣りながら『死にたい』が呟く。

「気づかんのか。いまこの場での『死に体』はお前だ」

曹長は舌打ちすると、安男と忠次に振り返った。

「なあに、二枚減っただけだ。まだまだ勝負はこれからだぞ。心配するな、最後は儂らが勝つ。一蓮托生だ」

「ふざけるな！　忠次の札を返せ！」

「そうだ、返せ！　俺の札だ！」

「過ぎたことは忘れようじゃねえか。男らしくないぞ」

曹長の後ろから巨大な手が現れて、その頭を掴んだ。

「な、なんだ」

彼の背後に、いつの間にか白装束の狐面が立っていた。

「札の貸し借りは自由ですが、貸し主が返却を求めた場合は、速やかに返却しなければなりません」

「だから、なんだってんだよ」

「あなたの持ち札は一枚でした。そこへ二枚の札を借りて失った。なので残りは一枚。ですが、ここで二枚の返却を求められましたので、あなたの手持ちはなくなりました」

曹長の顔が青ざめていく。

「待て。またすぐに借りる」

「誰が貸すもんか。俺の札を返せ！」

忠次が叫ぶ。

「お、おい。待……」

言い終わらないうちに、頭を掴まれている曹長の身体が宙に浮いた。くぐもった悲鳴が上がる。

曹長は手足をばたつかせながら白装束の狐面とともに戸口へと消えていく。

再び場に静寂が訪れた。

「忠次、札を確かめてみろ」

促されて忠次が首袋の中にある札を確認したら十三枚あった。曹長に取られた札が戻っている。念のため安男も自分の札を確認したが十二枚のままだ。二人とも最初に渡された枚数が動いていない。

どちらともなく安堵の溜め息を漏らした。

「それじゃ俺たちも張るとするか」

なくしたと覚悟した札が戻ったので忠次は気分がいい。しかし安男は消えた曹長の方が気がかりだった。

新たな両脚を手に入れた伊介の姿が脳裏に浮かぶ。勝ってあれだけの利得があるなら、負けたときの代償も洒落や冗談では済まないだろう。札がなくなった際には命を支払うという話だ。消えた曹長の最期は脳裏に焼きつけておかねばならない。

忠次が勝負に乗り気であることを見てとった着物姿の狐面がすかさず壺を手にする。張り手の気を捉えることには長けているようだ。

「丁だ」

忠次が二枚の札を重ねて前に出す。

「おい、一枚ずつの方が良かないか」

「どうせなくしたと思った札だ。それに曹長のおっさんは丁の目に張って負けたからな。落ち目が張った目は一回ズレるもんだ。ここは丁だ」

ふふん、と得意げに鼻を鳴らす。

「しょうがない奴だな。後悔することになっても知らんぞ」

安男は忠次と同じ『丁』に一枚張った。

場に札が揃い、伏せられていた壺が上がる。

「二六《にろく》の丁」

一陣の黒い風が舞い、瞬時に目の前の札が倍になる。

「……あれま」

呆気にとられたのは、安男より忠次だった。

「これって、もう十五枚揃ったってことだよな。勝った二枚の札で両目をつけられる」

「待て！　ちょっと待ってくれ！」

慌てて安男が忠次の腕を摑む。

「俺たちは一蓮托生だよな」

「だって、俺はこのまま勝負を続ける意味がないじゃんか」

「ずっと一緒だったろ。自分の札が揃ったら仕舞いにするのか。俺を見捨てるのかよ。そりゃねえよ、酷《ひど》すぎるだろ。それがお前の『男』かよ」

むう、と忠次は唸った。

「分かったよ。安男が終わるまで後ろに控えていてやるよ」

言うなり、忠次は後退《あとじさ》った。壁に背をつけて腕を組む。安男の後ろにいるが勝負には参加しないという意思表示である。

安男は後悔した。忠次が二枚張って勝ったなら、こんな事態になることは自明の理だ。付き合うなら同じ目に三枚張るべきだったのだ。

しかし、と思う。忠次が後ろについて帰らなかったことは不幸中の幸いだ。いざとなれば札を借りることができるかもしれない。

二回目。

安男の手札は十二枚から一枚増えているので十三枚。抜けるには二枚足りない。

ここで勝負に出るべきか。慎重に一枚ずつ張るべきか。いや、迷うことはない。二分の一の勝負を何度も繰り返すより、一度に賭けて勝負を決めるべきだ。一枚だけ張って勝ったとしたら、なぜ二枚張らなかったのかと悔やむだろう。

勝って悔やむより、負けて嘆く方がいい。ここは一気に決めるべきだ。

壺が伏せられ、押し出される。振り手の後ろに控えていた黒装束の狐面が声を上げる。

「さあ、どっちもどっちも！」

「丁に二枚だ」

安男は重ねた札を押し出した。

「丁！」「半に二枚」「半だ」

覚悟を乗せた声が場に飛び交う。札そのものは見窄《みすぼ》らしいが、どの札にも魂が籠もっている。

「札が揃いました。盆中《ぼんちゆう》手揃い」

「勝負」の声とともに壺が開けられる。

三と四の目が並んでいた。

結果は負け。安男の前に積まれていた二枚の手札が消える。

「勝負を急ぎすぎたな」

背中から忠次の呟きが聞こえた。半身《はんみ》で振り返り、苦笑いを浮かべる。

「次で決めるさ」

「おいおい、四枚張ることになるぞ。ゆっくりでいいんだ。心配しなくても帰らないよ。ここにいるからさ」

「……そんなに待たせねえよ」

思わず苛つきが言葉に出てしまったことに気づき、気を取り直して盆に向かう。

三回目。

手札は十一枚。なあに、まだ十枚以上ある。何度だって勝負できる身なのだ。

平静のつもりだったが、伏せられた壺に向かって札を押し出した声には気合いが入った。

「丁だ」

積まれた四枚の札が小高い山に見えた。

「半」「……半」「丁だ」

飛び交う声が途切れた。半方が二枚足りないのが読み取れる。しばしの沈黙のあと、二度『見』を続けていた『死にたい』が札を置いた。

「半に二枚」

間髪《かんはつ》を容《い》れず声が上がる。

「札が揃いました。盆中手揃い」

結果は「三六《さぶろく》の半」。積まれた四枚の札が一陣の風に消えた。

「急ぎすぎだって。焦るな」後ろから忠次の声。

頭を搔きながら自嘲気味に笑う。

「まったくだ。ちと遊びがすぎたか」

反省して、次の四回目では一枚だけ張ることにした。

同じく丁に一枚張ったところで、張り手の声が飛び交う。

「半に三枚」

『死にたい』の声に皆が注目した。どうやら勝負をかけてきたらしい。

「一六《いちろく》の半」

『死にたい』の前の札が六枚の山になった。

「よし、十五枚揃った。これでやめだ」

座のあちこちで驚きの声が上がる。

「これでやっと眠れる」『死にたい』は破顔した。

二人の黒装束の狐面が『死にたい』を両側から抱き起こすと、彼の右脚は太腿から下、左脚は膝から先がなかった。へへへ、と笑いながら『死にたい』は賭場から姿を消した。

同時に、場にいる者たちの、安男を見る目の色が明らかに変わった。

安男は感じた。これは負け犬を見る目だ。

五回目もまた、安男は丁に一枚だけ張った。この一枚を失うと、もう手札は五枚だけになる。

「半だ」「半に三枚」「俺は半に二枚」

半が続いているので、そろそろ丁目が出そうなものだが、張り手の声は半に偏った。

安男は気づいた。これは目の流れを読んだ張り方ではない。安男が落ち目になっていると読んで、安男の逆目に張っているのだ。

「丁方、足りません！」

黒装束の狐面が声を張り上げたが、既に張り手は全員札を張り終えている。『見』はいない。場で札を揃えるかどうか、白装束の狐面に判断を仰いでいる。

「この場は流れます」

一陣の凪とともに、張られた札が手元に戻る。緊張が解けた張り手たちは、一様に太い息を吐きながら肩を落とした。

五回目は流れた。安男の手元にある札は六枚のまま変わらず。

手元の札を凝視していると、後ろから忠次に肩を叩かれた。

「少し休もう。いまは裏目勝ちだ」

安男は頷いて立ち上がった。

「中座だ」

黒装束の狐面に伝え、忠次に寄りかかりながら賭場を出る。

「正面の部屋で休憩できます」狐面が答える。

安男たちと入れ替わるように二人組が賭場へと入っていく。貼り紙だけでも賭場は盛況のようだ。

板張りの廊下を挟んだ正面の障子を開けて部屋へ入ると、十八畳くらいの座敷だった。長机が三つほど設えており、座布団が周囲に敷かれている。机の上には茶碗が積まれていて、すぐ脇に急須と茶葉が入っているらしい箱があった。二人が奥の座布団に腰を下ろすなり、黒装束の狐面が薬缶《やかん》を手に提げて現れた。

狐面は手慣れた手付きで茶を淹れると、茶碗に注《つ》いで二人の前に置いた。

「どうぞ、ごゆっくり」子どものような幼い声だった。

壁際の隅にちょこんと座って控える狐面を見遣りながら、茶を一口啜《すす》る。

「……旨い」安男は目を細めた。

いままで飲んだことがないような玉露だった。これほどの茶葉はそうそう摘めるものじゃない。

忠次も口を半開きにしたまま固まっている。おそらく同じ思いで口中に残る香りを味わっているのだろう。

賭場から威勢の良いかけ声が漏れ聞こえてくる。ふと気になって、安男は畳の上を賭場の方へにじり寄り、耳を欹《そばだ》てた。

「四六《しろく》の丁」

安男は青ざめた。

「ちきしょう、今度こそ丁だと思っていたのに」

「そんなもんだ。忘れて、いったん頭を空にしろよ」

「ふざけんな！」安男は忠次を睨みつけた。

「丁に張るつもりだった。お前が中座させたせいだぞ。どうしてくれる」

「お前な……」忠次が呆れ顔をする。「そこまで心が追い込まれてたんか」

「なんとかしろ。張るつもりだった二枚、出せよ」

「やめろ。いまのお前だと、いろいろ悩んだ挙げ句、裏目に張っただろうよ」

「んなわけあるかい！」

摑みかかろうとしたとき、控えていた狐面が言った。

「札の貸し借りはともかく、譲渡は禁じられています」

忠次は手元の茶碗を口元に寄せた。

「そういうことだ。まだ突っかかるようなら、この場で精算を宣言して帰るぞ」

安男は言葉に詰まった。

忠次の横の座布団に座り、居住まいを正す。

「……すまん」

「まあ手持ちの札が六枚になったんだ。焦る気持ちは分かるがな」

忠次は茶を飲み干した。安男もそれに倣う。

「いまは辛抱しろ。場の流れを読もうとするな。自分の運気を読んだ方がいい。このままだとずるずる行くぞ」

「分かっちゃいるんだが」

安男は最も気になることを切り出した。

「たしかに手持ちは六枚だ。一枚張りと『見』を繰り返したところで続けるのは心許《こころもと》ない。少しばかりお前の札を貸しちゃくれんかな」

「いまする話じゃないな」忠次は眉間に皺を寄せた。

「弱気すぎる。せめて手持ちが三枚以下になったときだ」

「貸してくれるんだな」

「いつ貸さないと言った。俺たちは仲間だろ」

「ああ、そうだ。勝手言ってすまん」

安男は安堵して、茶のお代わりを狐面に告げた。

玉露を喉で楽しみつつ、心を落ち着かせてから二人は賭場へ戻った。

驚いたことに、賭場が広くなっていた。参加している張り手の数も二十人くらいいる。いずれも身体のどこかを失っていた。

「部屋を広げることができるのか」

安男の呟きに白装束の狐面が答える。

「縮めることも自在ですよ。賭場には、参加されている人数に適した広さというものがありますから」

いざとなれば部屋を縮めて、張り手を全員潰すこともわけないということだ。

安男は怖気を覚えながら、空いている席へと座った。

「心配するな。後ろにいるから」

背中から聞こえる忠次の声が頼もしい。

自らの頬を張り、気を引き締める。

これは戦争だ。自分の身体を取り戻すための戦《いくさ》なのだ。

まずは場を見る。

打ち合わせ通り『見』を二度繰り返し、次に一枚を『半』に張った。

結果は『丁』。これで手札は五枚。

「まだ運が遠のいているらしいやな」

振り向いた後ろに忠次の姿はなかった。

「お、おい……」安男は近くにいた黒装束の狐面に問いかけた。

「ここにいた忠次はどうした。便所か」

音もなく白装束の狐面が近づく。

「あの方は、先の回が十回目だったので、注意を促したところ、盆を下りました」

開いた口が塞がらなかった。

「い、いまどこにいるんだ」

「もうここを出て行きました。両目をつけるのはさほど難しい施術ではありませんので」

「よ、呼び戻してくれないか」

「できません。一度下りたら、もうこの場所に入ることは叶いません」

「……別れの一言くらい……」

「なりません」

安男は言葉を失った。

忠次は札を貸す気など毛頭なかったのだ。別れの挨拶もなく、音もなく消えたのは、つまりそういうことだ。一度席を外させたのは、むしろ最後の挨拶をするつもりだったのかもしれない。そこで安男が突っかかってしまったものだから、またこじれることを嫌って黙って姿を消したのだ。

なんて身勝手な奴だ。ちきしょう、ちきしょう。

しかしどんなに悪態を吐いても状況が好転することもない。

安男が顔を上げると、また一人、札を十五枚揃えて退出していった。参加者たちの羨望のまなざしが彼を送る。

安男もまた、頭に血が上った。

そうだ、いまなら。

いまなら忠次に追いついて、しこたま殴れるかもしれない。

許さんぞ、忠次。絶対に許さんぞ。

安男は伏せられた壺に対して、手持ちの札五枚をすべて突き出した。

「丁に全部だ！」

場に感嘆と嘲笑が小さく渦巻いた。それを鼻で笑いながら、安男は腕を組んだ。

結果は、五四《ぐし》の半。安男の目の前から札が消えた。

しばし呆然《ぼうぜん》とする。

——なんだこれは。なんの冗談だ。……そもそもここはどこだ。俺はなにをしている。

安男は席を外し、一本足で向かいの座敷へと向かった。廊下と畳を這《は》い、座布団にしがみつく。

終わりだ。せめて玉露が飲みたい。

口に出す前に、茶が入った碗が置かれた。芳ばしい匂いにつられて啜ると、茶葉の芳醇《ほうじゅん》な香りが鼻を突く。喉だけでなく、頭の中まで落ち着いてくる。

ほう、と溜め息を吐いて、正気を取り戻した。

賭場に戻りたくとも札はない。なんと馬鹿な張りをしたことか。

これで十回の場が過ぎれば強制退場だ。俺は処分を待つだけか。

辛すぎる。いっそ、すぐに魂を抜いてくれないものか——。

不審に思った。

なぜ十回分の時間が残されているのか。手札がなくなれば、もう参加することはできないのだから、すぐ処分されてもおかしくない。他の張り手から貸し借りなんてできるわけがない。

まさか——。

まだ札を都合できる余地があるのか。

「おい」安男は部屋の隅に控えている狐面に声をかけた。

「もしかしてこの賭場の胴元、あんたらから札を借り受けることはできるのか」

「それはできません」狐面は、きっぱりと言った。

「札を借りることができるのは、賭場に参加している他の張り手か、ご家族だけです」

「……家族だと」

「はい。あなたのご家族の命を賭けることができます」

脳天を貫かれたような衝撃が奔る。

いつの間にか、傍らに白装束の狐面が立っていた。

「ご家族誰でもというわけではありません。同じ血が流れている二親等以内の者に限ります。この場で名前を宣言すれば、どこにいようが『抜き手組』が確認に赴きます。血の匂いを追いかけるので近しい家族でなければなりません。名前を宣言することは、個人を特定することと、あなたの意思確認のために必要です」

安男は唸った。

「なんだと。家族の誰を犠牲にするか、それをいまここで決めろというのか」

「はい」狐面は泰然として答える。

「ご無理でしたら、そのまま時をお過ごしください。十回の場が過ぎたときに、あなたさまの魂と身体を処分します」

これは自分の身体を取り戻すための戦争だ。命を賭けた戦争に、自分の家族を参加させるかどうかが問われている。

十回の猶予は、そのための時間だったのだ。

このままでは殺されてしまう。しかし家族を指名して札を返せなかったとしたら、やはり札を回収されるので、その家族は死ぬ。

安男は結婚していない。彼らが提示する条件には、両親と姉と妹が該当する。祖父母は既にいない。しかしそんな遠方まで確かめに行くことなんてできるわけがない。

……試してみるか。

安男は祖父の名を挙げた。

もう死んでいるが、どうせ分からないだろう。

しばらく狐面は懐手のまま動かなかった。が、ほどなくして黒装束の狐面が彼の後ろを過った。

「その方はすでに亡くなっています。あなたの祖母もまた亡くなっているので頼ることはできません」

正しい。

しかし早すぎる。近くの役所から電報で連絡したのか。

もしや、札がなくなった者を自分たちの仲間に加えることができるかどうか、胆力や覚悟を試しているのか。そもそも奴らに待つ理由なんてない。手間をかけずとも、自分の身体を差し押さえるだけで済む。

同じく戦争に行っていた父を思い出した。生死が判別できない父はどうだろう。出征したまま戻らぬ身だ。

既に死んでいるかもしれないし、もし生きていたとしても自分のように負傷しているかもしれない。しかしさすがに父の名を出すのは抵抗がある。

逡巡《しゅんじゅん》した挙げ句、安男は自分勝手な結論を出した。

故郷へ戻って家族の明日を担うべきは自分だ――。

安男は父の名を差し出した。

しばし間があり、白装束の狐面が答える。

「その方はすでに亡くなっております。別の人を札にできないのであれば、こちらも精算の準備に入ります」

後ろから大鎌を携えた黒装束が現れ、白装束が道を空ける。

「ちょ、ちょっと待ってくれ」

驚愕《きょうがく》し、安男は震える手を狐面に伸ばす。面の下に手がかかり、いきおい面が外れてしまった。

現れたのは毛むくじゃらの狐の頭だ。

白い牙が、せり上がった口の端から覗く。

「現状、あなたは死んでいるのと同じ。甘えてはいけません」

狐が面をつけ直す。

額に汗が浮かぶ。安男は必死に頭を巡らした。

すでに父が他界しているとなると家長は自分になる。

自分こそが家族を守るべきだ、自分が最優先なのだ。

姉は一年前に別の家に嫁いでいる。家の者ではない。もう家族ではないのだ。ならば守るべき命ではない。

そもそも遠方にいる者に手を出すことはできないだろう。手足が戻れば、急ぎ自分が帰り、嫁ぎ先にいる姉を守ればいい。

安男は姉の名前を言った。

狐面だというのに、その口の端が上がったような気がした。

「あなたの命《めい》により、その人の札を用立てします」

またしばらく待たされた。やがて黒装束の狐面が白装束の後ろを過る。

白装束の狐面が頷くと、首から下げている『首袋』がずしりと重くなった。確かめてみると十五枚の白い札が入っている。

「札を用立てできました。ですが、まだあなたの札ではなく、借り受けた白札扱いになっています。

それを精算に用いることはできません。場に張ってから、やっとあなたの札として認められます」

「姉はどうなった」

「現時点ではなにもありません。その命と身体を担保に十五枚の札を用立てしただけです」

「札がなくなった場合、姉はどうなる」

「言わずもがな、精算時に失った分を身体からもぎ取ります。札がすべてなくなったなら現地から姿が消えるので、『神隠し』とか『天狗風《てんぐかぜ》』とか言われるのでしょう。あと、お腹《なか》の子は生まれていないので、札として用立てすることはできませんし、精算時に胎児の命を配慮することもありません」

安男は青ざめた。これでは二人分の命ではないか。

「急いだ方がよろしいですね。次が十回目になります」

「なんだと」

安男は賭場へ急いだ。袋の口を大きく開けて、札に手を伸ばす。

なにもしなければ、自分だけでなく姉とその子どもが死んでしまう。

「ちょ、丁だ！」

いきおい袋から札が飛び出てしまった。張り場になっている畳の上に散らばっていく。慌てて拾い集めようとしたが、見る間に畳の上に札が山と積まれていった。

小高い山となった札を前にして言葉を失っていると、黒装束の声が上がった。

「半方、十三枚足りません」

「こちらで札を揃えます」すかさず白装束が言い放つ。

「おい、ちょっと待……」

白い札の山に手を伸ばしたとき、女の声が響いた。

「四三《しそう》の半」

指の先にあった、白い札の山が消え失《う》せた。

安男は動けなかった。一瞬にして姉とお腹の子を喪《うしな》った。

呆然としている安男の背後に白装束の狐面が立つ。

「場に出された札は、すべて張られたものと見做《みな》します」

引き摺《ず》られるように、再び別室へ連れて行かれた。

「次の人を」

奴らの目的はこれだった。当面自分を生かしておくことで、他の人間、家族を巻き込むことができる。一人の命を保留するだけで、何人もの命を場に張らせることができる。だからこそ十回分の時間を与えているのだ。

残るは母と妹だけ。妹はまだ若い。まだ国民学校の初等科だ。自分が守らねばならない。

お袋はもう歳だ。その肩を叩くべきは自分の両手だが、家族を守るべきは母ではなく自分なのだ。

そもそも弱った足腰では段々畑を往復することもままならぬではないか。

自分が家長である以上、自分の判断を咎めることは誰にもできない。お国の偉いさんなんか、何十万何百万の命を張ったではないか。それに比べれば微々たるものだ。

「なんでしたら、いまのうちに他のご家族みなさんの分をご用立てしましょうか。手間がかからなくてよろしいのでは」

「ほんなこんせすか《そんなことするわけないだろ》！」

妹の命にまで手を出すつもりはない。

安男は狐面に連れられて賭場へ戻った。

『首袋』から白い札を十五枚ぜんぶ取り出して手前に積む。右手で五枚を持って畳に乗せ、前へ押し出す。

「死ぬときは、みんな一緒だからな」安男は呟いた。

続けて五枚、摑み上げようとした手が止まる。

――この十五枚は母の身体だ。それをすべて一度に賭けるのか。

指が動かない。自問する声が頭に躍る。

――生き急ぐな。場は一度きりじゃない。

「客人。五枚でよろしいんで？　目はどうします」

黒装束の狐面が質す。

安男は太い息を吐いた。

「五枚、丁……いや、半だ」

「半ですね」

うむ、と大きく頷く。

「丁に二枚」「丁」「こっちは丁に三枚だ」

たちまち声が上がる。安男が落ち目だと見てとった者たちが逆目に札を揃える。

「半方、六枚足りません」

白装束の狐面が答える。

「この勝負、こちらで札を揃えます」

座している者たちの視線が壺に集まる。

「四一の半」

場が困惑した呻《うめ》きに包まれると同時に、安男の前にあった五枚の白札が二列になり、木札へと変わった。

「これで手札ができましたね。どうぞお楽しみください」

言い残して、白装束の狐面は姿を消した。

安男の前に茶が入った碗が差し出された。喉が渇ききっていたので茶を呷ったが、緊張のせいか指が震えて口元から茶が零れた。

「そうそう、あなた自身の札は一枚もありませんでしたね。精算時に札が欠けていれば、そのぶんをどなたかから回収しますので、ご注意ください」

茶の味はしなかった。

まだ運気は分からない。ここは慎重に行くべきだ。

続いて、三枚の札を半に張った。結果は「五二の半」。再び三枚を半に張り、勝った。

手元には二十六枚の札がある。うち四枚が白札である。まずはこれを身体に代替え可能な札にしなければならない。幸いにして勝ちが続いている。

「丁に四枚」

安男は残った白札を場に積んだ。周りは安男への様子見をやめて、思い思いの目に張っている。

結果は「一《ぴん》ぞろの丁」。

赤い一の目が、母と姉の命に見えた。

目の前には三十枚の札が積まれている。これから自分の分、十五枚の札を増やさねばならない。

絶対に、なんとかせねば。妹の命に手をかけることなく勝負を決めねば。

なにより、家長である自分が死ぬわけにはいかない。

安男は手元の札を握りしめた。

＊

列車に揺られながら安男は故郷へ向かった。

椅子が硬いので居住まいが悪い。両脚を組み直し、窓枠にかけた左腕で頬杖《づえ》をしながら外を眺める。双眸《そうぼう》に捉える車窓の新緑が眩《まぶ》しい。久しく忘れていた、色鮮やかな立体感がある。

狐面の奴らの技術は確かだったが、他人の目玉と手足なので大きさや太さが微妙に違う。馴染むまで多少時間がかかるかもしれない。だが、そのくらいは我慢せねばなるまい。

賭場の出来事は夢まぼろしだと思いたいが、馴れない左半身が現実の出来事だと語りかけてくる。

家長として、母や姉を悼む。自分の命だけでなく左目や左の手脚のために、大きな犠牲を生んでしまった。しかしそれも仕方ないことだ。

尊い家族を守るためには、それなりの張り札が必要だった。

これも戦争の傷跡だ。戦争とは、なんと恐ろしいものか。

もうすぐ我が家へ帰る。愛する我が家、我が故郷。

帰ったら残された妹に抱きついて頬ずりしたい。彼女のために存分に働かねば。

いっとき自分の賭け札となり、いくぶん負けてしまったがゆえに両腕両脚と両目を失った妹のために。

昭和三十年代　最後の紙芝居

「もはや戦後ではない」の言葉を持ち出すまでもない。

昭和三十年代は、戦争を知らない世代の文化が芽を吹きはじめ、それまでとは生活様式が一変した時代である。

特に顕著だったのは東京だった。極端な人口集中により、昭和三十七年（一九六二年）に東京は世界最初の一千万都市になっている。

昭和二十二年（一九四七年）から三年間続いた第一次ベビーブームに生まれた子どもたちが小学生に成長して、全国で子どもたちが遊ぶ姿が溢れた。併せて子ども文化が生まれていく。

『紙芝居』もその一つである。

しかし紙芝居は急速に廃れていく。日本初の連続アニメ番組『鉄腕《てつわん》アトム』が始まった昭和三十八年（一九六三年）には、紙芝居業者はほとんど見られなくなった。

時代の移り変わりは早い。次々と新たなものが生まれ、同時に多くのものが消えていく。

若くして抱いた夢は、その時代を象徴したものだ。だが哀《かな》しいかな、たとえ胸に宿した決意が変わらずとも、世の中の方が時代とともに大きく変貌する。

通りの向こう、路地裏の公園から元気に遊ぶ子どもたちの声がする。つられて辰巳歳三《たつみとしぞう》の胸も高まってきた。

公園は道路沿いにあり、未舗装の道には木製の電信柱や街路灯が立ち並んでいて、公園の周囲は腰高の柵で囲まれている。運転を誤って飛び込んでくる車から子どもたちを護《まも》るためだ。路地裏の公園とはいえ子どもたちのための特別な場所だと分かる。

十人くらいの子どもたちが遊んでいた。ブランコは人気なので後ろに並んでいる子がいる。砂場では幼い女の子たちが靴を脱いで裸足《はだし》になって遊んでいる。髪を後ろでまとめた、最近流行っている髪型だ。ポニーテイルというらしい。シーソーでは、二人の男の子が上へ下へと身体を弾ませている。小さい方の子が「お兄ちゃん」と声をかけているので兄弟らしい。その脇では女の子たちが唄《うた》いながらゴム跳びをしている。大きな声を上げているのは鬼ごっこをしている子どもらだ。石塀の向こうからも声が聞こえてくる。どうやら神社の敷地でかくれんぼをしているらしい。

公園内では商い禁止である。歳三は公園入り口の脇に自転車を止めて、荷台に積んだ木箱の上に商売道具を組み上げた。木枠の横から十数枚の厚紙をまとめて差し込み、前に回って表紙の絵を確かめる。自転車の前には十人くらいの子どもたちが座れる広さを確保しておく。

自転車が揺らがないかどうか、ハンドルと荷台を摑んで据わりを確認した。どうやら問題ない。

歳三は今年八十になる。二つ歳が離れた妻のやえとともに明治生まれだ。いまの子どもたちが成人する姿を見ることはないだろう。だからこそ、自分が見られない世界に生きていくいまの子どもたちに接することが楽しみになっている。

表紙の絵を見て、シーソーで遊んでいた二人の男の子が駆け寄ってきた。

頃合いだ。

歳三は拍子木を取り出して、大きく鳴らした。

鬼ごっこをしていた一人が気づいて、仲間たちに向かって声を張り上げる。

「紙芝居だ」

「鬼ごっこ、いったん中止！」

「紙芝居だよー」

公園に甲高《かんだか》い拍子木の音が渡る。

「どくろの怪人だよね」

「ぼく知ってる。黒いマントをつけてるんだ」

「おじいちゃん、どんな話なの。地下アジトへ行く話はもう観《み》たよ」

男の子たちが集まってくる。砂場で遊んでいた女の子たちは興味がないようで、空いたブランコへと走っていく。しかしゴム跳びをしていた三人の女の子たちは興味深げに寄ってきた。

少し離れて迷っている子らもいる。すでに観た話だと無駄遣いになると思っているからだ。

「今日の話は新しいぞ。さらわれた女の子を助けるために、男の子が怪しい島まで追いかけていって大活躍だ。飛行船も出てくるぞ」

「あ、それ知らない話だ」

様子を窺っていた子が寄ってきた。

さもありなん。なにせ自作の話だ。話も絵も、すべて歳三が作っている。人気だった、どくろの怪人を主人公にしている。なにせデザインが衝撃的だ。遠目でも分かるので子どもたちが寄ってくる。

「おじいちゃん、ぼく酢昆布《すこんぶ》」

「きなこ団子、ちょうだい」

「ぼく、麩《ふ》菓子」

「ソーダ飴《あめ》ある？」

はいよ、まいどあり、と応えながら木箱の引き出しから駄菓子を取り出して渡していく。

野球帽を被った男の子が白い歯を見せて笑う。小学三年生くらいだろうか。着ているシャツや半ズボンは泥だらけ。いつもの姿。追いかけっこやかくれんぼをして、神社や公園を走り回っている。

野球帽は鍔《つば》がすり切れている。老眼で気づかなかったが、松竹《しょうちく》ロビンスの社章がデザインされている。

歳三は興味が湧いた。プロ野球観戦は大好きだったからだ。国鉄《こくてつ》スワローズや東映《とうえい》フライヤーズの試合を観戦したのは二度や三度ではない。読売《よみうり》ジャイアンツは、東京巨人軍《とうきょうきょじんぐん》の頃に、やえと一緒に練習試合を見学したこともある。

松竹ロビンスが大洋《たいよう》ホエールズと合併して大洋松竹ロビンスとなったのが四年前だ。いまでは大洋ホエールズになっている。旧《ふる》い。兄か誰かから譲られたものに違いない。

「坊やはいつも元気だな。そんな子は、おじいちゃんも大好きだ。……はてお代はもらったかな」

「あげたよ。甘露《かんろ》飴、はやくちょうだい」

ああ、と引き出しから取り出した飴を二つ渡すと、男の子は嬉しそうに一つを口の中へ放り込んだ。

「ぼく、お話を聞くのは大好きだし、絵を観るのも好き。だから紙芝居は、すごく好き」

男の子につられて歳三も顔が綻《ほころ》ぶ。

「そりゃ嬉しい。……その帽子、なかなか似合うぞ。いまは『イカす』っていうのかな」

子どもたちの数と、渡した駄菓子の数ともらった代金が合わないような気がするが、どうにも数が勘定できない。数を数えようとすると頭に霞《かすみ》がかかったような按配になる。

ともあれ期待に胸を躍らせている子どもたちを待たせるなんてことはできない。

小銭であっても子どもにとっては大事な小遣いだ。歳三には生活費となる。手を抜くわけにはいかない。

さあ始めようかというときに、視界の端に異変を捉えた。

公園と隣の神社を仕切っている石塀の向こう、神社の欅《けやき》の枝に座ってこちらを眺めていた男の子が落ちた。さっきまで木登りをしていた子だ。

しかも落ち方が良くない。座り具合を正そうとしたのか、姿勢を崩して頭から落ちた。石塀に隠れているため着地は見えない。

「これはいかん」

歳三が呆気にとられていると、野球帽の子どもが不審に思ったらしく訊いてきた。

「おじいさん、どうしたの」

「神社の木から男の子が落ちた」

塀の向こうから泣き声が聞こえてきた。

子どもは機敏である。野球帽の子が踵《きびす》を返して神社へ向かって走り出した。石塀をするすると登り、神社の中へと姿を消す。

少し間があって、泣き声がやんだ。

やがて二人の男の子が石塀の上に頭を出した。二人は塀をよじ登って元気な姿を見せると、こちらに向かって歩いてきた。

怪我をした様子はない。

「おじいさん、この子も紙芝居が観たいんだって」

野球帽の子より少し歳下に見える、木から落ちた子どもは小銭を手に差し出した。

「梅ジャムのせんべい、ください」

「よし、木登りよりも、すごく面白い話だぞ」

歳三は安堵して微笑んだ。

「それじゃ、お話の前にみんなで『いろはにこんぺいとう』だ」

演ずる前に、歳三は必ず子どもたちと一緒に『いろはにこんぺいとう』を唄う。周りに紙芝居が来ていることを宣伝できることもあるが、なにより子どもたちとの一体感が生まれるのだ。さらに子どもたちにとっては、新しい友だちづくりができる場になる。

「いろはにこんぺいとう。こんぺいとうは甘い、甘いは砂糖、砂糖は白い……」

子どもたちも次々に唄い出す。

「白いはウサギ、ウサギは跳ねる、跳ねるはノーミ、ノーミは赤い、赤いはほおずき、ほおずきは鳴るよ、鳴ーるはおなら、おならはくさい、くさいはうんち」

けらけら笑いながら男の子たちがはしゃぐ。

「うんちは黄色い、黄色いはバナナ、バナナは高い、高いは十二階、十二階はこわい、こわいはユーレイ」

〝十二階〟とは、浅草公園にあった浅草凌雲閣《りょううんかく》を指す。十二階建ての展望塔であり、単に『十二階』と呼ばれていた。関東大震災の折に半壊して解体されたが、こんなわらべ唄に名残がある。

「ユーレイは消える、消えるは電気、電気は光る」

歳三は鳥打ち帽をとり、腰を屈めて頭を突き出した。

子どもたちが声を張り上げる。

「光るは親父のはげあたま！」

歳三はすっかり禿げ上がった頭をつるりと撫でた。


歳三とやえの老夫婦は、公園の向かいに二人で住んでいる。大型台風が来れば崩れてしまいそうな木造の家だ。道路側の四軒長屋の端になる。裏にも長屋が並んでいるので、歳三の家は表長屋にあたる。錆びたトタンや防腐塗料が塗られた板塀は独特な風情を醸《かも》し出している。

家屋の傷みは大きく、台風が来るたびに戦々恐々としている。表裏それぞれ一軒が空き家になっているが、新しい住人が入るという噂すらない。屋根も柱もぼろぼろだからだ。

二人は幸いにして大震災でも空襲でも生き残った。高齢で当時は腰を痛めていたために徴兵も免れている。歳三は出征した息子たちを心配する妻のために、流行っていた漫画の似顔絵を描いて、やれ今頃は手柄を立てて一等兵になっているとか、やれ伍長に昇格しているかもしれんぞと慰めたものだ。絵心は昔からあったので、黒い犬を模した漫画を描いてやることくらいわけない。画材を手配することが困難だったので、墨一色で描くことができる造形は実にありがたかった。

だが息子たちは戻らなかった。わずかばかりの骨が届いただけである。

そんなわけで子どもたちは先の戦争と空襲で亡くしている。紙芝居に集まってきた子どもたちを、かつての息子たちに重ねてしまうことは無理からぬことだった。歳三はやえと二人で駄菓子屋を営みながら、公園で遊ぶ子どもたちの姿を眺めるのが日々の楽しみになっている。

やえは足腰が思うように動かないので店先に座って留守番をするのが常である。

歳三はいつも細い通りを自転車で渡って紙芝居を演じている。店先でやればいいのではと何度かやえは進言しているのだが、歳三は頑《かたく》なに断った。

車一台しか通れないような一方通行の細い通りであっても、子どもたちに車道を渡らせるような危ないことをさせるつもりはない。

この日、公園をぐるりと回ってゴミ拾いがてら銀玉鉄砲の弾を拾い集めて自宅へ帰ると、軒先に見慣れた屋台があった。

蒸気釜を載せた屋台だ。屋台の横に下がっている煙管《きせる》が風に揺れて音を立てている。見た目だけでなく、商い中だと蒸気釜がぴぃぴぃと甲高い音を立てるのでラオ屋だとすぐに分かる。ラオ屋とは蒸気で煙管内部のヤニをとる屋台だが、どうやら商いの帰りらしい。

馴染みの晋吉《しんきち》が、店の奥でやえと話し込んでいる。歳三に気づくと、彼は軽く手を上げた。本人曰《いわ》く、肩より上に腕が上がらない。

「お前さんの、あの『いろはにこんぺいとう』は良い思いつきだな。唄を唱うのは飴売りが相場だが、拍子木の音と相まって、誰にでも紙芝居が来たって分かるもんよ」

「だろ。子どもたちと一緒に唄うのは楽しいぞ」

歳三は脇にあった木箱を引き寄せて腰を下ろした。晋吉が間を開けるために腰をずらす。

「白湯《さゆ》ですみませんが」

「ああ、やえさん。どうぞお気遣いなく」

「どうぞごゆっくり」

湯呑みに手を伸ばして口をつける晋吉に、くすりと笑ってやえは奥へと下がる。

「ポン菓子とかロバのパン屋とか、かち合うと先に店を開いた方に商いを譲るんだろ」

「もちろんだ。子どもの小遣いを毟《むし》り合うわけにはいかんからな。大人しくやっとるよ」

晋吉は店内を見渡した。

『出し子』と呼ばれる、蓋《ふた》がついたガラスケースの中には飴や粉末ジュース、ビスケットやあられが入っている。取り出し口が斜めになっている、棚のガラス瓶《びん》には色鮮やかなゼリービーンズやココアシガレットが見える。奥まったところには銀玉鉄砲やブリキの玩具が並ぶ。壁には塗り絵や季節外れの凧《たこ》が所狭しと下げられている。

雑多な印象は否めないが、これが駄菓子屋というものだ。

「そこそこ繁盛してるみたいでなによりだ」

「ぬかせ。品物があるってことは、それだけ売れ残ってるってことだ。正月のお年玉の時期でないと、そうそう売れん。そもそも繁盛してたら紙芝居なんてやってない」

「嘘つけ。好きこそものの上手なれ、だ。子どもたちを前にした歳三さんの声は張りがあるぞ。好きだからやってることだろ」

ふ、と笑って歳三も湯呑みに口をつける。

「だがなあ、いずれテレビでも子ども向けの番組が始まるだろう。いまテレビは高すぎて手が出ないが、やがては一般の家にテレビが広まる。そうなったら潮時だ。紙芝居を観てくれる子どもたちが減るからな。正直、駄菓子屋はともかく、そろそろ紙芝居は仕舞いにしようかと思ってるところだ」

歳三は白湯を啜り、太い息を吐いた。

「で、晋吉さんの方はどうなんだい。煙管より紙巻き煙草が流行ってるみたいだが」

「そう。……按配良くねえよ。大好きな煙管も一日一回にした」

晋吉は愛用の煙管を取り出して、先端に葉を詰めながら零した。

「もういけねえや」

火を点けながら深く吸い込み、ふうっと煙を吐き出す。

「パイプならまだ分かるよ。洒落てるもんな。だが紙巻きの煙草に押し切られるとは思わんかったよ。好みは人それぞれだろうが、猫も杓子《しやくし》も紙巻き煙草に手を出すとは思わなかったぞ」

「なんといっても廉《やす》いからな」

「まあ廉いだけじゃねえやな。外国映画に出ている二枚目な、あいつらみんな紙巻き煙草だ」

「そりゃチャールトン・ヘストンやハンフリー・ボガートが煙管を咥《くわ》えるわけないもんな」

「おかげで商売上がったり、って話だ。そういえば猛《たけし》の話は聞いたか」

「なんだ」

「あいつ、以前は無声映画の弁士をやってたろ。ほら、画面の横で映画の内容を観客に説明する仕事だ。喉を労るためとかで煙管はやらん奴だった」

「ああ、そうだったな」

「音が出るトーキー映画になってから、すっかり職にあぶれたそうだ。なんでも映画のフィルムは絵だけでなく音まで記録できるようになったとかでな。まさか機械なんて絡繰《からく》りに声の仕事を盗られるとは思わねえやな。気の毒にな。十年以上も前の話だが、いまじゃあいつの姿をすっかり見かけなくなった」

「そういや瓦師の甚平《じんべい》も同じだな。あいつが焼く屋根瓦は良かったぞ。腕がある奴だったが、空襲で死んだ」

「あいつは技術も知識もあった。惜しいな」

家の前にある公園のはす向かいでは新しい家屋が建設中だった。鉄筋の三階建てらしい。

作業員たちが資材をまとめている。そろそろ夕暮れなので、今日の仕事は仕舞いのようだ。

「いまは洋風建築ってやつか。屋根に瓦を使わないところもあるらしいな」

「そのうち『瓦屋根』とか『甍《いらか》の波』と言っても分からない子どもが出てくるぞ。屋根じゃなくて屋上だ、とかな」

晋吉が自嘲気味に笑う。

「決して技術が衰えたわけじゃないんだよな。ただ新しいものが出てきただけだ。それだけで消えていかなくちゃならんというのはたまらん」

「時代の趨勢《すうせい》というか、新しいものができたら古いものが消えていくのは当たり前だろう」

「お前も他人事じゃないぞ。テレビのおかげで紙芝居は青息吐息だろ」

歳三は言葉に詰まった。

「どんどん新しいものが出てくる。そのうち機械に仕事を盗られていくぞ」

「旧いものが新しいものに道を譲るだけだ。いまの子どもたちに、私たちと同じ苦労をさせちゃいかんよ」

歳三は晋吉の肩を叩いた。

「まあ、そうなんだが……」

晋吉は外に置いてある屋台を一瞥した。

「俺も仕舞いにするしかない。——ってことを話しに来たんだ。だいぶ身体もガタがきてるしな。大切な商売道具だったからそれなりに愛着もある。できれば見知った相手に譲りたいと思っていたが……」

「おいおい、無理言うな。このいまにも崩れそうな家を見ろ。雨漏りはする、柱は虫食いだ。台風の風で持ってかれても不思議じゃない。女房と二人で生活するのが精一杯なんだぞ」

「……そうだな」

晋吉は肩を落とした。

「無理言ってすまん」

「いや、こちらこそすまん。買い取ってやりたいのは山々なんだが」

小さく頷いて、晋吉は色づきはじめた公園の木々を見遣った。

「なんもかんも捨てて、故郷へ帰りてえなあ」

歳三は出し子の中の駄菓子に視線を落とす。

地方出身の晋吉と違い、歳三は東京出身なので故郷を想うことはない。ただ過ぎ去った時代を懐かしむだけだ。

戦争が終わり、息子たちを喪った歳三とやえは、近所の子どもたちをぼんやり眺めることが多くなった。子どもらの喜ぶ顔が見たくて、最初は欠けたビスケットや飴をひとつかみなんぼで子どもたちに売りはじめると、存外喜ばれたもんだから、まともじゃ売り物にならん菓子を寄せ集めて商いにした。

そのうちやえは餅菓子のかけらに黒砂糖の汁を塗るようになった。子ども好きの性分かもしれない。「『おいしい』って、喜ぶんですよ」言いながら、かつてやえは顔を綻ばせた。

なにしろ家の外でものを食べるという風習は江戸の町からだ。地方だと、大人と言わず子どもと言わず、外で食いもんを出したら盗られてしまう。だから屋台そばも江戸から生まれた。おかげで関東人は戸外でものを食べるから行儀が悪いと言われていたそうな。

餅菓子、豆菓子、煎餅、飴、団子、ゆべし、しんこ細工、パン。駄菓子と呼ばれるものは多い。しかし地方の駄菓子屋はどんどん消えているのが現状だ。実際、明治三十年頃は一つ五厘《りん》だった駄菓子は、いま五円になっている。千倍に値が上がっているのだ。

ここ東京みたいに品数が多く、工場で生まれた現代菓子まで置くようになるとは思わなんだ。流通経路を確保できれば、現代菓子は近いうちに全国に広まるだろう――。

歳三の思いに気づいてか、晋吉も並んだ駄菓子を見遣った。

「懐かしいなあ。思い出すよ。『いしだたみ』『てんぱた』『どんどろ』『つぶこ』『面コ』……どれもこれも、たからものだったな」

目を細めながら晋吉は紫煙を燻《くゆ》らせた。

「東京はやはり恵まれてるよ。物流の拠点だから工場から運びやすい。子ども相手にこんなに品数を揃えてる店はないぞ」

「しかしその土地のものじゃない。いま流行りはじめたのは工場で大量生産された現代菓子だ。黒《くろ》玉《たま》や金花糖《きんかとう》や肉桂《ニッキ》紙は、キャラメルや板チョコやガムや梅ジャムになった。アイスキャンデーはパン屋でも扱ってるが、駄菓子屋でもパンを売ってる。まあ、ごっちゃになるのは仕方ないか。よろず小売りになるのは『駄菓子屋』の宿命かもしれんなあ」

歳三は壁に背をもたせた。

「駄菓子屋は算盤に合わない。みんな現代菓子屋に衣替えしてる。日本中どこでも同じ駄菓子を売るようになる」

瞑目《めいもく》して、遠い世界を思う。

「でもいまの子どもたちには、こんな現代菓子屋の姿が頭に残るんだよな。二十年、五十年先には、この現代菓子屋が『駄菓子屋』になる。『駄菓子屋』の言葉は同じだが、意味合いが違う。もう『その土地の駄菓子を売る店』じゃなくなる。時代によって言葉の意味が変わっていくのは仕方ないが、それまでの礎となったもんが消されていくのは正直たまらんなあ」

腕組みをする歳三に、晋吉が呟く。

「それが時代の移り変わりってもんだ。『明治は遠くなりにけり』、だ」

「詩人だな」

「受け売りだ。いずれ『昭和は遠くなりにけり』になる」

どちらからともなく二人は寂しげに微笑んだ。

それじゃ、と軽く手を上げて晋吉は腰を浮かせた。店から出ようとして、戸口に隠れるように立っている三人の女の子たちに気づいた。

「おや、可愛《かわい》いお客さんだ。もしかしておじさんたちの話が終わるのを待っていたのかな。こりゃすまんことをした」

頭を掻きながら、晋吉は女の子たちを店の中へと誘った。公園でよく見かける子だった。いつも三人仲良くゴム跳びをして遊んでいる。何度か紙芝居を観てくれたこともある。

一人の女の子が紙袋を大事そうに抱えている。

「あの……」

「もう夕方なのにお買い物かい。なにが欲しいのかな」

「違うの。お買い物じゃなくて……」女の子は言い淀んだ。

「おじいちゃんに話したいことがあるのかな」

歳三は腰を屈めて、女の子の目の高さに合わせた。

「実は、明日の朝、すみれちゃんが引っ越しすることになったの。だから、お別れに渡したいものがあるんだって」

隣の子が説明すると、すみれと呼ばれた子が持っていた紙袋を差し出した。

開けてみると、中には水彩絵の具が入っていた。

「こんな高いもの、受け取れないよ。お嬢ちゃんたちで分けたらどうだい」

隣にいた別の子が前に出る。

「違うの。お別れ会ですみれちゃんがもらったものだけど、同じものを二つもらっちゃったから。相談して、お世話になった人に上げようってことになったんです」

「おじいちゃんの紙芝居、ずっと楽しかったから。あたしはもういなくなっちゃうけど、お友だちの花《はな》ちゃんや菊《きく》ちゃんがいるから。これからも、ずっと紙芝居を続けてください」

歳三と晋吉は思わず顔を見合わせた。

「もちろんだ」歳三は女の子に向き直った。

「ちょっと待ってな」

歳三は壁にかけてあった塗り絵や紙の着せ替え人形をいくつか外して、絵の具を取り出した包みに入れて女の子へ手渡した。

「おじいちゃんから、お餞別《せんべつ》だ。三人で分けるといい」

女の子たちは少し戸惑ったが、すみれが包みを受け取り、大事そうに胸に抱えた。

「あ、ありがと」

「もうすぐ暗くなるから、みんな気をつけて帰るんだぞ」

「うん」

女の子たちは破顔すると、踵を返して向かいの公園へと走り出した。途中で一度だけ振り返り、大きく手を振った。

「おじいちゃん、さようならー。いつまでも元気でねー」

「ありがとー」「またねー」

女の子たちの姿が公園の向こうへ消えるまで、歳三はその背中を見送った。

「こりゃあ、おいそれと紙芝居をやめるわけにゃあいかなくなったな。……俺も、もう少しだけ頑張ってみるよ」

晋吉が歳三の隣で呟くと、歳三は苦笑いを浮かべた。

「そうだな」

歳三は小さく溜め息を漏らしたが、気分はまんざらでもなかった。


年が明けると、歳三が危惧した通りになった。

二月に始まったテレビ番組『月光仮面《げっこうかめん》』に子どもたちは夢中になった。テレビがある家庭は少なかったが、午後六時からという放送時間をものともせず、子どもたちはテレビがある子の家に集まって番組を楽しんだ。いまや知らぬ子どもなぞいない。

テレビが子どもたちに与える影響は大きい。公園で遊ぶ子どもたちの会話に上ることが増えただけでなく、その主人公を真似る子たちが多くなった。

どこの公園でも月光仮面ごっこをする子どもたちの姿があった。親指と人差し指を立てて「ばっきゅーん」と言えば、相手の子どもは撃たれた振りをしてその場に倒れる。主人公役を誰がやるかで言い争う子らをよく見かける。誰だって悪役側はやりたくない。最後は倒れるか逃げるかだけなのだから。

しかし二丁拳銃が流行ったせいか、銀玉鉄砲や火薬を仕込んだ紙の巻き玉を付ける『100連発コルト銃』が飛ぶように売れたので、テレビを仇《かたき》のように思っていた歳三も、このときばかりは溜飲《りゅういん》を下げることになった。

長く続けていると馴染みの子どもも出てくる。小さかった子どもたちが成長していくさまを眺めているだけでも和む。野球帽を被った男の子は紙芝居が好きなようで、いつも目を輝かせながら絵に見入っている。木から落ちた子と仲良くなったようで、二人が一緒に遊んでいる姿をよく見かけた。

「明《あきら》くんはね、算数が得意なんだ。特に算盤が大好きなんだって」

野球帽を被った男の子は、誇らしげに彼を紹介した。

「ぼくね、大きくなったら算盤塾の先生になるんだ」

将来の夢を語る子どもの瞳は輝いている。

「でもさ。君と一緒にいるときは、どうにも数がよく数えられなくなるんだよなあ」

「遊びに夢中になってるからだよ」

「そっかあ」

歳三は笑い合う二人の姿を微笑ましく思った。

その年の冬から、紙芝居に集まる子どもたちの数が明らかに減った。皇太子殿下のご成婚が発表されて、四月のパレードを見ようとテレビの普及が加速したのだ。高額だったので購入を渋っていた家庭でも積極的に購入していった。

歳三はテレビなんぞ高嶺《たかね》の花と考えていたので、年末の町内会の福引きでテレビが当選したときには小躍りして喜んだ。いつの間にか子どものようにテレビ番組を楽しむ歳三の姿を見て、やえは呆れながらも一緒に番組を楽しんだ。

「テレビがない子どものために、軒先にテレビを置いて六時半まで店を開けることにしたら、子どもたちも喜ぶのではないでしょうかねえ」

「そりゃあ、いい思いつきだな」

おかげで、夕方になると歳三の駄菓子屋で子ども番組を楽しむ子どもたちが出てきた。月光仮面の活躍に一喜一憂する彼らの表情を眺めながら、駄菓子屋をやっていて良かったと歳三は心の底から思った。

しかし紙芝居を観ようとする子どもの数が減っていくのはいかんともしがたい。大人気だった『月光仮面』が七月に終わっても、続く子ども向け番組が子どもたちの興味を引き継いだ。

水彩絵の具をくれた女の子を思い出すたびに歳三は紙芝居を自作する筆に力が入ったものの、気概でどうなるものでない。少しずつ客足は遠のいていった。


歳をとると、季節を楽しむ間もなく一年が過ぎる。二年なんてあっと言う間だった。

遠出して公園を回ることを考えなくてはならなくなり、歳三は足を延ばして小学校やめぼしい公園を探すことにした。

ペダルを漕《こ》ぐたびに愛用の自転車が軋む。また油をささなくちゃいかんなと零しながら土手の上を川沿いに進んでいると、川縁《かわべり》に人集りがあった。

気になって土手の上に自転車を止めて眺めていたときに、後ろから声をかけられた。

「ラムネがあったら一本もらえますか」

ランニングシャツの青年だった。走り込みをしていたらしく汗をかいている。

自転車の荷台に載っているのは紙芝居の木枠を畳んだものと、いつもの駄菓子を入れている箱だ。商いをした帰りだと思われたらしい。幸い自分用のラムネが二本入っている。

「引き揚げるところだったので冷えてませんが、よろしいですか」

「構わないよ。喉が渇いて仕方ない」

ラムネの栓を押し込んで青年に渡す。中のビー玉がころころと涼やかな音を立てる。

「なにかあったんですかねえ」

代金を受け取りながら歳三は訊いた。

「川遊びをしていて、子どもが溺《おぼ》れたらしい」

青年の声に、遠くからのパトカーと救急車のサイレンの音が重なった。土手の下へと降りていくタイヤの、砂利を爆ぜる音が土手の上まで聞こえてくる。

「あまり見たくない光景だね」

青年は空き瓶を歳三に手渡すと、土手の道を走り去って行った。

川縁にいた数人が、葦の陰になっている場所へと救急隊員や警官を案内して行く。

「助かればいいが……」

歳三の呟きに男の子の声が応えた。

「明くん、死んじゃった」

野球帽を被った男の子だった。汚れたシャツと半ズボン。いつもの恰好《かっこう》だ。

「一緒にいたのかい」

「最近は一緒に遊ばないようにしてた。だって、明くんは算盤が好きだったから。ぼくと一緒にいると、計算とか数字が頭の中で曖昧《あいまい》になるんだって。明くんとは仲良くなったから、夢を邪魔しちゃ悪いかなと思ってさ」

男の子は空を仰ぎ、遠い目をした。

「……珍しいんだよ、ぼくがこんなこと思うなんて」

妙なことを言い出す子だな、と歳三は思ったが口には出さなかった。

「どうして死んだと分かるのかな。いま救急車が来てるよ」

「ぼくはね、その日死ぬ人に近づけないいんだ」

男の子の顔に涙はない。

歳三は眉根を寄せた。なにを言っているのか分からない。

「おじいさん、飴玉ちょうだい」

「……ああ、すまんな。今日は紙芝居をするために出かけたわけじゃないから菓子はないんだ」

「あるよ。引き出しの二番目に、欠けた飴が入ってる」

引き出しを開けてみると、奥に半分欠けた飴が転がっていた。取り出してみたものの、これでは売り物にならない。

「これじゃあお代はとれないな。でもどうして分かったんだい」

「……なんとなく」

男の子は受け取った飴を口に放り入れると、町の方へと土手を駆け下りて行った。

歳三は溺れた子どもの亡骸《なきがら》を収容している救急隊員たちの姿を一度見遣ってから、再び反対側の男の子が下りていった土手の芝生を見下ろした。

すでに男の子の姿はなかった。


子どもたちがテレビ番組に夢中になるのは仕方ないが、おかげで紙芝居を楽しみに待つ子どもたちも少なくなった。店先で売るコーラやラムネ、駄菓子だけでは日々の活計が心配なので、歳三は近隣の駅前や公園を自転車で回って紙芝居をすることにした。

一日二ヵ所、火曜日から木曜日に順繰りに回る。そしてもう一度、金曜日から日曜日に同じ話をする。日曜日の駅前広場などは子ども連れの買い物客で賑《にぎ》わうので実入りが大きい。明くる月曜日は新しい紙芝居を作るため休みにしているものの、一日では仕上がらないため予定が遅れていくのが常だった。

しかしそれでも子どもたちは集まらなくなった。

公園の前で拍子木を鳴らしてもそっぽを向かれることが多くなり、紙芝居は休みがちになった。習慣でテレビの子ども番組を観ているものの、軒先に並べている駄菓子の横で、ぼんやりとする時間が多くなった。


昭和三十六年。二年前の『伊勢湾《いせわん》台風』ほどではないが、六月から七月にかけて、豪雨による被害が全国で相次いだ。『昭和36年梅雨前線豪雨』である。

長屋では戸板を外壁に重ねて打ち付けたりしてなんとか凌《しの》いだものの、家屋の隙間風が大きくなった裏長屋の一人が「故郷の実家へ帰る」と言い残して出て行った。

「帰れる場所があればいいやな」

そんな晋吉の呟きに誰も頷かなかった。出て行った者は、普段から戦時中に実家はなくなったと零していたからである。

苦しいなりに商いを続けていた晋吉が亡くなったのは、その一週間後のことだった。

昼になっても軒先にラオ屋の屋台が置いてあったので、心配した歳三が部屋を覗いたら布団に包《くる》まったまま身体が冷たくなっていた。

長屋のみんなと相談して、屋台を処分して葬式代にした。近所に住んでいる愛煙家が引き取ってくれたのでありがたかったが、墓は共同墓地になる。

明日は我が身。

歳三を含め、長屋の者たちは墓の前で手を合わせた。


実入りが少なくなったので、毎日三つくらいの公園を自転車で回らなければならない。

同じ話を聞きたがる子どもはいない。新作を版元から借りる場合は短くとも一週間から十日。借り受け期間を短くして新たな作品を用意しようとすると財布が悲鳴を上げる。

子どもにとって、紙芝居は小遣いを削らなければならない娯楽だ。毎週動く絵を無料で観ることができるテレビには敵《かな》わない。

しかしそれでも紙芝居好きな子どももいる。少ないが馴染みの子もいる。いつぞやの野球帽を被った男の子なんかがそうだ。離れた公園で見かけることもある。冬でも汚れたシャツや半ズボン姿なのですぐに分かる。よく他の子らと缶けりやかくれんぼをして遊んでいるので、隠れることが得意らしい。

彼だけでなく、紙芝居が好きな子は、きっと絵本を広げて「もっとお話しして」とねだるような子どもなのだろう。そんな子どもらが話の中で新しい刺激を感じて一喜一憂する。声を出して幼い瞳を輝かせる。

歳三は、そんな子どもたちが愛《いと》おしかった。戦争で夭折《ようせつ》した息子たちの幼い頃の姿が重なり、自分に元気をくれるので、できる限り紙芝居を続けていきたいと思っている。

昼食の握り飯を食べ終えてから、歳三は店をやえに任せて公園を回り、拍子木を叩く。子どもたちが多かろうが少なかろうが、声を張り上げて紙芝居を演じる。日に三度も繰り返すと、くたくたになる。

夕方になって子どもたちが家に帰り出すと、歳三とやえは駄菓子屋を閉める。一日の仕事の終わりだ。

店先に出していた看板代わりの駄菓子や銀玉鉄砲を仕舞いながら、歳三は安堵とも倦怠《けんたい》ともとれる小さな溜め息を吐く。

こんな生活が、たぶん死ぬまで続くのだろう。

しかも先細る仕事だ。自分の身体も先は長くない。声が出なくなったら廃業せざるをえないのは残念だが仕方がない。

ベーゴマやビー玉、おはじきを並べた台を屋内へ動かしていたときに、後ろから男の子の声がした。

「ねえ、おじいさん。もう紙芝居はしないの」

野球帽の男の子だった。

「おや、坊やか」

歳三は自嘲気味に笑いながら頭を掻く。

「新しい話がなくてな。ごめんなあ」

手持ちの作品は、もう二週間使っている。そろそろ新しい話を借りるか作るかしなければならないのだが、子どもらが少なくなって、新しい話を借りるお金がないとは言えない。自作するにも手持ちの画材や画用紙でできるかどうか危うい。どうにも迷っていたところだった。

「新しいお話、描かないの？　おじいさんだけのお話を作ればいい」

こんなときでも子どもは遠慮がない。

「同じ話だと、ぼくらだって見たいと思わないもん。最初の絵に見覚えがあると分かったら集まらなくなるよ」

「そうだな。そんなに楽しみにしてくれて、おじいさんも嬉しい」

「だって身体を動かすだけじゃつまらないもん。この先どうなるのかな、って考えることも好き」

「そうか、頭がいいんだな。かくれんぼや缶けりが得意そうだ」

「かくれんぼなら誰にも負けないよ」

男の子は白い歯を出して笑った。

「じゃあさ、ぼくも手伝うから、一緒に作ろうよ。友だちから余ってる画用紙とか絵の具とかもらってくるから。そしたらできるよね」

男の子は期待を込めて歳三をまっすぐ見つめている。これで「できない」とは言いづらい。

「……そうだな。一緒に作ろうか」

「うん！」

刹那、彼の頭が倍ほどに膨れ上がり、巨大な瞳を輝かせたように見えた。目がおかしくなったらしい。

「じゃあ、明日の朝また来るね」

「ああ、待ってるよ」

軽く手を上げながら瞑目して、男の子の言葉を咀嚼《そしやく》する。〝明日の朝〟。

「約束だよ」

歳三が目を開けると男の子は消えていた。周りを見回したが、走り去る後ろ姿すらなかった。

かくれんぼが得意だという話は、どうやら本当らしい。

それにしても、いつまでも同じ姿で元気に紙芝居を観に来てくれるのはありがたい。将来はどんな大人になるのか楽しみだと思ったところで、気がついた。

いつまでも同じ姿なんて、おかしくないか。

少なくとも四年以上前からこの公園で見かけている。どんな子でも三年四年経てば成長する。でもあの子だけは変わらない。

どこの子かも知らない。名前すら知らないことに、いまさらながら気づいた。訊こうとすら思わなかったことが不思議だ。それぞれの子どもらが公園から帰っていく後ろ姿を見送っているが、あの子だけはいつの間にか消えている。

『いろはにこんぺいとう』の一節が頭を過る。

〝消えるはユーレイ〟

翌日はあいにくの雨だった。

「これじゃ子どもたちは公園に来ないな」

店を開けた歳三が零す。

「いいじゃありませんか。ここのところ自転車で走り回ってたでしょ。一日くらいゆっくり休みなさい、って神さんが言ってるのよ」

「そうかな」

仕方ないか、と座敷へ戻ろうとしたときだった。

「今日は雨だから、一日中紙芝居を作れるよね」

戸口の脇、庇《ひさし》の下に雨宿りをするように男の子が立っていた。

いつものように野球帽を被っている。間もなく冬になるというのにシャツに半ズボン、昨日と同じ姿。手には大きな紙袋を提げている。

「持ってきたよ。紙と絵の具。クレヨンも」

得意げに袋の口を広げた。

「あらあら、かわいいお客さんだこと。どうぞ中へ入ってくださいな」

やえは顔を綻ばせた。

「うん！」

元気よく返事をして、男の子は中へと入ってきた。

上がりがまちで靴を脱ぐ男の子を見ながら歳三は小首を傾げた。

「靴も服も濡れてないな。傘はどうしたんだい」

足跡もない。

「ぼく、傘は持ってないんだ。雨が勝手によけていくから」

歳三は表情を曇らせた。

雨がしょぼ降る晩に豆狸《まめだ》が徳利を持って酒を買いに来たとか、乳飲み子を抱いた女が飴を買いに来たなんて話は剣呑なのだが。

座敷へ上がった男の子に、やえがお茶を差し出す。

「ぼく、プラッシーがいいな」

最近発売されたミカン飲料だ。ミカン粒が入っているのが特徴で、底に溜まっているため飲む前によく振らなければならない。

「贅沢だな。そんなものは置いてないぞ」

そのとき店先から米屋の益吉《ますきち》が顔を覗かせた。手にビニール袋を提げている。

「歳さん、いるかい」

「珍しいな。あいにくだが米はまだ残ってるよ」

「いやいや、今日の用向きはそうじゃない」

ずかずかと入ってきて、座敷の上がりがまちにビニール袋を置く。

「お、可愛い坊主じゃないか。ちょうどいいやな」

袋から二本の瓶を取り出す。プラッシーだった。

「歳さんの店に置いてくれんかな。子どもたちも喜ぶと思うんだ」

「米屋の専売特許じゃないのか」

「最近はパン食の家庭も多くてな、米屋に来てくれる客も減ったんだよ。実はさっき思いついたばかりなんだが、こっちとしては、少しでも売れてくれりゃありがたい。手間賃として米を分けてやるからさ」

「プラッシーだ！　プラッシーだ！」

はしゃぐ男の子に益吉は目を細めた。

「見本として二本置いてく。前向きに考えてくれや」

じゃあな、と手を上げて益吉は出て行った。おそらく他の知り合いの店を回るのだろう。

「栓抜きはどこ？」

早速とばかりに男の子はプラッシーに飛びついている。

「よく振ってから飲むんですよ」

やえは男の子が持っていた瓶を取り上げ、軽く振ってから栓を抜いた。

歳三は顔を歪ませた。

「一本だけだぞ」

それにしてもなんという偶然だったか。男の子の願いに合わせたように益吉が現れてプラッシーを置いていった。実に運が良い。

やえがプラッシーをちゃぶ台に置くと、男の子は目を輝かせた。

「ありがとう！」

「学校はどうした。午前中はみんな小学校へ行ってるだろう。親御さんはなにしてる人なんだい」

「ぼくね、学校へは行ってないんだ。親はいない。ずっと前にばらばらになったから」

プラッシーをぐいぐい飲みながら男の子が答える。いったん口を離して、小さな口から満足そうにげっぷを吐いた。

どうやら訳ありのようだ、と歳三は思った。

しかし見た目からして妙だ。四年前から姿が変わらない子どもなんていない。

「この辺の子かい。あちこちでよく見かけるが」

「ぼく、紙芝居大好きなんだ。だから駅前や公園で遊んでる。紙芝居は子どもが集まるところに来るから」

お前だって子どもだろうに、と歳三は笑みを零した。

「この辺りに棲《す》んでるけど、決まった家にいるわけじゃないんだ。眠りたくなったら、神社か仲良くなった子の家に泊まってる」

「その子の親御さんは迷惑するんじゃないかな」

「そんなことないよ。みんな気安く泊めてくれるから」

「名前は、なんていうのかな」

「名前なんてない。みんなはぼくのこと『君《きみ》』とか『お前』とか呼んでる」

「しかし名前がないというのも困る。じゃあ『坊』でいいな」

「それでいいよ。それじゃ、そろそろ紙芝居作ろうよ」

裸電球の頃だと、晴れた日でなければ紙芝居の絵なんて描けなかったものだ。薄暗いとどうしても色合いが違ってしまう。蛍光灯の恩恵は大きい。

「あと一つだけ教えてくれ。坊は何歳だい。十歳くらいかな」

「百を超えてから数えてないよ」

冗談にしては洒落がきつい。坊は、さも当然とばかりに言ってのけた。まさか騙《かた》りの子だろうかと歳三が訝しんだのも無理はない。

坊は紙袋の中身を出して、ちゃぶ台に広げはじめた。

「ねえ、どんなお話を描くの。面白い話がいいな」

「ただ〝面白い〟といっても難しいな」

気を取り直して、歳三は居住まいを正した。

「たとえば、男の子が面白いと感じる話と、女の子が楽しめる話とは違うだろう」

「あ、そっかあ」

「できるだけ多くの子どもたちに楽しんでもらわなくちゃいけない。これがなかなか難しい」

手元の茶を飲み干し、やえにおかわりを注文する。

「昔話なんかいいと思ったが、どうだ」

「誰でも知ってるような話じゃ駄目だよ。テレビ番組がいいな。人気がある番組だと、みんなテレビにしがみつくよ。その時間になると公園から帰っちゃうでしょ」

歳三は部屋の隅に置いてあるテレビを一瞥した。以前は毎日店先に運んでいたが、どうにも重すぎて腰に悪いので部屋に置くことにしたのだ。

上にウサギの耳のような丸いアンテナが立っている。

いろんな番組を観たいと思うが、電気代は生活費を削るので、節電のためなるべく観ないよう我慢している。テレビを消したときの、画面がぼんやりと薄くなり、やがて白い点となって消える様は線香花火のような哀しさを感じさせる。

ただし子どもたちと話題を合わせるためもあり、子ども番組は欠かさずに観ている。子どもたちとのおしゃべりも楽しみの一つだからだ。話題が合わなくなるのは寂しい。

「でもテレビとまったく同じ話だと観てくれないよ。見逃した子は紙芝居を観に来てくれると思うけど、ちゃんと番組を見た子は同じ話だと気がつけば興味なくなると思う。それに二度と観に来てくれなくなるんじゃないかな」

「やはり人気番組を使って新しい話を作るしかないか。でも一つの話を作るのに三週間はかかる。

だが自転車で回るのは一週間なんだよ。二週間目からは誰も観に来てくれなくなる」

「それならもっといいことが……」

言いかけて、坊は口を噤んだ。

「どうした」

「なんでもない」

「話してごらん。無理かどうかはおじいさんが考えるから」

坊は俯いた顔を上げた。

「じゃあ言うけど、嫌だったらやめていいからね」

「ああ、もちろんだ」

「みんな一度見た話は興味がない。友だち同士の話題にはなるけど。それより、なにがなんでも観たいものがあるんだ」

「それはなんだい」

歳三は思わず身を乗り出した。そんなものがあるなら自分で描いて演じるに決まっている。

「次回の話。みんな期待してるからね。だから、次回の話を紙芝居にすればいい」

「来週の話だと？」

「うん」

「まだ放映されてないんだぞ」

「うん」

「おじいさんに描けるわけないだろ」

「ぼくが手伝えばできるよ」

歳三はしばし黙りこくった。

そんなことできるわけがない。放送予定のフィルムを観るなんて無茶だ。

「できたらいいな」歳三は微笑んだ。

これは子どもが語る夢物語だ。真面目に取り合うこともない。坊に同調して笑い合うような雑談だ。

「できるんだよ。でも、おじいさんの命が少し短くなっちゃうんだ」

「おやおや、それは大変だ」

「でしょ。だからやめた方がいいと思ったんだ」

坊は野球帽を脱いだ。艶のある、ざんばらの髪が現れる。

「この帽子もね、あるお兄さんからもらったんだ。怪我を治したお礼だって」

歳三は坊が差し出した野球帽を受け取って、内側にマジックで書かれたサインに目を瞠った。

プロ野球選手のものだった。まともに読み取れないようなサインだが、ひと目でそれと分かる有名な筆致だ。十年前になるが、試合中に大怪我をして復帰が危ぶまれた。なのに、わずか一週間後に復帰して、変わらぬ動きでチームに貢献したので世間を騒がせた。

「その人はね、試合中に大怪我したんだ。子どもの頃は仲がよくて、キャッチボールして遊んだ人だったから、お見舞いに行ったんだよ。そしたら頼まれた」

「この人は、坊の話を信じたのかい」

「会ったのは十五年振りくらいだったけど、ぼくの姿がまったく変わってないことに驚いてた。だから無茶な話だと思っても、信じたみたい」

たしかに知人が十年以上前と同じ子どもの姿で現れたら誰でも仰天するだろう。

「その人の怪我はね、本当は治るまで二ヵ月かかるものだったんだ。さらに元の技術や感覚を取り戻すのに八ヵ月。その怪我を治してあげたんだ」

「それはすごいじゃないか」

「すごく喜んでくれてさ。この帽子にサインを入れてプレゼントしてくれた」

歳三から返された野球帽を、坊が得意げに指でくるくると回す。

「でも取引だからね。ただじゃない。だから縮めた分の命をもらった。こんなことを繰り返しているから、ぼくはいつまでも子どもの姿なんだ」

まさか。歳三は以前の出来事を思い起こした。

「以前神社の木から落ちた明くんも、坊が助けたのかい」

「そうだよ」

坊は即答した。言い淀むこともない。隠すつもりはないらしい。

「あの子は決断が早かった。ひどい怪我だったしね。首が歪んでた。命に別状はなかったけど、完治するまで何ヵ月もかかるから気の毒だと思って提案したんだ。約束ごとだから、ちゃんと取引だって話したよ。怪我が早く治る代わりにそのぶんの命をもらうけど、いいかいって。痛みがひどいらしくて、とにかく早く治してって泣きながら頼んできたよ」

「それじゃ、おじいさんやおばあさんの身体の悪いところを治してくれるかな」

「それは無理。だって、おじいさんやおばあさんは病気や怪我じゃないもん。歳をとったせいだから。取引には馴染まないんだ」

「そうか……」歳三は肩を落とした。

ふと気づく。

「坊はそんな特別の力を使うと、必ず相手の寿命をもらっているのかい」

「そうだよ」

「ということは……」

歳三は口元を歪ませた。

「さっき坊は、いいことを思いついたって言ったけれど言い淀んだよね。つまり、『一週間後の話を知る』って願い事は、おじいさんの寿命を縮めるってことかな」

「この内容の取引なら、一回で一週間分の命でいいよ。一度なら問題ないしね。でも何回も繰り返したら……」

「私の命は、もう一年もないいんだね」

坊は小さく頷いた。

「一年どころか……」

覚悟はしていたが、いざ面と向かって言われると胸に響く。

本来なら、坊が言っていることは眉唾だ。しかし本当のことだと本能が語りかけてくる。同時に、坊が人ではないものだとも。

人とそっくりだが、別の生きもの。妖衆の類いだ。

彼らはそれぞれ特別な力を持っている。身勝手で気ままに生きている。わがままで、人を相手に『遊ぶ』こともある。

「……それでもいいの？」

坊が上目遣いに訊く。

人生が終わることを坊は理解している。だからこそ気遣っている。

目先のわずかな望みは叶えられるけれど、代償として命を終える覚悟はあるのかと。

坊は優しい妖衆だ。

おそらく長い間人を相手にしてきたので、人の感覚や感情や生きざまを理解したのだ。だからこそ人の姿になり、人が住む土地に棲み、生活にとけ込んでいる。

それでも、と歳三は思う。自らに問いかける。

自分の、人生最後の望みとはなんだ。

家族、子どもたちはもういない。みんな戦争で喪った。

残っているわずかばかりの人生で選んだ仕事はなんだったか。自分が見ることができない明日を生きることであろう、目の前の子どもたちとの触れ合いではなかったか。

子どもたちと語り合い、彼らの始まったばかりの人生での、新しい喜びや悲しみといった、人としてなくてはならない感覚を伝えることではなかったか。

そんな時間を楽しみながら人生を終えることに躊躇いはない。

いまの子どもたちはテレビとやらに夢中になってしまったが、もう一度だけでも、一人でも多くの子どもたちを楽しませる時間を作ることができるなら、わずか数ヵ月ばかりの残された時間と引き替えにすることなど構うものか。

テレビという新しい時代になり、古い紙芝居は消えていく。それは仕方ないことだし、当然の成り行きだ。

これは紙芝居の時代に生きた者としての最後の望みであり、仕事だ。人生が終わろうとも吝《やぶさ》かではない。

「やえ、お前は手伝わなくていい。向こうへ行っていてくれ」

「あらあら。いけませせん、わたしも手伝います」

「駄目だ」

「いいえ、約束は守ってくださいな」

珍しくやえは抗《あらが》った。ここ数年なかったことだ。

「約束だと」

「はい。結婚したときに約束したじゃありませんか」

やえの瞳は歳三を見据えている。しわくちゃになっている瞼《まぶた》の奥が潤んでいる。

「『いつまでも一緒だ』って」

「いや、それとこれとは……」

「添い遂げると約束しましたよね。置いて行かないでくださいな」

やえの瞳に宿っているのは信念の光。小さいが、決して曲がらない心の灯。

譲れない思い。それがまっすぐに歳三へ向けられている。

彼女の目が語る。それは長年連れ添った二人の間でしか通じない思いだった。

——あなたの夢が、きちんと畳まれますように。

「……いいのか」

「最後の、二人の共同作業ですね」

彼女は微笑んだ。

紙芝居を自作するのに、やえと坊が手伝ってくれたが三日かかった。

最初の一日はお話と構成、絵の枚数と、語りの部分と台詞《せりふ》を仕上げた。話そのものは、あっと言う間にできたので、坊がなにかしてくれたらしい。

「一週間後に、実際におじいさんが観たテレビの記憶だよ」

「明日の思い出というわけか」

歳三は苦笑した。

やえは歳三が組んでいる場面構成を興味深げに覗き込んでいるが、時折口を挟む。

「この場面の前に、さらわれた女の子が監禁される場面を描かないと、アジトの広さや逃げるための障害の多さが分かりづらいです」

「子どもたちに『こんなの逃げられない』とか『こんな強い敵だと倒せない』と思わせた方が、あとで主人公がかっこよく見えますよ」

歳三はやえの提言に何度も舌を巻いた。

困ったこともある。

三人とも夢中になって絵を描いていったが、仕上げた枚数を数えられないのだ。何度数えても十枚が九枚、もう一度数えても九枚が十枚になってしまう。

「ごめんね」

坊が頭を下げる。

「ぼくと一緒にいると、みんな感覚がおかしくなるらしくて、数や価格とか数字にできるはずのものが、数えられなくなっちゃうんだ。意識してないけど、ぼくが自分の身を守るためにしてるみたいなんだ」

「あらあら。それでは『花一匁《はないちもんめ》』なんか遊べないのね」

「そう。だから鬼ごっことかかくれんぼばかりだよ」

ぷう、と坊は頬を膨らませた。

坊も一緒に紙芝居を作ってくれたが、泊まりがけになり、夜は三人で眠った。誰も不平は言わなかった。ただ紙芝居を作るのが楽しかった。

こんなに夢中になったのはいつ以来のことだろう――。

歳三は、いまこのときに満足していた。八十を超えたというのに、まさかこれほど夢中になれるとは。

「そろそろお昼ですよ」

「ここらでひと休みしては」

「喉が渇いたでしょう」

やえが二人を気遣い、甲斐甲斐《かいがい》しく世話をする。

「はい、プラッシー」

わあい、と坊が頭を膨らませる。感情が高まると倍ほどになる。

「ずいぶんと坊に優しいじゃないか」

「ぼくね、おばあちゃんとも取引したんだよ」

坊は両脚を揃えて上下させた。

「なに」歳三は顔を曇らせた。

「どんな取引だ」

「おばあちゃんに訊いてよ。『おじいちゃんにはどんな取引かは言わないで』って言われたから」

歳三は慌ててやえに顔を向けた。

「ふふ。わたしの取引はね、秘密です」

ねえ、と顔を見合わせて笑い合うやえと坊を前にして、歳三は言葉が出なかった。

自作した紙芝居は思いのほか好評だった。

いつもの公園の前で拍子木を鳴らすと、子どもたちは紙芝居だと気づく。どんな題目なのかと扉絵に目を向ける。

そこにいつも観ている子ども番組の馴染みの絵があると何人かが寄ってくる。

「どんな話なの」

「悪い奴らが強い人をお金で雇って、みんなが知ってるヒーローを殺してしまおうとするんだ。テレビでは来週放送されるお話だよ」

「来週の話！」

誰かが興奮して大声を出す。他の子たちも寄ってくる。

「さあさあ、紙芝居だよ。紙芝居が始まるよ」

まだ知らない話、しかも誰も観ていない話となると小学校でみんなに自慢できる。話題の先取りだ。いつもならそっぽを向いている子らも気になって集まりはじめる。

順番に駄菓子を売ったが、木箱の引き出しに用意しておいた駄菓子がなくなってしまい、道路の向こうの軒先で様子を窺っていたやえに大声を出して店の駄菓子を用意させて、取りに行った。こんなことは初めてだった。

自宅前の公園で演じたあと、少し離れた公園へ出かけた。多めに駄菓子を持って行ったが、すべて捌《さば》けてしまった。いつもならもう一ヵ所別の公園を回る。しかし売り物の駄菓子がなければ意味もない。

おかげで翌日は仕入れのために紙芝居を休むことになったが、久しぶりに大勢の子どもたちの前で紙芝居を演じることができたので歳三は満足した。

「演題を増やしてもいいかもしれん」

酷使した喉を白湯で癒しながら、歳三が安堵の息を漏らす。

「子どもたちのお小遣いが持ちませんよ。お金がないから好きな紙芝居を観られないなんて、子どもたちにそんな寂しい思いをさせるわけにはいかないでしょう?」

「なるほど、それもそうだ。やはり一週間に一度くらいがちょうどいいかな。坊はどう思う」

しかし坊はお絵かきに夢中の様子で、画用紙に鉛筆やクレヨンを走らせている。

あえて邪魔することもない。歳三は手元の白湯を飲み干した。

いつも回っていた公園を一通り巡るだけで五日かかった。紙芝居を作るのに三日かかるので一日ズレる。なんとか一週間に収める必要があったが、そのうち作業に慣れたら解決するだろうと歳三は高を括《くく》った。

実際その通りになったのだが、それは五週目に入ったときである。

作業に慣れてくるといろいろ工夫の余地が見えてくるもので、特にやえは話の構成や演出に口を出すようになった。

「この話に出てくるこっちの子どもは、敵に立ち向かうより、逃げようとする気がしますよ」

「この警察庁長官さん、いつも一人だけどお付きの人はいないのかしら。まるでみんなに嫌われてるみたいじゃありませんか。『水戸黄門漫遊記《みとこうもんまんゆうき》』だって助《すけ》さんと格《かく》さんがいるでしょ。せめて部下として二人くらい刑事さんを出してあげたらいいのに」

「崖から落ちて行方不明なら、誰だって生きてると思いますよ。あとで登場させても意外と思われませんのにねえ」

こんな具合である。

たしかに納得できる指摘なのだが、翌週に放映される話と違ってしまう。歳三は迷うことになった。より面白い話にして子どもたちを喜ばせるか。それとも放映される話を忠実になぞるか。

さらに二週間後には、まったく新しい話にしませんかと言い出した。

「だって元の話を作った人に申し訳ないような気がします。おじいさんは、元の人物や世界を借りるだけにして、おじいさん独自の話を作ったらいいのに」

やえの気遣いは、会ったこともない子ども番組の制作者にまで及んでいる。

その考え方は分かるのだけれど、すでに『次回の話を紙芝居で聞かせてくれる』と子どもたちに人気になっているので、それこそ子どもたちの期待を裏切るような気がする。

なにしろ休まずに続けているのでじっくり考えている余裕がない。駄菓子を仕入れる量も回数も増えた。

さてどうしたものかと悩んだ挙げ句、ふと思いついて、登場人物も舞台も話も新たにした独自のものを作ることにした。毎日の作業のあと、坊が寝入ってから少しずつ書き進めていく。やがてやえも手伝ってくれるようになった。

演じるかどうかも分からない、そんな作品が完成したのは十一月の終わりだった。

坊がいなくなったのは師走の二週目のことである。

紙芝居を作るため、このところ一緒に暮らしていた。夜は一緒に眠る。昨晩もまた新作を作るために歳三は夜遅くなり、坊は早くに休んでいたが、翌朝どこにも姿がなかった。

「坊、知らないか」

やえに訊いても知らないと言う。

公園で遊んでいるのかと外へ出たときに、近所の人から声をかけられた。

「最近よく見かける男の子、ご親戚の方ですか」

「……慕われましてね、よく泊まりに来るのですよ」

歳三は苦笑しながら誤魔化した。

「では自宅へ帰ったんですね。いえね、今朝がた一人でお宅から出てくるのを見かけましたよ」

それでは良い一日を、と頭を下げる近所の人に対して、歳三は言葉を返せなかった。

自宅へ戻りながら歳三は冬の空を見上げた。

以前、川の土手で坊が言っていたことを思い出した。

〝ぼくはね、その日死ぬ人に近づけないんだ〟

「……そういうことか」

それにしても、と思う。

一言挨拶くらいしてくれてもいいじゃないか。

青い空に、後ろ髪を引かれるような筋雲が浮かんでいる。

「達者で暮らせよ」

なあ、坊。お前は妖衆としての能力を使ってしまうから、ずっと子どもの姿なんだと言ってたな。

もしかして、そんな力を使わなければ大人になれたのではないかい。

坊は優しすぎる。だから、ずっと子どもの姿なんだ。他人なんて見捨てれば成長できるのに。

他人の願いなんて叶えなければ、大人になれるのに。

でも、そんな坊が子どもの姿でいるからこそ、みんな坊と仲良くなって遊ぶんだろうな。

楽しかったよ、坊。


木枯らしが吹いたその日。

歳三は戦時中に息子たちの出征を見送った裃《かみしも》を箪笥の奥から取り出した。肩衣《かたぎぬ》と袴《はかま》を身に着けながらぼやく。

「もはや袖を通すこともないと思っていたがなあ」

麻に虫食いがある。だが、そんなことは構わない。

「まあまあ懐かしいこと」やえは目を細めた。

通りに出て公園に向かい、大きく息を吸って胸を張る。

「さあさあ、紙芝居が始まるよ！　今日は特別だ。お菓子もジュースも、ただでご馳走するよ！」

歳三の声を耳にした子どもたちが瞳を輝かせて駆け寄ってきた。

土曜日の昼下がり。元気な子どもたちの声が公園に響く。

「光るは親父のはげあたま！」

『いろはにこんぺいとう』の大合唱のあと、歳三は最後の紙芝居の幕を開けた。

演じるのは歳三が作った話である。子どもの妖衆が、旅をしているうちに人の心を理解して、人間の男の子の姿になっていく。成長する子どもの話だ。ただし子どもの姿は変わらない。

瞳を輝かせて紙芝居に見入っている子どもたちを眺めながら歳三は思う。

彼らはみんな戦後に生まれた子どもたちだ。彼らの未来を、ほんの少しだけ知っている。友だちができて、喧嘩して、誰かを好きになり、出会いと別れを繰り返して成長していく。

だが自分らと同じ苦労はしなくていい。新しい時代を生きる子どもたちは、旧い時代の辛さや苦しみを背負わなくていい。向かうべきは、新しい時代へ伸びるための、新たな苦労だ。旧い時代を生きた自分らは、旧い時代の苦しみとともに消えていく。

いまはただ、自分に残された最後の時間を、子どもたちと共に過ごしたい。子どもたちが楽しむ時間に変えたい。

いつになく声を張り上げながら演じていた歳三は、突然動悸《どうき》を覚えて胸を押さえた。屈み込んだ歳三を心配したやえが重い足を引き摺りながら通りを渡る。

そこへ建設資材を積んだトラックが通りかかった。建設中の家へと向かっている。強い風に煽られて自転車が倒れた。歳三とやえは路面を転がり、公園を囲んでいる柵に身体をしたたか打った。

二人は互いに支え合い、子どもたちに見守られながら自宅へと戻った。倒れた自転車と散らばった紙芝居は、子どもたちが運んでくれた。

もはやこれまで。

歳三とやえは覚悟した。

「……すまないが仕舞いにする。ごめんなあ」

心配する子どもたちに震える身体で頭を下げ、奥の部屋で横になった。

夕方。

布団で眠っていた歳三は意識を取り戻した。傍らで、その手をやえが握っている。

「てっきり、もう終《しま》いだと思ったが」

「もう少しだけ時間があるみたいですよ。だって、わたしはこの通り大丈夫ですから」

「どういう意味かな」

やえは答えない。ただ黙って歳三に微笑んでいる。

歳三は外へと顔を向けた。辺りはとうに暗くなっている。

通りの向こうの公園から子どもたちの声が聞こえる。公園で子どもたちが遊んでいる。

「子どもたちの声がする。まだ遊んでいる子がいるのかな」

「暗くて、よく見えませんが」

「呼んでいる気がする。懐かしい声だ。……すまんが、ちょっと手を貸してくれ」

歳三は起き上がった。

二人で支え合い、歩いた。柵を越えて、一緒に公園へ入る。

懐かしい面々がいる。名前はとうに忘れていたが、誰も彼も見覚えがある。

二人もまた、子どもの姿になっていた。

歳三とやえは夢中になって一緒に遊びはじめた。口から出る歓声は子どもの声になっている。

粉雪が舞いはじめた。

公園を走り回り、鬼ごっこやブランコやシーソーではしゃぐ。粉雪に白い呼気が舞う。

「懐かしいですね。幼い頃は、よく二人で遊んだものでした。こんな立派な公園はなかったけど」

おかっぱ頭になった着物姿のやえが微笑む。

「広い菜の花畑だったな。よくかくれんぼや追いかけっこをしてはしゃいだもんだ」

「はい。わたしが転ぶと、あなたはわたしより先に、泣きそうな顔になっていましたよ」

「さて、そうだったかな」歳三は照れ笑いを浮かべた。

「夢中になって、お前を追いかけて、一緒に走ったことを覚えている。……今日まで、ずっと一緒に走り続けるとは思わなんだ」

「お互い様ですよ。走るときも、歩くときも。休むときも、ずっと手を繋いでいましたから」

「……ありがとう」

歳三はやえの幼い身体を後ろから抱きながら、ゆっくりと滑り台を下りはじめた。

◇◇◇

公園の時計が零時を回った。雪は止んでいる。

凛とした空気の中、ぼくは公園の入り口から姿を現した。野球帽を被り、汚れたシャツと半ズボンを着ているいつもの姿だ。

背もたれがついた木枠のベンチで寄り添い合って手を握る二人の前に立つ。

幸せそうな笑みを浮かべながら動かなくなっている二人に、真綿の布団をかけるように粉雪が降り積もっている。

――亡くなったあとなら関係ないのではと思うけど、やっぱり日を違《たが》えなければ近づくことができないんだよなあ。

ぼくは、おばあさんから請けた願い事を思い出した。

『わたしのお願いはね、あの人とずっと一緒にいること。あの人との人生を揃えて畳むこと。おいてけぼりは嫌ですから。それがわたしの最後の願いです』

自分の寿命を縮めてほしいと請われることは珍しい。少なからず戸惑ったが、いま二人の満足げな顔を見て、人間の気持ちが少し理解できたような気がする。

手間賃としておばあさんからも命をもらったけれど、おつりとして二人に少しだけ昔の時間をあげることにした。こんなことは初めてだ。

ぼくは被っていた野球帽をとり、胸に当てた。

「おやすみ」

事切れた人間に声をかけるのも、初めてのことだった。

昭和四十年代　ちいら

昭和三十年代から始まった、高度経済成長の追い風に乗っている時代である。昭和四十年（一九六五年）から四十五年（一九七〇年）まで長期間続いた『いざなぎ景気』により、日本は安定成長時代へ向かう。

人々の生活基盤が安定し、反戦平和運動が活発化した。

また、公害が社会問題化した時代でもある。

高度経済成長に伴う工業製品の大量生産は、化学薬品の大量使用により、有害な廃棄物を生んだ。それが周辺地域の人々だけでなく自然の生態系に大きな悪影響を及ぼしていることが明らかになり、社会問題となった。

公害が発生したのは地方都市だけではない。都内でも昭和四十五年（一九七〇年）七月に光化学スモッグ事件が発生した。三年後の昭和四十八年（一九七三年）には全国の光化学スモッグ注意報発令のべ日数がピークになり、年間三百日を超えた。

人が生むものは善《よ》いものだけとは限らない。有害なものも等しく生まれる。

白い煙が上がり、腕が溶けていく。たちまち腕の肉が削がれたように消えて、白い骨が剝き出しになった。

「うあ……」ぼく――菅谷《すがや》守《まもる》は言葉にならない叫び声を上げた。

あちこちから子どもたちの悲鳴や呻き声が上がる。

「あ……あ……」

「ちょっと、恥ずかしいから声を出さないで」

隣に座っている磯部《いそべ》京子《きようこ》ちゃんが顔をしかめる。

そんな二人を横目で眺めながら、幸司《こうじ》叔父《おじ》さんがくすりと笑う。京子ちゃんのお父さんだ。

ぼくは口を半開きにしたまま食い入るように大画面に見入った。

――ゴジラの腕が溶けちゃった。どうやってヘドラと戦うのかな。ぼくなら痛くて動けなくなっちゃう。

約一時間半の上映時間、ぼくは隣席の二人を忘れて映画を楽しんだ。

同時上映の他の映画が目の前で流れても、頭の中は『ゴジラ対ヘドラ』でいっぱいだ。ヘドラが空を飛ぶ場面や、ゴジラがヘドラの目玉をえぐり出す場面が頭の中で繰り返される。

『帰ってきたウルトラマン』のときだけ画面に集中した。やっぱりウルトラマンは見逃せない。

一通り見終わって座席を離れても、ぼくは惚《ほう》けていた。

「お父さん、約束。チョコレートパフェ食べたい」

京子ちゃんが叔父さんの腕にすがりつく。

「しょうがないな。それじゃ喫茶店へ行くか。守くんはなにがいい」

ようやくぼくは我に返った。

「クリームソーダ！」

三人で映画館の外に並んでいる行列の横を歩く。混んでいたので、危うくお小遣いで買ったパンフレットを落としてしまうところだった。パンフレットを大事に持ち直しながら、観る前に買っておいて良かったと思う。

「あんなのが好きなの。ヘドラなんて気持ち悪いだけじゃない。それに相手の目玉をえぐりとるなんて、男の子って本当に残酷な話が好きだよね」

ぼくが抱えているパンフレットを覗き込みながら京子ちゃんが鼻で笑う。

京子ちゃんはいつも意地悪な言い方をする。ぼくは二つ歳下の小学三年生なので、従姉弟《いとこ》の気安さもあるのかもしれない。口答えすると怒るのでぼくは黙っておいた。

ともあれ、ぼくは目当ての映画を観ることができた。


夏休みに連れて行ってもらえる映画が決まったのは先週のことだ。

「どうせゴジラが勝つんでしょ。敵をやっつけてお仕舞い。ぜったい、亀有名画座《かめありめいがざ》でやってる『東映《とうえい》まんがまつり』の方がいいよ」

京子ちゃんの目的は、『アンデルセン物語 おやゆび姫』と『魔法のマコちゃん』だ。『アリババと40匹の盗賊』ではない。人間なのに『人』ではなく『匹』なのは、盗賊だかららしい。

近場なら亀有だったが、ぼくはどうしても『ゴジラ対ヘドラ』を観たかった。だから叔父さんに頼み込んだ。

夏休みといってもセミとりだけでは飽きてしまう。区民プールは混んでるし、公民館の遊戯室にあるのは将棋と囲碁だけ。大人向けだ。子ども向けのゲームがあればいいのにと思う。将棋や囲碁はやり方も分からないのに、知らないおじいちゃんが一緒にやろうと寄ってくるので困る。しかも打ち方を教えてくれない。

一度だけ許されている夏休みの映画は一番の楽しみだ。当然のように京子ちゃんと言い争いになったが、今回だけは譲れない。喧嘩になりそうなところを、叔父さんがとりなした。

「まるで二大怪獣だな。よし、それじゃジャンケンで決めよう。勝った方の観たい映画へ行くからな」

ぼくの瞳に炎が宿る。

絶対勝つ。いまなら大リーグボールを投げることができるかもしれない。

京子ちゃんはパー、ぼくはチョキだった。

「っしゃあー！　ピース、ピース！」

勝ち誇ったぼくに京子ちゃんが待ったをかける。

「三回勝負よ」

「ずるい！」

抗ったが、京子ちゃんが押し切った。でもぼくの勢いは止まらない。結局、ぼくが勝った。

「これでいいのだ」

これが北千住《きたせんじゅ》の千住東宝《とうほう》『東宝チャンピオンまつり』へ叔父さんに車で連れて行ってもらうことになった経緯《いきさつ》である。

喫茶店でチョコレートパフェを食べ終えた京子ちゃんは機嫌が良くなった。駐車場へ歩きながら、ぼくは話しかけた。

「ヘドラって人間がつくった公害から生まれた怪獣だよね。人間からしたら、子どもみたいなものじゃないのかな。それを殺すなんて、なんだか可哀相《かわいそう》な気がする」

「気持ち悪いでしょ。ゴキブリとかダニとかドブネズミとか。殺すのは当たり前よ」

やっぱり女の子の方が残酷だと思う。

「ちっちゃい子どもだったらオタマジャクシだよ。護ってあげたいと思うんじゃないかなあ」

一瞬、視界が揺れた。地面のあちこちがぼやけて、陽炎《かげろう》のように歪む。目まいがして、咳き込んだ。

焚火《たきび》で焼き芋をして煙を吸い込んでしまったときみたいだ。咳が止まらない。身を屈めて、げほげほと喉を鳴らす。

首筋に違和感があって手をあてたら、なにかがついている。でも触った感触がほとんどない。そおっと取ってみたけれど、戻した手にはなにもない。いや、見えない。少しだけ、手になにかがついている感じがあった。

よく目を凝らしてみると、手の中が歪んで見える。透明な丸いものが手に載っている。空気の風船、艶のないシャボン玉だ。中に小さなゴミが浮いている。

ビー玉くらいの大きさで、重さをまるで感じない。

表面に二つの黒ずんだ点が現れて、こちらを向いた。光の具合なのか、瞬《まばた》きしたように見えた。なにか言いたげにこちらを見ている。

気味が悪くなって思わず手を振ったら、消えた。

周りを見回しても、どこにも見当たらない。いなくなっちゃった。気のせいだったのかな。

一緒に歩いていた叔父さんが心配そうにこちらを見ている。

「どうした、大丈夫か」

「だ、大丈夫」

胸を押さえて息を整える。すぐそばを小型トラックが通り過ぎていく。

「車の排気ガスでも吸い込んだのかな。それに暑いしな、気をつけなくちゃ。帽子を被ってくれば良かったのに」

「だって映画館の中では脱がなくちゃいけないから荷物になっちゃうもの」

隣の京子ちゃんが唇を突き出す。

京子ちゃんは小学五年生になってから、それまでお気に入りだった麦わら帽子を被らなくなった。「子どもみたいだから」というのが理由だ。子どもなのに、とぼくは呆れた。

ふと、前を歩く叔父さんのズボンにさっきの空気の風船がついていることに気づいた。そこのところだけ丸く歪んで見える。振り払ったときに飛んでいったらしい。

「叔父さん、ズボンになんかついてるよ」

「お、そうか」

叔父さんが立ち止まり、半身でズボンの後ろを確かめる。

「どこよ」

京子ちゃんも気にして叔父さんのズボンの後ろに目を向ける。

「なにもないじゃない」

「ここだよ、ここ」

叔父さんのズボンの太腿あたりを指さした。

「んー、よく見えんが……」

ぱんぱんと叔父さんがズボンを手で叩《はた》く。丸い歪みは溶けるように消えた。

「あ、消えた」

「よし」再び叔父さんは歩き出した。

今日も真夏日だった。

ぼくと京子ちゃんは後部座席に座る。自宅へ向かう環七《かんなな》通りはアスファルトの熱と、排気ガスと水蒸気で逃げ水が見える。

目まいがしたのは蜃気楼《しんきろう》かもしれないな、とぼくが独り言ちると京子ちゃんが話しかけてきた。

「ね、さっきのお父さんのズボンについてたのって、本当の話？」

「本当だよ。このくらいの透明なやつ」

ぼくは親指と人差し指で小さな丸を作った。

「ふーん……わたしには見えなかったけど」

「すぐ消えちゃったから。でも本当についてたよ。空気の風船みたいなの。光らないシャボン玉。もしかして生きものなのかな」

「ふうん。カメレオンの仲間だったら面白いのにね」

少し考えて、京子ちゃんが言った。

「もしかして、それってヘドラの赤ちゃんじゃないの。守くんが可哀相だって言うから、その辺にいたヘドラが寄ってきたとかね。子ヘドラ」

京子ちゃんが両手の指をわさわさ動かしてぼくをからかう。

「〝子ヘドラ〟って、変な名前」

「『オバケのＱ太郎』のＱちゃんはどう。ぱっと消えちゃったんでしょ」

「『オバＱ』かあ。再放送をテレビで観たことあるけど、名前ならドロンパの方がかっこいい」

「注文が多いよ。それじゃ、ちっちゃいヘドラ。『ちいら』にしよ」

ぼくは、なんだか面倒くさくなってきた。

「じゃあ『ちいら』でいいよ」

「決まりね」

もう見ないかもしれないのに、女の子はどうして名前を付けたがるんだろ。子どもなのに母親みたいなところがあるし。

自宅に着いたのは三時前だった。

「義兄《にい》さん、ただいま戻りました。いやあ、外は暑くてたまらんですよ」

叔父さんが差し出された座布団に腰を下ろすと、お母さんが冷えた麦茶をコップに注いで差し出した。

「守の面倒をみてもらって、ありがとうね。まずは一服して」

「そうさせてもらうよ」

胸ポケットの煙草を取り出しながら、叔父さんはちゃぶ台の灰皿を引き寄せた。

しばし雑談。町内会のドブさらいとか、祭りの手伝いとか、大人たちの会話が続く。

テレビでは、毎日のように公害問題のニュースが流れている。四日市《よっかいち》ぜんそく、田子《たご》の浦港《うらこう》ヘドロ公害は最近大きく取り上げられている。ヘドラの元ネタだ。

去年の光化学スモッグ事件も話題になった。環七通りの近くにある中学校や高等学校の生徒が、四十人以上も喉の痛みや目の刺激を訴えたという事件だ。

「光化学スモッグは見えないから怖いんだよな」

テレビを眺めていた叔父さんが零す。お父さんも頷いた。

「条件が揃えばいくらでも生まれてくるらしいぞ。気をつけないとな」

条件とは、直射日光と、気温が高いこと、そして風がないことだという。

夕方になって叔父さんと京子ちゃんが帰るとき、ぼくは叔父さんの車に乗り込もうとした京子ちゃんのスカートに、丸い空気の歪みを見つけた。

表面に黒ずんだ二つの点が現れて、こっちを向いた。

ちいらだ。気のせいじゃなかった。ちいらは本当にいる。

「ちいらがついてるよ」

「えっ、どこ」

でも京子ちゃんは見えないという。なにしろ空気の歪みだから見えづらい。

「そんなこと言ってスカートに触ろうとするなんて、やーらしい」

ぼくは放っておくことにした。

次の日。宿題の絵日記にクレヨンでヘドラの絵を描いていると、京子ちゃんから電話があった。

「もしもし、守です」

大きな黒い受話器を両手で耳にあてる。途端に京子ちゃんの咳が聞こえた。

「どうしたの」

熱を出して寝込んでいるという。

「目が痛い」「喉が痛い」「苦しい」

げほげほと咳き込みながら、苦しげな片言が続く。

「守くんは大丈夫なの」

「特になにもないよ。お見舞い、行こうか」

京子ちゃんは同じ町内に住んでいる。

「アイスクリーム食べたい。カップの」

「……」

残っているお小遣いはそんなに多くない。カップアイスはアイスキャンデーより高い。

言葉に詰まっていると、さらに京子ちゃんは一言付け加えた。

「お願い」

困ってお母さんに話したら、アイス代としてお小遣いをくれた。

「女の子に頼りにされたら、しっかりお見舞いしなくちゃね」

なぜか上機嫌だった。

角のパン屋でアイスを買って、京子ちゃんの家へ向かった。

今日も暑い。風もない。

玄関先に出てきた叔母《おば》さんはマスクを着けていた。

「まあまあ、いらっしゃい。きっと京子も喜ぶね、これは」

けほ、と咳を一つして、ぼくを迎え入れる。

その肩の上にちいらがいた。そこのところだけ空気が丸く歪んで見える。叔母さんの首筋にすり寄っている。

「肩になんかいる」

指さして教えてあげたけど、気づいてもらえなかった。苦しそうに咳を繰り返している。

「お邪魔します」

勝手知ったる家なので、階段を上がって京子ちゃんの部屋へと向かう。

「アイス持ってきた？」

「カップアイスでいいんだよね」

手にした袋を差し出すと、途端にベッドの中の京子ちゃんは笑顔になった。

「よし」

京子ちゃんは起き上がってアイスを貪《むさぼ》りはじめた。

「そんなに急いで食べたら、お腹こわしちゃうよ」

「アイスは大好きだから、大丈夫」

どんな理屈なんだろう。

二年前、ぼくは暑さに我慢できなくて、冷蔵庫の氷を食べまくったことがある。そのあとお腹が痛くなって、すごく苦しんだ。もう死んじゃうと思ったから、よく覚えてる。

ほどなく叔母さんが冷えた麦茶を持ってきた。

「夏風邪でしょ。守くんも来てくれたし、早く治さなくちゃね。楽しい夏休みが台無しじゃないの」

「治そうと思ってすぐ治るならお医者さんいらないよ」

むくれる京子ちゃんを後目《しりめ》に、ぼくは部屋の中が気になった。

部屋中が、ぐねぐねと動いている。空気が歪んで蠢《うごめ》いている。

きっと京子ちゃんのスカートについていたちいらだ。それが増えたらしい。よく見ると空気の風船みたいなものはタワシくらいの大きさになっている。

子どもを産んだのならやっぱり生きものだと思うけど、二人には見えないのかな。

「なんだか目まいが止まらないの」

「そうね。お母さんもうつされたのかな」

叔母さんは自分の額に手をあてた。

京子ちゃんは汗だくだ。苦しそうなので、机の上にあった団扇《うちわ》をとって扇《あお》いであげた。

「うわ。守くん、優しいのね」

叔母さんは目を細めながら部屋を出て行った。下の部屋で、足踏みミシンを使う繕いものの内職をしているのだ。

二人だけになると、ぼくは言った。

「ちいらがいっぱいいる」

「そうなの？」

口元のスプーンの動きが止まった。京子ちゃんは目を剥いて部屋を見回した。

「嘘じゃ……ないよね」

どうやら本当に見えないみたいだ。

「守くんには見えるんだよね」

「うん、見える。……ちゃんと視《み》えるよ」

「目まいかと思ってたけど、もしかしてあの歪んでぐにぐに動いてるのがそうなの？」

京子ちゃんは部屋を見回して顔をしかめた。

「なんだ、ちゃんと見えるじゃないか」

「まさか、あれがぜんぶ、ちいらなの？」

「そうだよ。窓はずっと開けてるの？」

「ちゃんと開けてるよ。だって風邪だもの」京子ちゃんは言った。

「いつもお日様の光を入れて空気を入れ換えようとしてるけど、最近は風がなくて暑苦しい」

「掃除した方がいいと思う」

「わたし病気だから、守くんがやって」

どこまでも人使いが荒い。

ぼくは窓を全開にして、団扇やハエ叩きを振り回して空気の風船――ちいらを追い出した。でも見えづらいので、ぜんぶ追い出せたかどうかは分からない。

叔母さんから濡れたタオルを借りて部屋の拭き掃除をすると、異臭が立ち込めた。くさい。どぶ川のような臭いだった。

「京子ちゃん、くさい」

「しーつーれーいーねー。わたしじゃないよ、きっとちいらの臭いだよ」

掃除を終えて、居間で一緒にテレビを観た。夏休みの子ども番組特集だ。

叔母さんが用意してくれた水ようかんが美味《おい》しい。

「今度は京子に守くんの部屋を掃除させなくちゃね。京子はもう五年生で洗濯も覚えたから、守くんの下着を洗濯させてもいいよ」

「やだ」

京子ちゃんは顔を真っ赤にした。

その夜。

トイレに起きたときに、階段の隅で淡く光っている空気の塊があるのを見つけた。触ろうとしたら逃げていく。ちいらだ。

一匹ついてきたのかもしれない。捕まえようとしたら消えた。

部屋へと戻って布団に潜り込んだら、大きな咳が出た。

朝、また部屋にちいらを一匹見つけた。

戻ってきたのか。気づかなかったけれど、もう一匹いたのか。それとも増えたのか。家の中で増えちゃったら困る。

なぜか喉がひりつく。

団扇をぶんぶん振って、窓の外へ追い出した。

昼寝をして目が覚めると、まだいた。今度のは少し大きい。布団の上に漂いながらこちらを見ている。しばらく眺めていると、なつくようにすり寄ってきた。

途端に咳き込んだ。

胸を押さえながら身体を丸める。振り払うと、ちいらは部屋の隅へ行ってから見えなくなった。

もしかして、京子ちゃんの病気はちいらのせいだったのかな。

気になって電話したら、すっかり快方へ向かっているという。

「そっちに行ったのかあ。じゃあ、わたしはもう大丈夫だね」

「今度は京子ちゃんが掃除に来てよ」

がちゃん、と電話を切られた。

そうか、ちいらが移動すれば病気が治るのか。もしかして、ばい菌の塊かもしれない。ちいらを誰かにうつしてしまえば治るのかもしれない。

もしちいらが生きものなら、病気をうつしていく生きものかな。意地悪する子にちいらをつけたら、病気で学校を休ませることができるかもしれない。

とりあえず調べなくちゃ。

それにしても、ちいらなんていままで見たことがない。いや、本当に生きものなのかな。お父さんに訊いたら知っているかも。

仕事から帰ってきたお父さんの手を引いて、天井の近くを漂うちいらを見せようとしたけれど、暗かったせいかお父さんには見えなかった。ちいらはいやいやをするように身体を震わせて姿を消した。目を凝らしても、どこにも空気の歪みはない。

やっぱり生きものだと思う。

「お父さんも知らないの」

「見えない生きものなんて、ウイルスとか小さなものしか知らないぞ。でもな」

お父さんはぼくの肩を叩いた。

「むやみに生きものを殺すものじゃない」

「そっか。……そうだよね」

幼稚園の頃を思い出す。夏になると、木にとまっているセミに石をぶつけて遊んだ。お父さんはそんなぼくを見て、叱りつけた。

「一度虫を飼ってみればいい」

お父さんは飼育ケースに入ったカブトムシを持ってきた。顔をしかめた虫嫌いのお母さんに、

『情操教育』だと言っていた。意味は分からないけど、生きものに対する愛情を持たせたかったらしい。

その思惑通り、ぼくは虫が大好きになった。

食べたあとのスイカを飼育ケースに入れてやると、カブトムシはスイカに飛びついて頭を動かす。そんな仕草が実に可愛い。

カブトムシが死んだときは、わあわあ泣いた。

それから生きものに対して愛情を持つようになった。生きものの図鑑を熱心に読みはじめたのはその頃からだ。

「もしかして新発見の動物かもしれないぞ。大発見だ。捕まえて観察してみたらどうだ」

「うん」興味が湧いてきた。

部屋に戻り、逃げ回るちいらを追いかける。なにしろ高い場所には手が届かないので、ぴょんぴょん飛び跳ねるしかない。天井近くまで逃げるちいらを捕まえることはできなかった。そもそも触っても感触があまりないのは困る。握ったら潰れてしまいそうなので、両手で包み込んで捕まえるしかない。

疲れて座り込んでいたら、今度はちいらの方から心配したように寄ってきた。これはこれで可愛いと思うが、天井から畳のすぐ上に現れたことが不思議だった。大きさもビー玉くらいに縮んでいる。

すり寄るちいらを撫でようとしたら、少しだけ触った感触があった。全体が少し茶褐色を帯びている。両手で包み込むようにして、捕まえた。

手の中に風を感じた。ちいらの身体のどこからか風が出ている。

そうか、と気づいた。

ちいらは、ただ漂うだけじゃない。身体の中の空気を吐き出して移動できる。身体も突然小さくなったから、伸縮自在だ。天井にいたときに身体を縮めると、畳の上まで移動する。もともと空気の身体なので、瞬間的に移動すると消えたように見える。さらに密度が高くなって色がついたように濃くなる。少しだけど触った感触もある。

喉がむず痒《がゆ》くなってきた。目もひりひりする。

我慢しながら周りを見回す。

今度は容《い》れものだ。以前カブトムシを飼っていた飼育ケースが机の陰にうっちゃられているのを見つけて、その中に入れて蓋をした。

飼育ケースのちいらを眺める。

本棚の昆虫図鑑で調べてみたけれど、そんな虫は見つからなかった。

本当に新発見かもしれない。ちょっとわくわくしてきた。見えない生きものなんて、カメレオンよりすごい。

ちいらは飼育ケースの中で動いている。閉じ込められたので暴れているみたいだ。蓋を開けると、ちいらは外へ出ようとして飼育ケースの上へと浮いてきた。やはり生きものみたいだ。でも病気の素《もと》になるようなばい菌の塊だと困る。

捨てるべきか迷ったけれど、飼育ケースに入れておけば大丈夫だと思うし、少し観察してみたい。大きなくしゃみを一つしてから、ぼくは飼育ケースの蓋にガムテープを巻いて、ちいらが外へ出てこられないようにした。

夢中になってちいらを観察していたら、あっという間に八月になった。

普段は机の上か、押し入れに入れている。よく見ないとちいらが入っているなんて思えない。ただの空の飼育ケースだ。

テープを剝がして、少し蓋を開けただけで咳が出て胸焼けがする。涙も止まらなくなる。慌ててテープを巻く。

ちいらは飼育ケースに入れておけば、とりあえず安心だ。体調も戻った。やっぱり風邪はちいらのせいだ。

どんな場所が好きなのかと思い、飼育ケースの場所をあちこち変えてみて、どうやら窓辺の陽当たりのいい場所がお気に入りだと分かった。飼育ケースを窓辺に置くと、ちいらは飼育ケースの中を弾んで大きくなったり小さくなったりするが、やがて最も外側の位置に身体を寄せて動かなくなる。嫌がっているようには見えない。直接陽射《ざ》しを当てたらもっと喜ぶかとも思ったけれど、テープを剝がすのはやめておいた。

飼育ケースの外へ出したら逃げてしまうだろうか。でも京子ちゃんの家では、追い立てない限り部屋の外へは出なかった。ぼくの家でもそうだ。きっと家の中がお気に入りなんだ。

どうしてかなと考えて、閃《ひらめ》いた。

京子ちゃんの部屋で、ちいらは増えていた。増えるために、部屋の中にいたがる。だから外に出たときは人につく。一緒に家まで連れて行ってもらうために。

ちいらは陽当たりがいい場所、それと風がない場所を好む。飛ばされたくないからだ。気に入った場所を見つけたら、ちいらはそこに棲みついて増える。

光合成をするなら、植物だ。でも身体が空気の植物なんてあるのかな。身体はあるけれど、見えないだけなのかな。

黒ずんだ目みたいなものは、ただの凹《へこ》みだと気づいた。光の加減で黒い目玉に見えるだけ。しかも凹みは中へ通じている管のようにも思える。目玉はないのかな。

飼育ケースの中で、ちいらはまた少し大きくなったような気がする。

ある日のこと。夜中に押し入れを覗いたら、飼育ケースが光っていた。丸いボールが蛍光色の淡い光を放っている。中に入っているちりや埃がゆらゆら揺れている。

ぼくは見とれてしまい、しばらくぼーっと眺めていた。

それからいろいろ試してみたが、昼間に陽当たりがいい場所に長くいたときだけ、夜中に少し光るということが分かった。

また少し、ちいらに対する興味が湧いた。

家にある図鑑には載っていなかったけれど、図書室で調べてみたらどうだろう。たくさん本があるから見つかるかもしれない。夏休みでも、水曜日と金曜日は小学校の図書室が開放されている。区立図書館より小学校の方が近い。

ぼくは図書室で調べてみたいと電話で京子ちゃんに言った。

「わたしも手伝ってあげる。守くんの風邪も治ったみたいだね」

回復した京子ちゃんは乗り気になった。

電話のあと、すぐにやってきた京子ちゃんに飼育ケースを見せた。ちいらは、ずいぶんと大きくなっている。最初に見たときはビー玉くらいだったのに、ピンポン球を超えてゴムボールくらいになっている。

改めて二人でちいらを観察したら、妙なことに気づいた。光沢のないシャボン玉のようなちいらは、それまでいつも丸いボールのかたちをしていたのだけれど、どうもブレて見える。お団子を二つ並べて、ぎゅっとくっつけたかたちになっている。

ぼくたちはタオルを口に巻いて目を凝らしてみた。やはりいつもとかたちが違う。

「もっと明るいところで見よう」

窓辺で陽にかざしてみた。

大きく膨らんだちいらが震えている。一つのシャボン玉が二重になって、離れようとしているみたいだった。

「これ、赤ちゃんを産んでるのかな」

京子ちゃんは目を輝かせた。

「赤ちゃんというより……」

二つに分かれようとしている。

「真ん中にある埃みたいなの、少しおかしい」

ぼくは、中に浮いているタンポポの種みたいなものを指さした。

二ミリくらいの小さなもので、長細くて白っぽい。植物の種みたいだけど、よく見ると動いているようだ。白いイトミミズかなと思った。その身体が動くたびに分かれていく。一本の糸がほぐれて二本になっていく。

「なにかの虫かな。ちいらの中で生きてるんだ……」

中にいる小さな虫が二つに分かれた。同時に、くっついていた空気の塊も分かれていく。

ちいらは、膨らんでから分裂して増えるらしい。

ぼくたちは、しばらくちいらを眺めていた。

壁の時計が午後一時を報せた。出かける時間だ。

もっと観察していたい気持ちはあったけれど、図書室が開いている時間は限られている。ちいらが入っている飼育ケースを窓辺に置いて、二人で小学校の図書室へ行くことにした。

「図書館なら冷房が効いてるよ」

「でも小学校の方が近いから」

それに図書館は涼めるし本もたくさんあるけれど、知らない大人の人がいっぱいいるので不安になる。

目を凝らしながら街なかを歩く。ちいらがいるかもしれないと思ったからだ。注意して周りを見ていたら、やっぱりちいらを見かけた。もしかしたら京子ちゃんの家から追い出したものかもしれない。なにしろ空気の風船だ。よほど注意していないと分からない。

図書室では六年生の図書委員の人と、お友だちらしい人が二人だけだった。

百科事典は三種類あった。卒業生や引っ越した生徒から寄贈されたものだと京子ちゃんから聞いた。

「〝きぞう〟ってなに」

「贈られたもの。残った生徒たちが読めるように、ってプレゼントしてくれたの」

世の中にはいろんな仕組みがあるらしい。

何人か図書室に来て、本を返したり借りていったりした。ぼくは絵がついていない本を読みたいとは思わないけれど、夏休みでも本を読みたいという本好きな子はいるらしい。

ちいらは水の中の生きものじゃないし、翼がないので鳥でもない。ほ乳類と植物の図鑑を棚から持ってきて、二人並んで机に図鑑を広げた。ほ乳類図鑑を調べている京子ちゃんの方が、頁《ページ》をめくるのが速い。

二人でそれらしき写真を探していく。

ゴムボールくらいの大きさで、空気の身体なので重さを感じないほど軽い。手足はない。目みたいなものは二つあるけれど、口も鼻もない。そんな生きものはいないかと思って調べてみたけれど、見つからなかった。

さすがに疲れてしまった。

ふとテレビで観た心霊特番を思い出した。

「視える人と視えない人がいる」とテレビに出てた人は言っていた。

「そうか」ぼくは顔を上げた。「きっと幽霊だ。ちいらは幽霊の種なんだ。だって、幽霊は視える人と視えない人がいるんでしょ」

そうか、と京子ちゃんも頷いた。

「幽霊って発想はなかったな。そうかもしれない」

「じゃあ次は幽霊図鑑」

「ないわよ、そんなもの」

妖怪図鑑はあるのに幽霊図鑑はないのか。なんでだろ。

仕方ないので、怪談の本とか怖い話の本を探すことにした。

話を読む時間はない。二人で挿絵を確かめていく。

「これだ」

京子ちゃんが声を上げた。横からぼくが覗き込む。

「あっ、ちいらだ」

人魂《ひとだま》の絵だった。

「視える人が限られていて、触っても分からない。重さもない。夜になると、ぼーっと光る。人を呪うから、憑《つ》かれた人は熱を出したりして体調がおかしくなる。きっと人魂だよ」

京子ちゃんは目を輝かせた。

「それじゃ、ぼく呪われたの？」

「分からないけど、そういうことかも。なにか悪いことしたんじゃないの」

思い当たることがないわけじゃない。冷蔵庫にあったアイスを勝手に食べちゃったことかな。汲《く》み取り式便所にスリッパを落としたことかも。汚れた足で玄関を上がったことかな。縁側の板を花火で焦がしちゃったこともある。宿題を忘れたことは二回ある。

「でもお父さんやお母さん、先生は死んでないよ。知ってる人の人魂じゃない」

「……それもそうね。きっと知らないところで、知らない誰かに恨まれるような悪いことしたのかも」

「京子ちゃんだって寝込んだじゃないか」

「あれはきっと人違い。間違えてわたしに取り憑いたのよ」

ぼくは人魂の絵を見つめた。

似ている。見れば見るほど、ちいらが人魂に思えてきた。

そして怖くなった。

このままちいらをそばに置いていてもいいのかな。そのうち取り殺されちゃうかもしれない。

頭を落ち着かせるため、ぼくは棚から昆虫図鑑を持ってきた。大好きな図鑑なので、図書室へ来ても読みたい本がないときは、いつもこの本を広げて眺めている。

ちいらの中にいた小さな虫も見つかるかもしれない。

それに昆虫は種類が多すぎて、まだ見つかっていないものも多いとお父さんから聞いている。ぼくがまだ知らないだけで、ちいらに似ている虫がいるかもしれない。

成虫が確認されていても、その生態まではよく分かっていないものも多い。なにしろ虫は変態する。卵から幼虫、サナギ、成虫までの過程で、さらに模様やかたちを変えていくものも珍しくない。幼虫が最初は茶色でも、大きくなると緑色になったり、毛をたくさん生やしたりする。怒ると角を出すものもいる。

「やだ。気持ち悪い」

京子ちゃんは目を背けたが、ぼくは食い入るように掲載されている写真に見入った。

「男の子って、どうしてそんなの好きなの。去年なんか、キャベツ畑で青虫をたくさん捕まえてきて、サナギから蝶《ちょう》になるまで、ずーっと観察してたよね」

「虫が好きなわけじゃなくて、かたちが変わるものに興味があるんだよ。だって面白いもん。手足を引っ込める『ガメラ』だって大好きだ」

ぼくは図鑑から目を離さずに答えた。

成虫はともかく、幼虫はどれも細長い。丸い幼虫なんていなかった。ちいらはサナギとは思えないし、成虫となると似てるものなんてない。そもそも羽もない。

「なにこれ。カマキリの卵？　卵塊《らんかい》っていうんだっけ」

「卵塊はカエルだよ。拝み虫——カマキリは卵鞘《らんしょう》」

「虫の専門用語だけ詳しいのも男の子だよね」

呆れる京子ちゃんが指さす先に、草の茎や葉の裏に白い泡の塊がついている写真があった。

「あ、それアワムシ」

「また別の虫なの？」

ぼくが覗き込むと、『泡吹虫《あわふきむし》（幼虫）の泡』と記載があった。

「へえ、泡吹虫っていうんだ。アワムシって呼んでた」

「この泡はなに？」

「幼虫がいるんだ。この泡はなんだろうと思って毟っていくと、中から小さな虫が出てくる」

「うわあ……」

顔を背ける京子ちゃんをよそに、ぼくは図鑑の記事を読んでみた。身体の周りに泡を出して外敵から身を守っているという。成虫が飛ぶときは埃のようにふわふわと漂うように舞う。風のある日は飛べなくなるらしい。

「……ちいらだ」

京子ちゃんが小首を傾げる。「どういうこと」

「ちいらも、泡吹虫と同じように身体の周りを空気で覆っているんだ。ほら、中に小さな虫がいただろ。いままで空気の風船というか、シャボン玉全体がちいらだと思っていたけれど、実は中にいる小さな虫が、ちいらの本体だったんだ。それで身体の周りに空気を集めて身を守ってる。きっとそうだ」

「……身体の周りに空気を集めるって、ただ空気の中にいるだけでしょ。他の生きものと同じ。別に変わらないでしょ」

「あ、そうか……」

たしかに京子ちゃんの言う通りだ。でもちいらが入ってる空気は周りとは違う。シャボン玉みたいに光が屈折しているように思える。

空気の濃さや質だと思いついた。でも、それだけかな。あまり身を守ることになってない。外敵から身を守れるとしたら――。

毒だ。

ヤドクガエルが皮膚に毒を持って身を守るように、ちいらは身体の周りに毒の空気を作ってるんだ。その空気を吸い込むと、咳や熱が出て病気になる。

それじゃ、目のように見える、黒ずんだ丸いものはなんだ。

身体の周りを空気の塊で覆っていたら、かえってなにもできないのでは。空気やエサの取り入れ口かな。いや、それだけじゃない。周りの様子を知るためには、光だけじゃなく、もっと情報が必要だ。

においか。ならば黒ずんだ凹みは目ではなく鼻ということだ。

京子ちゃんも首を傾げる。「虫が毒の空気を作るの？　周りの悪い空気を集めた方が早いような気がするけど」

「そうかもしれない。テレビでやってる公害は工業廃水だけど、この辺に工場なんてないよね。垂れ流しになってる有害なものって、なんだろ。……光化学スモッグ？」

「そういえば、症状が似てたわね。目が痛くて涙が出たり、喉が痛くなったりしたもの」

京子ちゃんは立ち上がって、公害問題が書かれた新聞や雑誌を抱えて戻ってきた。

「こんなもの、漢字が多くて読めないよ」

「わたしだって全部は無理。でもなんとなくは分かるでしょ」

「直接光化学スモッグを集めてるとは思えない。それならすぐに問題になると思う。光化学スモッグの素になっているものはなにかな。ちいらは、それを集めてるんだと思う」

「えっとね……」京子ちゃんが、先生たちが読むような雑誌を捲《めく》る。

「これだ」

京子ちゃんの指さしたところには、難しい漢字や記号が並んでいる。

――『NOx』『HC』。まったく分からない。

「なんなの、これ。教えて」

「ちょっと待って。ちっ……窒素酸化物と、たん……炭水化物」

「そうなんだ」

読めないけれど『炭化水素』と書かれている。

「それがお日様の光で光化学反応を起こすと、パーオキシアセチ……ようするに、光化学オキシダントへ変化するんだって」

「〝光化学オキシダント〟って、なに」

「光化学スモッグのことみたい」

二人で溜め息を吐いた。子どものぼくらにとって、ここに来るまでだけでも大変な道のりだ。ただ本を読むだけなのに。

「それじゃ今度は元へ戻ろう。窒素なんとかって、具体的にはどんなものなの」

京子ちゃんが、食い入るように誌面に目を走らせる。

「……石油類の燃焼を原因としたもの。自動車の排出ガス」

「排気ガスか！」

やっと繋がった。

身を守るために、ちいらは自動車の排気管から出る排気ガスを身に纏う。人になつくのは、人が自動車を動かして排気ガスを出す生きものだからだ。そして人の家へと移動する。風のない部屋の中に棲み、窓からの陽射しで光化学スモッグへ変化させたうえ、分裂して増える。また、増えやすいところなら、密閉された場所でなければ、外に出ようとはしない。追い出さない限り、そのまま居着いて増殖する。

ちいらは毒虫だった。

飼育ケースの中へ入れておけば安心だけど、家で飼うことは考え直さなくちゃいけない。

ぼくは俯きながら校舎を出た。

「仕方ないよ。呪われたり病気になったりするよりマシでしょ」

並んで歩く京子ちゃんがぼくの肩を叩く。

「夏休みが終わったら、念のため先生に訊いてみるといいよ」

校庭の隅にある飼育小屋に二人の女の子がいた。二人ともマスク代わりにタオルを顔に巻いている。この暑さでは余計に辛そうだ。

「わたしのクラスの子だ。飼育当番なの」

京子ちゃんと連れだって飼育小屋へ行ってみると、ちょうどウサギにエサをあげているところだった。

飼育小屋は大人が二人入って動けるくらいの木造小屋だ。表には金網が張ってある。横に出入り口があって、中へ入ると組まれた木の板がまっすぐに敷かれている。ウサギ用の木箱があり、干し草が敷き詰めてある。

二羽のウサギが、萎《しな》びた菜っ葉や刻んだにんじんを咥《くわ》えて口をもぐもぐ動かしている。上の方にインコの巣箱があった。入れ替えた水とエサを見つけた一羽のインコが巣箱から出て飛びついている。

「飼育係は当番を押しつけられて大変だよね」

京子ちゃんが声をかけたが、女の子たちは軽く首を振った。一人の女の子が、タオルの下からくぐもった声で返事をする。

「わたし生きものが好きだから」

もう一人の子も頷く。

いい人たちだ。

小屋の掃除は週に一度。用務員さんから小屋の鍵を借り出して小屋に入る。エサやりは毎日だが、小屋の外からでもできる。外からエサ箱を引いて、水とエサを入れて押し込む。インコ用の水とエサ箱は高い場所にあるけれど手が届かないわけじゃない。インコが逃げないよう、気をつけてエサ箱を外側に回して、水とエサを入れてから戻す。

「ね、ちいらをここに入れたらどうかな」

京子ちゃんが小声で囁いてきた。

「小屋に入るときはマスクをしているから当番の子も安全だと思う。奥に、去年死んじゃったインコの巣箱があるでしょ。あそこに入れておけばインコもウサギも大丈夫だと思う。先生には夏休み明けに相談すればいい。守くんも安全になるし、観察もできるから一石二鳥だよ」

「〝一石二鳥〟って、なに」

京子ちゃんの説明を聞いて、たしかにそうだと思った。逃げるかもしれないと一瞬思ったが、たぶんちいらは逃げずにここを巣にしちゃうだろう。ちいらが人に付くのは、増えるため気に入った場所へ移動するためだから、ここに棲みついたら女の子たちに付くことはないと思う。

「じゃ、決まりね。とりあえず夏休みの間だけでも小屋に移しておこう」

そうだねと納得して、ぼくは急いで自宅からちいらが入った飼育ケースを持ってきた。

京子ちゃんは当番の子たちと一緒に小屋の掃除をしていた。ちょうど終わったところらしく、小屋から出てきた当番の二人と入れ替わりに小屋に入る。

「なにそれ」飼育当番の女の子が飼育ケースを覗く。

「なにも入ってないじゃない」

彼女たちにちいらは見えない。いや、見えづらいのだ。

「小屋の中にカナブンとかいないかなと思って。守くんは虫好きだから」

「なんだ」

女の子たちは興味をなくしたようで、小屋の横にある手洗い場へ行った。

「ちいらのことは話さなかったよ。あの子たちに余計な心配をかけたくないもんね」京子ちゃんはぼくに耳打ちした。

飼育ケースの蓋を開けて、隅にある巣箱へと向かう。手を伸ばしてつま先立ちになり、空いている巣箱の中へ傾けると、ほどなく空気の玉が二つ巣箱の中へ入っていくのが見えた。

インコはエサに夢中になっていたが、ちいらに気づいたらしく、ばたばたと離れていく。

「インコにはちいらが見えるのかな。でも苦手みたいだ」

「見えなくても、感じているんじゃないのかな。危なければ離れることができるし、夏休み明けまでの一ヵ月だけだから大丈夫だよ」

「うん、そうだね」

「その代わり、週に一度の掃除は手伝わなくちゃ」

「そのくらいはするよ。ちいらは身体に良くないから、マスクをしていてもあの子たちが心配だもん」

ぼくと京子ちゃんは小学校をあとにした。


暑い日が続く。

校庭開放の日になると、ぼくは京子ちゃんと連れだって、飼育係と一緒にウサギ小屋の様子を見に行った。タオルを口に巻いて、小屋の掃除を手伝うと言ったら当番の子たちも喜んだ。

小屋の裏側、塀の向こうは通りになっていて車の数も多い。排気ガスは大丈夫だろうかとぼくは心配した。

ちいらが入っている巣箱の中でなにかが動いている。

つま先立ちで中を覗き込もうとしたら、一匹の小さなちいらが巣箱から出てきて、下に落ちて消えた。本体である小さな虫が纏っている空気の塊が解かれたら、まったく見つけることができない。

巣箱の中にはまだいくつもシャボン玉——空気の塊が動いている。また増えたらしい。

目がひりついてきた。これも光化学スモッグだろうか。

四人なので、さほど時間はかからない。ぼくたちは早々に掃除を終えて引き揚げた。

お盆になると、近所の神社で縁日が催される。

金魚すくい、ヨーヨー釣り、射的《しゃてき》、お面などの屋台が並ぶので、毎年ぼくは京子ちゃんと一緒に出かけている。

この日は京子ちゃんもご機嫌になる。ひらひらした模様の浴衣を着てはしゃいでいる姿は、ぼくから見ても可愛いと思う。

京子ちゃんと二人で綿菓子を食べていると、同じクラスらしい子が京子ちゃんに話しかけてきた。

「ねえ京子、聞いた？」

「なに」

「かなえと緑《みどり》、ひどい風邪を引いたらしいよ。熱を出して寝込んだって」

「……そうなの」

京子ちゃんは綿菓子を取り落としそうになった。

ぼくもまた、綿菓子を頬張っていた口の動きが止まった。

「夏風邪が流行ってるみたいだから、お互い気をつけようね」

手にしていた大きな綿菓子が、ぼくにはなんだかちいらに見えた。


あくる日、ぼくは京子ちゃんと一緒に二人のお見舞いに行くことにした。

「女の子へのお見舞いならケーキでも持って行きなさい」と、お母さんはお小遣いをくれた。女の子の家へ行くと話すと、とたんにお母さんの機嫌が良くなるのはどういうわけだろう。

かなえちゃんは部屋で寝入っていると家族の人に言われて、お見舞いのシュークリームだけ置いてきた。

緑ちゃんは、咳をしながらパジャマ姿で出迎えてくれた。

「掃除してたら苦しくなっちゃって」

部屋でシュークリームを食べながら緑ちゃんは倒れた日のことを話してくれた。

「お掃除が終わって外へ出たところで蹲ってたところを用務員さんが見つけてくれたの。それから救急車で病院へ運ばれたんだよ」

「うわあ、わたし救急車って乗ったことない。どんなだった」

京子ちゃんは目を丸くした。ぼくも救急車に乗ったことはない。

「覚えてないよ。それどころじゃなかったもん」

そりゃそうだ。

「病院でお薬を飲んで、しばらくチューブがついたプラスチックのマスクを着けていたら、少し元気になったよ。それからいろいろ訊かれた。胸が苦しくなったときのこと」

京子ちゃんの表情が曇る。

「風邪……じゃないんだよね」

「光化学スモッグを吸い込んだみたいだって、お医者さんが話してくれた。ほら、小屋のそばは道路だから、排気ガスとかの影響もあるだろうし」

「そっか……」

「家でしばらく大人しくしてたら治るって。お薬もたくさんもらったし。とうぶんはお家でテレビ観たり宿題したりするだけだよ。でも夏休みの宿題がすごく進んで、もうすぐ終わるくらいになったから嬉しい」

けほ、と一つ咳をして緑ちゃんは笑った。

「……ウサギとインコが心配」

「大丈夫。明日、わたしたちが用務員さんにお願いに行くよ。ときどきお見舞いに来るね。あとで終わった宿題見せてね」

さすが京子ちゃんだ。さりげなく宿題を要求するところが彼女らしい。

「いいよ。今度はアイスを食べたいな」

緑ちゃんは空になったシュークリームの箱を見ながら言った。

宿題とアイスの交換だ。どっちもどっちだ。

ぼくは二人が話している間、ずっと黙っていた。

ちいらのことを話そうかどうか迷っていたけど、なんだか悪いことをした気持ちになって、どうしても言い出せなかった。だって、小屋にちいらを入れたのはぼくたちだから。

寝込んでいる二人の代わりに掃除当番をしようということになった。京子ちゃんも同じ思いだったみたいだ。

タオルでマスクをしていれば毒は防げる。飼育係の二人は安全だとばかり思っていた。

でも違った。ちいらの毒は強い。それがちいらとともに増えたらしい。マスクをしていても病気になるくらいに。

思いあまって、ちいらのことを両親に話したけれど、信じてもらえなかった。

「身体が空気とか、車の排気ガスで身体を覆った生きものなんて、いるわけないじゃないか」

そう。それが大人たちの常識だ。

いっそ京子ちゃんと緑ちゃんの二人が入院したら、ちいらのことを真剣に調べてくれるのかな——。でも、それは二人がそれだけ苦しむってことだ。人の不幸を願っちゃいけない。

やっぱり、夏休みが終わったらちいらのことを先生に話して、謝らなくちゃ。

二日後。京子ちゃんと二人で小学校へ行った。

小屋の鍵は用務員室にあるので行ってみたけれど、用務員さんはいなかった。校内にはいるはずなので捜すことにした。

自転車置き場からペコペコと金物の音がする。なんだろうと思って覗いたら、用務員さんが、自転車のチェーンに油を差していた。金物の音は、漏斗《ろうと》のようなかたちをした金属の油差しの底を押す音だった。

「おや、なにか用かな」

ぼくたちは、病気で休んでいる飼育当番のあとを継ぎたいと申し出た。

「これは殊勝なことだ」

白髪交じりの用務員さんは、顔をしわくちゃにした。

「良い子だな。坊やの方が小さいのに、病気の女の子たちの代わりをしようと手を挙げるか。いまどき珍しい」

「エサをやる人がいないと、インコやウサギが可哀相だから」

うんうんと頷きながら、用務員さんは用務員室へ戻って小屋の鍵を渡してくれた。

日陰を通るようにして、二人で校庭の壁伝いに木立の間を歩く。百葉箱の脇を通り過ぎると、飼育小屋は目の前だ。

飼育小屋は造りが粗い。天井近くの隙間から小屋の中へ陽が射し込んでいる。さぞかし中は暑いし蒸すだろう。

射し込む光の帯に塵埃《じんあい》が反射して舞う中を、ちいらが漂っている。シャボン玉みたいな空気の身体が光に透けている。まるで海中から見た、波間のクラゲだ。

幻想的な光景に、ぼくはしばしば目を細めて見入った。

ちいらは八匹に増えていた。かたちは同じだが、大きいものから小さいものまでいる。陰にも隠れているかもしれない。探せばもっといるだろう。

顔にタオルを巻いて、きつく縛る。借りた箒《ほうき》やちりとり、バケツを小屋の前に並べてから鍵を開ける。

中へ入ると、外から陰になっているところで、インコが干し草の上に落ちて死んでいた。

一瞬、ぼくは動けなかった。

ぼくのせいじゃないよと言わんばかりに、ちいらはのんびりと小屋の中を揺蕩《たゆた》っている。

きっと暑さのせいだ。水がすぐ干上がっちゃうせいだ。ぼくが、ちいらを小屋に入れたせいじゃない——。

ぼくは自分に言い聞かせるように呟いた。

動悸が激しくなって、息が荒くなった。滝のような汗が止まらない。

「ね、外へ出よう」

京子ちゃんに手を引かれて小屋を出る。小屋の裏側の陰になったところに二人しゃがんだ。

近くの木からアブラゼミの鳴き声が聞こえる。木の幹には抜け殻が三つあった。

「ねえ」京子ちゃんがセミの抜け殻を眺めながら呟く。

「もしかして、ちいらも大人になるのかな」

「分かんない。でもそうなったら、みんなも気づいてくれると思う」

「病気とか呪いとかなければいいのにね」

「悪いことがなければそれでいいよ。でも、これはダメだ」

背中の小屋を半身で振り返る。

「いくらちいらに悪気がなくても、他の生きものまで死んじゃうのはダメだ」

「うん……」京子ちゃんは小さく頷いた。

「ちいらは追い出すしかない。二人でちいらを小屋から追い出そう」

ぼくは立ち上がった。

ちいらのことは親以外には話していない。ぼくたちだけでやるしかない。

「仕方ないよね」

京子ちゃんと一緒に小屋の扉へ歩き出したとき、すぐ前を一羽のスズメが飛んでいった。暑いらしく、木立の中を抜けていく。

「あ……」ぼくは足を止めた。

「どうしたの」

「ダメ。やっぱり、ちいらを追い出すのはナシ」

京子ちゃんは、ハトが豆鉄砲を食らったような顔をした。

「どうして」

「だってインコが死んじゃったから。ちいらは危ない生きものなんだ。ちいらが外に出て増えたら、スズメとかハトとか、みんな死んじゃうよ。だからここに閉じ込めておいて、夏休みが明けたら先生たちに話して、なんとかしてもらおうよ。用務員さんだけでは頼りないし、かといってぼくらじゃ手に負えない」

京子ちゃんは目を丸くした。

「ぼくは、スズメとか、他の生きものまで死なせたくない」

京子ちゃんが静かに微笑みながら、小さく頷く。

「そっか……守くんも男の子だもんね」

「え、なに」

「いつの間にか、かっこ良くなってる」

それから京子ちゃんは少し大人しくなった。校舎へ向かいながら、黙ってぼくの後ろをついてくる。

用務員さんにインコが死んだことを話した。

「そうか。この暑さだもんなあ……」

用務員さんは、しばし黙禱《もくとう》した。

この人も、生きものが好きらしい。

「残ったウサギたちが心配なので、ぼくたちで飼おうと思います。夏休みの間だけでも」

ほ、と用務員さんは顔を上げた。

「いや、儂の一存ではなあ」

「お願いします！」

深く頭を下げた。横で京子ちゃんも倣う。

「いやいや、これはどうも……」

頭を掻きながらも、彼は口の端に笑みを浮かべた。

「仕方ないな。先生方には、儂から話しておこう」

三人で一緒に小屋の掃除をして、インコのお墓を作った。

それぞれウサギを入れた大きな紙袋を大事に抱えながら、京子ちゃんと一緒に帰路に就く。

夕暮れ色に染まる街並みを歩きながら目を凝らしたけれど、ちいらは見えなかった。

「ねえ、ちいらが逃げちゃったらどうするの」

「逃げないよ。窓を開けていても、京子ちゃんの部屋から出ないで増えたでしょ。きっとお気に入りの場所から離れようとはしないんだ。繁殖に適してるのかもしれない」

「へえ、よく考えてるじゃない。繁殖とか、難しい言葉も使ってるし」

「テレビで観たもん。夏休みの子ども番組で、田んぼとか山の生きものが出てた」

ぼくは顔を上げて鼻を高くした。

小屋から連れてきたウサギたちは、京子ちゃんとぼくで一羽ずつ飼うことにした。夏休みの間だけと話したら、両親とも渋々承知してくれた。

「おかげで余計な手間が増えたじゃない」

ときどき京子ちゃんから文句の電話がかかってきたが、その口調は怒っているわけでもなさそうだった。


九月になった。

二学期最初の日なので、全校集会で全児童が校庭に集まる。クラス単位で二列になって並ぶ。

校長先生の話が始まる。

いつも長い。まだ陽射しがきついのでしんどい。

気がつくと、ぼーっとしていた。お父さんやお母さんが言う忍耐力とか我慢強さって、こうして鍛えられていくんだなと実感する。

ここのところ怖くて飼育小屋へ行ってないが、ちいらはどうなったろう。大人しく小屋の中にいただろうか。

ぼくも京子ちゃんも、まだ飼育小屋を覗いていない。昨晩は気になって寝つけなかったけど、明け方になって眠ってしまった。京子ちゃんも同じように寝坊した。遅刻しかけたので、あとで見に行こうと今朝約束したところだった。

校舎の端から清掃道具を手にした用務員さんが出てきて飼育小屋へと向かっている。ぼくの周りでも、何人かがそちらに目を向けている。

「インコもウサギも、みんないなくなったらしいよ」

誰かの話し声が耳に入った。

頭を動かすと先生に注意されるので、さりげなく目だけ動かして飼育小屋の様子を窺った。

用務員さんが小屋の鍵を開けている。

ぼくには、小屋がいつもと違って見えた。表の金網が張ってある部分が膨らんでいるように思えた。中は見えない。なにかが詰まっているみたいだ。

ちいらだ。小屋の中でおしくらまんじゅうをしている。

いったいどのくらい増えたんだろう。八匹が倍になると十六匹。その次が三十二匹。倍々だ。

いま飼育小屋がちいらで一杯になっているとしたら、次に倍になったときは……。

増えるときは条件が決まってる。陽射しが強いときだ。朝、日が昇ったら九時過ぎくらいに増えやすい。

ぼくは校舎の時計を見上げた。

針は九時過ぎを指している。

かすかにドブ川の臭いを嗅いだ気がした。

ちいらは毒の空気を纏っている。ずっと同じところに同じ空気があったら、やっぱり腐っちゃうと思う。ドブ川みたいな臭いがするんじゃないかな。

飼育ケースの中に入れておいたときのちいらを思い出した。

ちいらは密閉されたかごの中を嫌がった。いままでは数が少なかったので気にならなかったのかもしれないが、もう増えすぎて身動きがとれなくなっている。外へ出たがるに違いない。

用務員さんが戸を開けた。

途端に小屋からシャボン玉のような空気の塊が噴き出した。ちいらたちが暴風雨のように用務員さんを包み込む。

彼は苦しそうに上半身を回し、もがきながらその場に倒れた。

何人かの子どもが声を上げて飼育小屋へ目を向けた。先生たちは前に一列に立っていたが、子どもたちのただならぬ様子に気づいて、端に立っていた先生が飼育小屋へ走りはじめた。

飼育小屋から出てきた無数のちいらたちが、さらに広がって校庭へと向かってくる。一陣の風が表通りから吹いて、校庭に砂埃が舞い上がる。

ドブ川みたいな臭いが押し寄せてくる。

土煙に、ちいらたちが混じって身体を震わせている。風向きも手伝って、ちいらたちは校庭に列を作っている子どもたちへ砂煙とともに襲いかかろうとしていた。

みんなマスクなんてしていない。

ぼくは動けなかった。

呆然としているぼくに、少し離れたところに立っている京子ちゃんが顔を向けている。その口が動く。

（逃げよう）

ぼくは、毒を持った無数のシャボン玉が一気に子どもたちを包み込んでいくさまを目の当たりにした。

ちいらは、もう小さくなかった。

数百人の子どもたちを飲み込むまでに成長していた。

喉が痛い。胸が灼《や》ける。咳が止まらない。目がひりついて涙が溢れてくる。

周囲でばたばたと子どもたちが倒れていく。

ぼくもまた、意識が遠のいていった。

＊

一年が経ち、また夏休みが来た。ぼくは小学四年生になった。

定期検診のついでに、入院している京子ちゃんの病室へ向かう。ひどく肺を傷めた京子ちゃんは、ときどき入院する。ちょうど担任の先生も来ていて、病室で一緒になった。

でも京子ちゃんは寝ていた。なので、起こしちゃいけないと思ってすぐに先生と一緒に病室を出ることにした。

「屋上で外の空気を吸おうか」

先生に誘われて、一緒に病院の屋上へ上がって空を見上げると入道雲が伸び上がっている。

連日、テレビでは光化学スモッグ注意報や警報を流している。

あの日のことは思い出したくない。

みんな体育館に収容されて、近くの病院や医院からお医者さんが大勢来た。死んだ子はいなかったけど、息ができなくなって意識がなくなった子が何人かいる。

突然発生した光化学スモッグのせいだとニュースに出ていた。

大騒ぎになって、校長先生は別の人へ変わった。炎天下での始業式の講話が子どもにとっては長すぎて、身体が弱ったところへ光化学スモッグが流れてきたと大人たちは言っている。

大人たちはちいらを信じていない。見つけることができなかったのだ。

——つまり、ちいらはまだその辺にいる。

でも不思議に思う。ちいらは放っておかれたら増え続ける。なのに見かけない。あまり増えていないのだろうか。

たしかに、ちいらの毒は光化学スモッグに似ている。もしちいらが光化学スモッグを見つけたら、どうするだろう。

仲間だと思って近づいていくのかな。いや、それより自分の身体を覆っている空気に取り込もうとするんじゃないかな。なにしろ身を守る鎧《よろい》だ。厚ければ厚いほどいい。大好きな食べものを貪るように、増えるより早く、無我夢中でかぶりつくと思う。

でも、やがて大きくなりすぎて動けなくなる。身体を壊してしまってもおかしくない。

ちいらは本物の光化学スモッグを取り込もうとして、逆に自滅するんじゃないかな。

いまはほとんどの子どもが学校に戻れたけれど、定期的に検診しなくちゃならない。肺に腫瘍という悪いものができて、手術した子どももいる。

用務員さんは亡くなった。急性肺炎を引き起こして、息ができない状態になったと聞いた。

ちいらのことは京子ちゃんと二人で大人たちに話したけれど、結局そんな生きものは調べても見つからず、ぼくたちの想像だということになってしまった。

正直に話したのに。

一生懸命話したのに、誰も信じてくれなかった。ぼくはもう諦めた。

あの日以来、ぼくもちいらを見ていない。どこへ行ってしまったんだろう。隠れているのかもしれないけど、本当にいなくなったのかもと思いはじめたのは仕方ないことだと思う。

「去年のことを思い出しているのかな？」

ぼくの横に立っている先生が呟く。たぶん先生も同じことを考えていたんだと思う。

「あのときは大変だったからなあ。でも、光化学スモッグだと分かったから、もう対策や対処方法ができた。安心していいぞ」

青空を見上げながら、先生はぼくの肩を叩いた。

「屋上なら涼しいかと思ったが、そうでもないな。戻ろうか」

「ぼくはもう少し雲を眺めていたいです」

「そうか。暑くならないうちに帰れよ」

「はい、先生」

先生の後ろ姿を見送りながら、ぼくは思う。

思っていた通りだ。やっぱりちいらはいる。ぼくの想像じゃない。

みんなあれが車の排気ガスから生まれた光化学スモッグだと思ってるけど、そうじゃない。

ぼくは知ってる。光化学スモッグに似ているが、違う。

ちいらが生んだ毒だ。みんな信じてないけれど、ちいらはいる。暑くなると、新しい毒を生んで周りに撒《ま》き散らすんだ。

でも、誰も気づかない。さっき背中を向けた先生が、ベルトの後ろにちいらがついていることに気づいていなかったように。

ドブ川みたいな臭いがしても誰も気づかない。だって、ドブ川はどこにでもあるもん。日本中にあるから。

ちいらは新しい生きものだ。

生きものは成長する。進化する。

まだよく分からないことも多いけれど、それは大きく進化している途中だからだ。ちいらはまだ子どもだし、幼虫だ。これからサナギや成虫になる。

いずれ毒の空気の抜け殻を残して、別のかたちになる。

光化学スモッグが発生しやすい季節になると、きっと大きく進化していくに違いない。

そしてまた、今年も暑い夏がやってくる。

昭和五十年代　村まつり

昭和五十年代。既に生活基盤が安定して久しく、日本は飽食の時代を迎えた。マスメディアとしてテレビが急成長を遂げ、社会的に大きな影響を及ぼすほどの力とステータスを持つに至り、いまなお語り継がれる暴走気味のテレビ番組が数多く生まれた時代である。

噴き出した溶岩が裾野へ広がるように、新たな時代のうねりは容赦なく旧いものを呑み込み、駆逐する。その勢いは関係者の思惑すら凌《りよう》駕《が》して加速する。

昭和五十七年二月。

ディレクターの茶根昌之《ちゃねまさゆき》が打ち合わせ室に入ってきた。控えていた三人に緊張が奔る。

「どうでしたか。会議という名の賑やかな雑談は」

茶根チームの専任リポーター、一条《いちじょう》はるかが声をかけた。待たされた苛つきからか、言葉に険がある。ファインダーの試作品を弄っていた撮影担当《カメラ》の阿部力《あべちから》——私もまた顔を上げた。

「安住《あずみ》んとこにやられたよお。速報値だけど、ウチは『19・8』だった。安住んとこは『20・6』。こないだの沖縄の泡盛がウケた」

茶根は手にした書類を机に放り投げた。すかさずチーフADの旭井和樹《あさいかずき》が手を伸ばす。視聴率《すうじ》の一覧だった。私らの番組の数字は申し分ないが、安住チームが担当した回の数字が特に高い。二十を割った回がない。

『ニッポンGメン・ザ・リポート！』は、二年前から始まった全国ネットのテレビ特番シリーズだ。制作サイドには四つのチームが存在し、茶根のチームは伝統芸能を担当している。心霊やオカルト、土地の風習も扱っている。

視聴率《すうじ》は上り調子で、スポンサーを探す手間要らず。いまや他の番組よりも、番組内で競い合っている。

旭井は手にした書類を机に置いた。

「安住さんとこは食文化と海外での日本文化を扱うチームっスよね。以前は外国で営業している寿司やお好み焼きをとりあげてたけど、仏像や水墨画とか国内で紛失していたものを海外で見つけたのには驚きましたよ」

仕事柄、実績となる視聴率《すうじ》に対して敏感なのは仕方ない。なにしろ世間の興味はうつろいやすい。『ウルトラマン』や『仮面《かめん》ライダー』シリーズが一度でも止まるとは思わなかった。

「夏場はボクらの独擅場《どくせんじょう》だけどね。まつりが多いし、心霊話なんかを盛り込んでおけばハズレはないけどさぁ。なあ、ボクたちもこの辺で突き抜けた視聴率《すうじ》を目指そうよ。なにかアイデアないかな」

「『アメリカ横断《おうだん》ウルトラクイズ』が流行ってるから、『地球一周《ちきゅういっしゅう》グローバルクイズ』とか、どうっスか」

旭井が大仰《おおぎょう》に腕を広げる。

「露骨なパクリは却下だろ」

私が呟くと、茶根とはるかが大きく頷いた。

「『川口浩探検《かわぐちひろしたんけん》シリーズ』みたいなものはどう。日本の秘境なんて、ウチらの番組のコンセプトに合ってるし」

「いいね、はるかちゃん。具体的なネタはあるのかな」

はるかは困惑顔をつくった。

「……神様を食べるまつりなんてどうっスか」

全員が旭井に注目した。

「神様を食べるの?」はるかが頓狂な声を上げる。「丑《うし》年や寅《とら》年の人には、うなぎを神様だからといって食べない人もいるのに」

「神の力が宿るそうです。土地によって常識は違いますから」

「神の霊送《たまおく》り……もしかして、北海道かな」

茶根の言葉に私も続く。

「アイヌ民族のイオマンテの系譜だね」

「いえ、北海道じゃありません」旭井はかぶりを振った。

「おいら山奥の鄙《ひな》な村の出身なんス。もう廃村になって名前も遺《のこ》っちゃいませんが、住んでいた村とは山二つ越えたところで、変わった村まつりがありましてね。『三神祭《みじんさい》』だったかな。神様の肉を食べるって風習っスよ」

「面白そうだね」茶根は口角を上げた。

「そこ行ってみよう。華岡《はなおか》さんにもあとで声をかけなくちゃね」

華岡紀夫《のりお》は六十二歳になる大学教授である。文化や風習を軸にした民俗学を研究している。茶根のチームで扱っているテーマと被るうえに造詣が深いため、コメンテイターとして常連になっている。いまやチームの一員と言ってもいい存在だ。

「カメラが入れる場所ならいいのですがね」

「いや、ふだんカメラが入れない場所だからこそ、視聴率《すうじ》が上がるんじゃないかなっ」

茶根が無邪気に笑うと、旭井とははるかも大きく頷いた。

――視聴率《すうじ》が最優先。

そう言われたら、私もまた頷かざるを得ない。

◇

暦は春だけど、三月に入ったばかりなので道沿いに積もっている雪は厚い。積雪の下に低い石塀が覗いている。昔の環濠《かんごう》だ。村のあちこちでも旧い環濠の跡が見られるが、脆《もろ》くなって石が崩れやすいところもある。

三年前に社へ『就《つ》いた』つぐみは同じ中学校へ通う妹だ。毎日巫女《みこ》として修行している身であり、満十九歳になるまで滅多に外へ出ることはできない。まだ中学一年生だというのに。

古びた小さな鳥居を潜り、短い石段を上がって石畳を進むと社に出る。脇には牛小屋と馬小屋がある。後ろは鬱蒼《うっそう》とした山で、山の向こうは渓谷だ。

社の左に、三つの村の広い共同墓地が見える。社に住む墓守《はかもり》の巫女や守人《もりびと》が護《まも》っている、村の聖なる場所だ。

俺は社へ訪《おとな》いを告げた。

「こんにちは。西樹村《さいじゅむら》の西枝昇太《にしえだしょうた》です」

すぐに大きな身体をした男の人が出てきた。守人の一人だ。社の人は古めかしい和服を着ているので、すぐそれと分かる。

「おう、どうしたい」

「つぐみの兄ですが……」

途端に守人は顔をしかめた。つぐみはもう巫女に選ばれて神職に就いた身だ。戸籍上は『戸宮《とのみや》』の姓になっているし、もう西枝という家族はいない。

「……あの子おっちょこちょいでさみしがり屋だから、たまには話し相手になりたいと思って来ました」

「その気持ちは殊勝だがな、つぐみは巫女として修行中の身だ。いまは賄いについている。抜けることは叶わぬ」

守人は廊下の向こう、奥にある厨房を目顔で指した。

入ったことはないが、広い土間だとつぐみから聞いている。まつりの際には守人に捌かれた神の肉が運び込まれ、巫女たちによって調理される。夏の村まつりに向けて、その練習が始まっているらしい。調理といっても薄切りにした肉に塩と胡椒《こしょう》を塗《まぶ》して軽く火を通すだけなのだが、量が多いので巫女たちは総掛かりになるらしい。

今日はつぐみに会うこともできないようだ。せめて励ましの声をかけてやりたかったが仕方ない。諦めて、おいとまを告げようとしたときだった。

「お兄ちゃ……昇太さん」

奥から声がして、巫女装束のつぐみが現れた。すかさず守人が通せんぼをする。

「いけません」

つぐみはあからさまに表情を曇らせた。

「ごめんね」申し訳なさそうに頭を下げる。

成人した巫女だとこうはいかない。からくり人形のように感情が表へ出なくなる。

ただ会うというだけでも、墓守の長《おさ》『柱《はしら》』または『次柱《つぐばしら》』の許可を得ねばならない。まだ十三歳だというのに。

実の妹だというのに。

「おや、たしかつぐみの……」

いつの間にか次柱の戸宮芳恵《よしえ》が奥に立っていた。養子に入ったつぐみの戸籍上の母親だ。

「昇太だったかね。つぐみに用かい」

「いえ、ちょっと会いたいと思って」

気圧《けお》されて正直に答えてしまった。

「明日なら、つぐみは休みだ。またおいで」

無表情なので彼女の思いは読み取れない。だけど去っていく次柱の背中に、俺は深く頭を下げた。

社を辞して、村への帰り道を歩いた。

村の役場まであと少しという場所に、見慣れない一団がいた。

サングラスをした分厚いコート姿の男を先頭に、ダウンジャケットの男が二人と、毛皮のコートに身を包んだ若い女性が歩いてくる。

「まいったなあ、旭井ちゃん。本当に車も入れない場所だとは思わなかったぞ」

「六年前の、大型台風の影響ですよ。台風第17号でしたっけ、総降水量八百億トンてのは観測史上最大でしたからね」

「こんなところへ撮影機材を運ぶだけでも大仕事だよ」

「倒れた大木をいくつも跨《また》がないと来られない場所ってなんなの。服が汚れるじゃない」

毛皮コートの女性に見覚えがあった。畑の脇に覗いている堆肥《たいひ》に顔をしかめている。

「あ、すみませえん。この村の人ですよね」

旭井と呼ばれていた男が人なつこい笑顔をつくった。

「墓守のお社へ行きたいんだけど、こっちでいいのかな」

サングラスの男が補足する。

「まつりの撮影許可をとるのに村役場へ行ったら、墓守の許可をとってくれと言われたんだよね。なんか面倒くさいなあ、この村は」

「この道の先です。あの……なんの撮影ですか」

「テレビの取材。日本のいろんなまつりを紹介する番組なの」

「……も、もしかして、一条はるかさんですか」

俺は背筋をまっすぐ伸ばした。

「知ってるの。そう、一条です」

「大ファンです！　『ニッポンGメン・ザ・リポート！』のリポーターですよね。いつも観てます」

「中学生くらいの子にもファンがいるなんて、はるかちゃんも大したもんだ」

サングラスの男が笑った。

◇

社を訪れた私たち四人は、しばし外で待たされた。責任者である人物は百歳を超えるという高齢で、日頃は奥座敷にいるという。

体格のいい男に促されて座敷へ上がる。対応したのは二人の女性だった。村まつりを管理運営する『墓守』の長で、それぞれ『柱』『次柱』と名乗った。

「かっこったって（そうは言っても）村まつりは村の者たちが元気になるためのもんすえ（ものだから）、外の者《もん》への見世物ちゃあらん」

柱はもぐもぐと口を動かした。

「だがにゃあ、見たいという者《もん》をまくらす（無下《むげ》に返す）わけにゃいかねえども。まつりの邪魔はせんよう、きつう言うとくぞ。悪さするようなら、いなくなってもらわにゃあ」

「はい、畏《かしこ》まりました」

茶根が三つ指をついて深く頭《こうべ》を垂れ、私らも倣った。

柱のあと、次柱が続けた。

「踊り手や巫女たちに取材は不可。カメラの持ち込みや撮影は、村まつりの広場だけとします。厳に撮影のみにて願います」

私らは村まつりの舞台がある小山へと向かった。

「キビシーなあ。コーレもんだ」

茶根は頭の横で指を回した。

現場を確認して、撮影担当《カメラ》の私としては茶根より頭が痛くなった。

なにしろ移動電源車が入れない場所なので撮影機材を持ち込んでも電力を近場から引っ張るしかないのだが、まつりが行われる広場の小屋には電気が通じていない。明かりは蠟燭《ろうそく》や篝火《かがりび》だけだという。

集音マイクによる録音のみならず、35ミリフィルムを回すだけでもモーターの動力が要る。内蔵バッテリーでは二十分が精一杯だ。

村役場へ戻り、村まつりについて話を聞き、資料映像を確認した。

舞いが披露されるのは日が翳《かげ》りはじめる六時過ぎからだという。周辺に出る屋台は少なく、扱われているのも手作りの面や甘酒、イワナやヤマメの塩焼き、サンショウウオの燻製《くんせい》などである。

小山の上、見晴台の広場に設えた舞台で太鼓に合わせて男たちが踊る。男たちが頭につけているのはシカの角を模したものだ。

「踊っている奴らが持っている刃物はなんだろ。太くて、刃先が鎌みたいに抉《えぐ》れてる」

茶根の呟きに、旭井が答えた。

「神具《しんぐ》っスよ。神を捌く刃物なので神器《しんき》ではないんです。神とされる動物を狩り、その身体に宿る英気を採り入れるための道具っス」

「狩りもあの刃物を使うの？」再び茶根が訊いた。

「狩りでは、参加した各村の有志たちが猟銃を使うんスよ。墓守たちは火薬を穢れとして忌み嫌っているので、社に猟銃は置いていないそうです」

「……まつりの規模は小さいけど、ちょっと掘り下げてみようか、まだまだ独自の風習とか出てきそうだしね。特に巫女だよね。あの子たちは不思議な力を持ってるってことにしてもいい。ユリ・ゲラーとかスプーン曲げとか、超能力ブームはまだまだ続きそうだしね」

「うまくそんなことがあったらいいですが」

「なければ作るんだよ。火のないところに煙を立たせるのはボクたちの十八番《おはこ》じゃないか」

「またですか」私は嘆息した。

◇

翌日。俺はつぐみと一緒に、昔よく遊んだ河原へ行った。

つぐみは蹴鞠《けまり》を持ってきた。ゴムボールのように弾みすぎないのはいいが俺は苦手だ。

「ようするにサッカーのリフティングだろ、これ。俺は野球の方が好きだからなあ」

不満げに蹴鞠を睨むと、つぐみは小さく笑った。

村の女性たちはみんな手足がしなやかだ。不思議と美人が多い。対して男は山での力仕事が主なので、皆一様に体格がいい。

中学生になってから町へバス通学になったが、町では牛も馬も見かけない。生きものが人間だけの世界なんて、なんか気持ち悪い。

まつりで神様を食べると同級生に話したら不思議がられたが、俺の村ではそれが普通だ。中学三年生になったときに、つぐみが入学してきた。

つぐみは中学校を卒業したら生涯巫女だ。無償奉公なので仕事ですらない。だが、それが村では当たり前なのだ。

久しぶりにつぐみと遊んだが、お弁当のおにぎりを口にしたあとで、つぐみは川縁《かわべり》の芝生で寝入ってしまった。まるで緊張の糸が解《ほど》けたみたいに。

彼女が目を覚ましたのは夕方だった。

「もう帰らないと」

忙しなく社へ走り出すつぐみを、俺は一抹の寂しさを感じながら見送った。

西樹村への帰り道を歩きながら、俺の中に一つの決心が生まれた。

今年は高校進学だが、いまさらだが別の道があると気づいたからだ。

＊

幼い頃から、山は遊び場だった。

俺が小学校へ入学したばかりのときに、社の後ろにある小山に獣道《けものみち》を見つけた。つぐみと二人で登ってみたら、村々を見渡せる眺めの良い場所に出た。見晴台だ。

そこは二人の秘密の場所になった。

縁《へり》には安全柵のように石垣が組まれている。つぐみは怖がったが、俺はよく石垣の上に立って村々を眺めたものだ。

「こんなの平気だよ」

おどけながら石垣の上を歩いてみせたら、つぐみが「わたしも」と言って石垣に登ってきた。

「えへへ。登れたあ」

でもつぐみは足が竦んで立つことはできなかった。

「大丈夫。手を摑んでいるから、立ってみなよ」

蹲っているつぐみの手を取って、上へ引き上げる。

「こわい。こわいよお」

「それじゃ身体を摑んでいてあげる」

近づいて腕を伸ばしかけたとき、足元にカガミッチョ（カナヘビ）がいた。避けようと足の置き場をずらそうとしたら、滑った。

身体が石垣の外へ流れた。

石垣の外は急な斜面になっている。木々は疎らで、かなり下まで行かないと茂みはない。

危険だ、と一瞬思ったがどうにもならない。バランスを整えようとして、両側へ伸ばした腕が空《くう》を躍る。

つぐみが抱きついてきたのは、そのときだった。俺の胸に頭を押しつけるほどにしがみついてきた。

馬鹿な。これでは二人とも落ちてしまう。ただではすまない。

声を上げようとした刹那、つぐみは身体を回して、力任せに俺の身体を石垣の内側へと放った。

火事場の馬鹿力なのか、四歳とは思えないほどの力だった。

同時に、つぐみの身体が完全に石垣の外になった。

俺は石垣の上で体勢を安定させながら、宙に浮かぶつぐみを見た。

つぐみは俺を見ながら口を動かした。

(よかったね)つぐみは微笑んだ。

「つぐみーっ!」

急な斜面の下へ消えていくつぐみへ向かって、俺は叫んだ。

俺は脱兎《だっと》のごとく登ってきた道を駆け下りた。麓の社へ飛び込み、近場にいた守人へ助けを求めた。

慌てて事情を話すと、次柱と数名の守人が出てきて裏山へと向かった。急な斜面を縦横無尽に駆ける守人たちの姿はまさに山の神、山に棲む獣のそれだ。彼らが捜索する様子を、俺は黙って見守るしかなかった。

つぐみが斜面の木の枝に引っかかっているところを見つかり、救助されたのは約三十分後だった。

新緑の葉をたわわに纏った小枝に助けられたらしい。

医者がつぐみを診る間、俺は黙ってつぐみを見守った。

そのあと大人たちから大目玉を食らい、しこたまぶん殴られた。

薬で寝息を立てている彼女の顔は安らかだった。安堵した途端、頬を涙が流れ落ちた。

このとき俺は誓った。

——俺は、生涯かけてつぐみを護る。

＊

昭和五十七年五月。

「……もって、西樹村の西枝昇太に、本日より姓が戸宮となり、守人となる神具を与える。山の神の祝福があらんことを」

次柱の声とともに、恭《うやうや》しく柱が礼をする。俺はその眼前で両膝をつき、深く頭を垂れたまま動かない。

「生涯を墓守の勤めに捧《ささ》げ、巫女を慈しみ、村々を護れ。よいな」

「応《おう》」

俺は顔を上げ、差し出された神具を両手で受け取った。

「これより山に入り、神をお一人連れ帰るまでは社に戻れぬ。しかと肝《きも》に銘じておけ」

守人の最初の試練だ。誰の助けも借りず山で生活し、神とされるタヌキかシカかイノシシを一頭狩って社に持ち帰らねばならない。

ここで脱落する者は多い。一ヵ月以上かかることもざらだ。

俺は刃先を研いだ神具一つを携《たずさ》えて、社の裏手にある山に入った。

ほどなく樹上で活動することを覚えた。音や臭いに敏感になった。虫の羽音だけでなく、枝を這うヘビや鳥の気配を感じ取れる。身の回りだけでなく、間合いが周囲に広がったことを実感した。やがて足音を消すことが自然とできるようになった。呼吸を荒くすることなく山を駆ける。星明かりに頼ることなく生きものの気配を察知する。『夜目《よめ》が利く』とは、実際に目に見えることではなく、気配を感じ取れることなのだと悟った。

大きなシカを担いで社に戻ったのは、梅雨入りした土砂降りの雨の日だった。

「おかえり」

岩男《いわお》は微笑みもせず、普段の挨拶のように俺へ声をかけてきた。

墓守は村を護るのが務めだ。守人は社を、墓を護る。そして巫女を護る。守護する者にして従者。修行を終えて社に戻ったものの、つぐみから笑顔が消えていた。「えへへ」と笑うえくぼを見られなかった。

気になったけれど二人きりになる機会がない。仕方なく、村を巡回する折に南房村《なんぼうむら》へ剛志《つよし》を訪ねた。つぐみの同級生だ。

「うわっ。ずいぶん逞《たくま》しくなりましたね。見違えましたよ」

目を丸くする剛志に、俺はつぐみのことを訪ねた。

「……一緒に住んでいるのに知らなかったんですか。まあ山に籠もっていたなら仕方ないか」

呆れ顔を隠そうともせず、剛志は事情を話してくれた。

「修学旅行ですよ」

俺とつぐみや剛志が通っている中学校は、高校受験で忙しくなる三年次を避けて、二年次で修学旅行をする。

「巫女は参加しちゃ駄目だそうです」

墓守は土地を護る神職なので、数日も土地を離れることは罷《まか》り成らんとつぐみは柱にきつく戒められたという。

「ひどすぎる。まだ中学生だろ。巫女としても修行中の身だ。みんなと一緒に修学旅行へ行くのは大切なイベントだぞ」

「聞き分けできないなら学校にも行かせない、って次柱に言われたそうです。座敷で、他の巫女さんたちの前で」

剛志は声を震わせた。彼もまた憤っている。

「どうなってるんですか、墓守。前時代的ですよ、そんなの」

「まったくだ。先生に相談したのか」

「もちろん。もう、決まったことだと突っ返されましたよ」

「……」俺は言葉を返すことができなかった。

「この村ってさ、変ですよね。こないだ学年ごとに学校の講堂で講話がありましたよ」

いじめや同和問題、女性解放運動や学生運動も絡めた、人権問題に関する話だったという。厳《いか》つい黒縁眼鏡をかけた講師は、演壇で一時間半に亘り、人権問題について語った。

——ある村では『おじろく・おばさ』という風習があった。家長を軸にして、家を継ぐ直系男子を中心に家族を構成している。その他の男性や女性は厄介者として扱われ、家長に対して生涯無償で奉仕することを義務づけられる。小遣いも与えられず、身に着ける服もずっと同じで、他の土地へ出向くこともできない。彼らは『おじろく』『おばさ』と呼ばれ、奴隷同然の生活を送っていた。しかしそれが長いこと問題になることはなかった。不思議なことに、不満を漏らす者がいなかったからだ。その土地では、無条件で家長に傅《かしず》くことが当たり前だと認識されていた——

「旧い時代は『家』や『家長』を軸にした生活だったが、それが絶対的なものとなり、土地に根付いた実例だって言ってたよ」

同じだ、と俺は思った。墓守と同じだ。

問題なのは村の墓守だ。村の中から巫女や守人が選ばれて、生涯滅私奉公するのが当然という感覚だ。だからこそ、俺はつぐみを護りたいと思って守人に志願した。

社へ戻ると、俺は岩男に次柱への面会を申し出た。

つぐみの修学旅行への参加を求めたが、岩男はそんな俺の頭を力任せに横殴りにした。

「守人の身で、差し出がましいにもほどがある。わきまえろ」

次の日から、俺は社の裏山へ籠もることになった。地中に掘られた通路の番人だ。

俺は闇の中で生活することになった。

◇

六月。局舎の一室で、収録へ向けての意識合わせが行われた。

「阿部ちゃん。念のため撮っておいて」

茶根の指示で、カメラを回すことになった。

解説者またはコメンテーターとして起用される華岡は厳つい黒縁眼鏡が似合う。彼は打ち合わせ室に持ち込まれたホワイトボードに社と三つの村の簡易な地図を描いた。

「それではここでおさらいをしておこうか。非常に興味深い風習が根付いた土地だね。水系の上流、山間に点在する村々だ。東に東月村《とうげつむら》、南は南房村、西に位置するのは西樹村。動物信仰を持っていて、取り仕切っているのは『墓守』と呼ばれる人たち。一般的な『家長』の意味ではなく、『村を護る者たち』だ。社は村々の北側に位置していて、三ヵ村の共同墓地を管理している」

華岡は手にしたスティックでホワイトボードの地図を指した。

「社の北側は山を挟んで千曲川《ちくまがわ》が流れている。しかし渓谷になっているので、そちら側を散策することは難しいね。子どもたちの川遊びや川釣り、最近できたキャンプ場は支流沿いになる。ゴルフ場開発の話もあるが、一昨年の造成工事の際に地崩れが起きて中止になった。不便な土地だから、あまり外界との交流はない」

こほん、と咳払いをして華岡は続けた。

「四年に一度、十歳になった女の子が一人選ばれて巫女となる。村々からの候補者から墓守の柱が選ぶ。女の子が生まれなかったときは男の子が守人として墓守に就く。現在墓守として社に就いている巫女は二十人くらいで、守人は八人」

「男手が少ないねえ」茶根がぼやく。

「村の男たちが手を貸すそうだ。各村の村人たちは男性も女性もみんな墓守に協力的で、問答無用で墓守の長、柱の指示に従う。数人の村人と話してみたが、それが当たり前だという意識だったよ。昔は山賊からたびたび荒らされたらしく、そのせいか余所者《よそもの》を歓迎しない、聞き込みにはそれなりに苦労したよ」

「閉鎖社会の村っスね……」旭井は表情を曇らせた。

「次にまつりの話。起源は昔話だ。『それぞれの村の神が力を合わせて盗賊から村を護った』という単純なものだ」

「でも実際は各村の傑物たちが力を合わせて盗賊を退治したってことなんだろうねえ」

腕組みをした茶根が、うんうんと一人納得する。

「……各村で特定の獣を神として祀《まつ》っていて、毎年持ち回りでまつりをする。東月村ではイノシシで、猪神祭《ちょじんさい》。南房村ではタヌキ、狸神祭《りじんさい》。西樹村はシカ、鹿神祭《かじんさい》だ。まつりの際には、村の男たち有志や守人による神獣の踊りが披露される。神の動物を模した頭飾り、牙や耳や角をつけた男たちが、舞台で太鼓の音に合わせて半裸で踊る。そして最後に巫女たちが白装束で鈴を鳴らしながら舞う。神獣の踊りは神を呼び寄せるもの、鈴の舞いは神の加護を受けるものと信仰されている」

「仮装するの」はるかが訊いた。

「頭の飾りだけだ。時間は、それぞれ十五分足らずだから一時間とかからない。今年は西樹村の鹿神祭だが、来年は四年に一度の三神祭。このときだけは各村の神獣の踊りが順番に続き、最後は巫女たち総出で鈴の舞いが披露される。三神祭ではそれぞれの神の肉が振る舞われる」

「そりゃあ楽しみだなあ」

茶根が舌舐めずりをする。

「村のまつりなので、肉が配られるのは村人の家だけだ」

「なんだよ、ケチだなあ」

華岡はホワイトボードの地図を指した。

「まつりは、社と三つの村の真ん中付近にある小山のてっぺん、広場で開催される。中央に舞台が設えられていて、周囲には梅や桜の木がある。春には花見に利用されていて、四百人くらい集まると広場の縁《へり》までいっぱいになる」

「観光客が入れないじゃないっスか」旭井の顔が曇る。

「開けたまつりではないからね。内々で続いているまつりだ」

「それじゃ今回がテレビ初公開ってわけだね」

茶根は旭井と対照的に表情を綻ばせた。

「村々では『まつりが続く限り、村は生きながらえる』と信じられている。あながち迷信ではなく、どこの土地でもまつりが途絶えた村は早晩廃れるからね」

華岡は脇に置いておいた水を二口呷った。

「では、次に村の文化について。まずは言葉だ。日本海側の方言のみならず、独自の方言が生まれている。お年寄りは強い訛りがあるが、テレビやラジオが普及した影響だろう、年配の方でも標準語で話せば標準語で返してくる。後撮《あとど》りにも対応できそうだね」

「そうスね」旭井が同意する。

「村では昔からの手作業も目にした。村の中にはコキア——箒草《ほうきぐさ》が群生している箇所があるが、彼らはそれを刈り取って、干してまとめて箒を作る。守人が使う神具は実用的な刃物だが、鎌のように刃先が丸く抉れた独特のかたちをしている。鍛冶屋とか鋳掛《いか》け屋の技術が受け継がれているんだ。さらに、小さな子どもたちが遊んでいたものを見て驚いた」

華岡は脇に置いてあった封筒から一枚の大判写真を取り出してホワイトボードに磁石で貼り付けた。

「どうだね、本物の蹴鞠だよ」

「へぇー、昭和のこの時代に蹴鞠とはねえ。ボクだって実物は見たことないよ」

「自分もっス。奈良県とかで見たことはありますが。……材料は動物の革ですよね」

茶根と旭井は鼻息を荒くした。

「旭井くんは博識だね。そう、材料はシカの革だ。西樹村はシカを神として信奉しているからね。

西樹村の特産品だよ」

「神様を蹴るなんて」はるかは天井を仰いだ。

「……面白い」茶根は立ち上がった。

「これらの村には、失われつつある日本文化がある。『ニッポンGメン・ザ・リポート！』で扱うには、まさにうってつけじゃないか。去年は夏場から視聴率《すうじ》は二十パーセント台を維持してたけど、十一月からまた十パーセント台に落ちたもんなあ。この夏場で回復させなくちゃ。いっそのこと、目指せ三十パーセントだ」

全員、大きく頷いた。

しかし一ヵ月後、私ら五人は打ちひしがれることになった。

事前の取材で訪れたが、大型台風の直撃を受けてしまったのである。仕方なく町へ戻り、ホテルへ避難した。

ロビーは台風で外出できない宿泊客で溢れている。私ら五人は奥のテーブルに陣取った。広い窓に大粒の雨が横に流れていく。

「まいったねえ……」茶根は頭を抱えた。

華岡も眉間に皺を寄せる。

「この時期はてるてる坊主が必需品だな。まつりは全滅だ。八月に予定されているものも危ないぞ、これは」

この番組にかけている私としても痛い。評価される美麗な画《え》を撮れれば、夢である映画製作へ起用される足掛かりになったろうに。

私はふてくされ、ソファに座ったままイヤホンをつけてウォークマンのスイッチを入れた。軽快な曲が耳元から漏れる。

「阿部さん、なに聴いてるの」横からはるかが訊いてきた。

「バックス・フィズ」

「イギリスのグループだよね」窓辺の茶根が振り返る。「自主的に集まったんじゃなくて、プロデューサーがメンバーを集めたっていう話題のグループだよ。いまはもう、仕掛けて流行らせる時代だ」

窓を叩く激しい雨音がロビーに響く。

昭和五十七年七月。台風第10号による被害はほぼ全国に及び、多くの死者が出る大災害となった。

結局、この年の鹿神祭は中止になった。番組は、村役場から借り出した資料映像と合わせて、台風で冠水した田畑や泥水を被った人家をはるかがリポートするかたちで私たちは番組にした。

視聴率は『14・8』まで落ちた。シリーズ特番としては低い。

◇

台風から三ヵ月後の十月末。秋になり、山が色づき始めた。

積雪の前にと村の復旧作業を急いでいたある日のこと、俺たち守人は次柱から呼び出され、座敷に集められた。

「最近、外からの者が村々をうろついている」

テレビの人たちだ。村まつりについて取材を続けているらしい。

「村の生活が乱されることが懸念される。三神祭を盛り上げたいと挨拶を受けたが、墓守の地まで荒らされてはたまらない」

横についていた岩男が進み出る。

「墓守の敷地内に入る者には出て行ってもらう。この社だけでなく、墓地や裏山で誰かを見かけたならば、二度と近づかぬよう厳重に注意して追い払うべし」

岩男は守人一同をねめつけた。

「応」

一礼して立ち上がったときに、俺は岩男から声をかけられた。

「昇太。お前に話がある」

裏山の地下通路についての話だった。

「あの場は墓守にとって特に大事な場所だ。この社にも通じている。日々の見回りを怠ることのないように」

「応」俺は頭を下げた。

「それと、巫女のつぐみはまだあの通路を知らぬ。案内してやれ」

「……つぐみさまですか」

「つぐみはまだ修行中だ。『さま』は要らぬ。通路を巡回する際に、一度連れて行ってやればいい。巫女の修行に入って四年目ならば、知っておいて然《しか》るべきだ」

願ってもないことだった。日頃社から離れているので、つぐみの姿を見かけることもない日々が続いている。

早速、俺はつぐみを連れて社の裏手から秘密の通路へと入った。

中は真っ暗だ。空気がひんやりしている。壁のところどころに燭台《しょくだい》があるが灯《あかり》は灯っていない。

手にした懐中電灯の光を頼りに、足元に気をつけながら岩肌に手をかけつつ進む。

「そこ、水気がある砂利になってるから気をつけて」

後ろのつぐみに声をかける。こうして二人話すことすら数ヵ月ぶりだった。

「途中に隠し部屋になってる場所がいくつかあるよ。泉もあるし、非常食も用意してある」

つぐみは黙って俺についてきた。

「あまり話さなくなったね。昔のように『えへへ』って笑う顔は、もう見られないのかな」

広い空洞に出た。光の先に泉がある。一時的な生活空間として使える場所だ。

「まずは一度、外まで行こう。すぐ先だ」

つぐみの手をとろうとしたが、強く拒まれた。

「いけませんっ！」

彼女は青ざめた。俺は思わず身を引いた。

「……大変失礼しました」

気安く巫女に触れてはならない。守人の基本だ。修行中とはいえ、つぐみは巫女のたしなみを身につけている。

道を二つ曲がったところで、先に外の光が見えた。距離にして百メートルほどだろうか、社の裏手の山の中を進んだことになる。

渓谷に出た。対岸の岩肌に清流の水飛沫《しぶき》が小さく躍っている。

何度も来た場所だ。石伝いに跳べば対岸まで行ける。向こう岸には上へと続く獣道が見てとれた。

星明かりすらない夜だとキツイが、昼間なら北へ抜ける逃げ道として使える。

こちら側には、川縁を進む小径と山へ登る道がある。

「登ると村を見渡せる場所へ出る。上からは分かりづらい道だがね」

いきなり後ろから声がした。

岩肌を背にして、年輩の男が一服していた。帽子と登山服姿の、よく見る出《い》で立ちだ。厳つい大きな黒縁眼鏡をかけている。

「装束からして、巫女さんかな」

「……華岡さん」つぐみが呟いた。「先日、社に蔵書を借りにいらっしゃいましたよね。そのときに、部屋の外に控えていました」

「やはり本物の巫女さんだったか。儂は民俗学を勉強していてね。墓守の社を訪ねて借りた蔵書のひとつに、この場所を仄《ほの》めかした記載があった。他にも、いろいろ勉強になったよ」

華岡は煙草の煙を吐きながら微笑んだ。

「ここの村々は三神祭が有名だがね。知ってるかい、以前は四神祭《しじんさい》だったんだ」

「え、そうなんですか」俺は思わず声を上げた。

「……やはり知らなかったか。教えていないってことは、墓守をしている戸宮家としては秘密にしておきたいということなんだろうな」

華岡は腕組みをして、うんうんと頭を上下させた。

「四番目の神様は、どんな動物だったんですか」

「やはり知らないか。ウサギだよ」

……ウサギ？　俺は首を傾げた。

「聞いたことないです」

「ここの『村まつり』は、神を祀る『村祀り』だ。謂《いわ》れも古く、意味合いも時代とともに変わっている――

華岡は短くなった煙草を渓流に投げ捨てた。

「仏教では『わたしを食べてください』とウサギが自ら炎の中へ身を投げる話があったよね。もしかしたら仏教系の思想かもしれない。しかし不思議なことに、この村でウサギを飼っていたなんて、民話などの伝承を含めて史料や文献を漁《あさ》っても記載が見つからないんだ」

「どういうことですか」

興味が湧いた。村の謎には興味がある。特に墓守に関しては。

「ヒントを見つけたよ。ここいらの村では、江戸時代の初期くらいまでは子どもたちを『ウサギ』と呼んでいた。その頃は子どもを攫《さら》う話が相次いでいたから、人さらいから護るための隠語だったのかもしれない。いずれにせよ、『ウサギ』は宝ものを意味するものだった。山賊や自然災害から守るために、ここの隠し通路に隠されていた時期もあった。しかしそんな頃に、こうした話もある」

華岡は渓流の水面《みなも》を眺めつつ目を細めた。

「あるとき『ウサギ』を宝ものだと勘違いした盗賊が現れた。彼らはこの隠し通路を見つけて押し入ったけれど、宝ものとは隠れ住んでいた子どもたちだと悟った。目当てだった本物の宝じゃなかったものだから、山賊たちは怒って子どもたちを皆殺しにしてしまった。それからというもの、子どもたちを社に入れて匿《かくま》ったらしい。現在の墓守の発祥かな。……昔話だが、参考にはなる」

彼は胸のポケットから新たに煙草を一本取り出して火を点けた。

「神様を食べるなんて信仰は珍しいが、それこそ飢饉《ききん》の際には子どもたちを食べていたのかもしれん。どこの土地でも、飢えたときには追いはぎや人殺しが相次いだ不幸な時期がある。そんな穿った見方も含めて、あれこれと思いを巡らして辿《たど》るのが研究だよ。自分の村なんだから、君たちも調べてみたらいい」

小さく頷きながらも、俺は気分が沈んだ。

俺だって村の歴史を調べようとしたことがある。小学六年生のときだった。でも誰に聞いても答えが返ってこない。教えてくれないのではなく、村の人たちも知らないのだと気づいて諦めた。

「巫女の仕事はどうだい。……まだ修行中かな」

華岡は紫煙をくゆらしながら、つぐみを見遣った。

「まだ四年目なので修行中です。水浴や読経、舞いの練習とか社のお清め、牛の乳搾りとかお掃除だけで一日が終わります。食事の用意もありますし」

「九年の修行は長いよね。精神的にきついだろう。逃げたりして、いなくなった巫女もいるんじゃないか」

つぐみは答えなかったが、俺は知っている。巫女たちだけでなく、村の者も稀《まれ》にいなくなることもある。村を訪れた人にもいなくなった者がいるらしく、たまに警察が聞き込みに来ることもある。

巫女も村の人たちも人間だ。東京や大阪へ出て一旗揚げたいと、村を出て行くこともあるだろう。そんな人たちが帰ってきたなんて話はないが、そういうことだと思っている。何度か両親に聞いたことがあるけれど、そのたびに「村で生きろ」と強く諭された。

『村を捨てた者はいなくなる』――そんな当たり前の言葉を何度も聞かされた。

幼い頃は村が世界のすべてだと思っていたが、テレビのおかげで外の世界があることを知った。

どこかの家が引っ越ししたことはない。町へ働きに出ている人はいるが、完全に村から出て行ったという話は聞いたことはない。実際、乗り合いバスの運転手になった村人はいるし、近くの駅の駅員として働いている村人もいる。でも生活拠点は村だ。ちゃんと家に帰ってくる。

「ここの村人は口が重くて難儀しているが、もう少し調べてみるつもりだ。古来のものがいまでも残っていて、ここらの村はなかなか興味深いからね。なにか分かったら、また君たちに教えてあげようか」

「是非に！」俺は元気に返事した。「俺、昇太って言います」

「なかなか好奇心旺盛だね。感心、感心。それと、儂のことは内緒にしてくれないか。どうも煙たがられているらしいからね。特に墓守さんを刺激したくない」

「……今回限りですよ。俺はこの山に入ってきた人を追い出すよう、きつく命じられています。今度会ったら、問答無用で突き出します」

「……」つぐみは無言だった。

「そりゃ勘弁だな。では、またね」

彼は二本目の煙草を足元に捨てて踏みつぶすと、踵を返して暗がりの通路へと姿を消した。

そんな彼と再び会ったのは数日後のことだった。

懐中電灯を腰に携えているが、裏山の地下を巡回するときはできるだけ使わない。息を潜めて砂利道でも足音を忍ばせる。気配を殺す練習だ。闇の中でも動ける守人を目指している。

水音がした。湧き水が出ている池の方だ。

懐中電灯を点けないまま、俺は足早に池へと向かった。

誰かが池に入っている。手にした懐中電灯の光を岸辺に向けて振り回し、息を荒くしながら池から上がろうとしている。

「誰だ」

腰のベルトから懐中電灯を引き抜いて侵入者を照らした。

「その声は……昇太くんか」

華岡だった。眩《まぶ》しげに手庇《てびさし》しながら池を上がってくる。

「警告しましたよね」

「いやあ、とうとう見つけたよ。向かいの岩壁に、影にしか見えない亀裂があってね。池に入って近づいたら、奥へと通じる道があった。奥になにがあったと思うね」

華岡は水から上がりながら、胸ポケットをまさぐり、一枚の鈍い光を放つものを取り出した。

「小判だ。調べたあとで返すつもりだが、たぶん本物だ。それだけじゃない、戦国時代からの旧い武具や工芸品、美術品が山になっていたよ。これこそが墓守の秘密だった」

華岡は近場の岩に腰を下ろした。

「村の秘密ですって」

警戒心や敵対心よりも好奇心が勝ってしまった。

「隠し通路にいた子どもたちが盗賊たちに襲われて殺された話はしたな。だがそれは、盗賊たちは宝物倉《ほうもつぐら》を見つけられなかっただけだった。隠語の通り、『ウサギ』は本物の宝ものだ。子どもたちの意味でもない。これ幸いと『ウサギ』を子どもたちだと誤解させたまま、墓守の巫女として、兎《と》之宮《のみや》家――のちの戸宮家を創設したんだよ。ウサギ――宝ものは、この奥にある地下の部屋にあった」

俯き加減に話していた華岡は顔を上げた。

「なあ、この村には美人や屈強な男が多いと言われているが、なぜだか分かるかい」

「偶然では」

「遺伝だ」華岡は言った。

「ここの三つの村は、結託して遠くの町や村を襲って、各地の女や値打ちがありそうなものを盗んできたんだ。他の盗賊から狙われるのも当たり前だ。ここらの村は被害者ではなく、加害者の集団だ」

ここは盗賊の村だった。

「だけど敵対する盗賊たちに子どもらが皆殺しにされた折に、村は『お宝を盗る』から『お宝を護る』に方向転換した。つまり神具は襲ってくる盗賊たちを返り討ちにするための武器。村祀りは、『来るなら来い』『返り討ちにしてやる』という闘争心を忘れないためだ。害意ある余所者を血祭りに上げる意志を籠めたものだ」

華岡の言葉に熱が入る。

「だから女性は美人が多い。ある時期から治安が強化されて村では盗みから手を引いたけれど、そうなると今度は村の活計が心許なくなる。それで美人だと評判の女性が、飢饉などの際に大名などに売られた。その隠語も『ウサギ』だった。『ウサギ』は盗んできた宝ものであり、売買の対象になる女性たちの意味でもあった。そして盗みを控えていた時代は、そのお金で村は窮状を凌いだ」

以後は人身売買の拠点となった。それが村の隠された歴史だった。

「三十歳になっても売れなかった女性は、殺されてまつりの際に肉を振る舞われた。それが『死人祭《しじんさい》』。ほどなく『四神祭《しじんさい》』や『兎神祭《とじんさい》』と言い換えられて時を経たけれど、明治に入ってから人身売買から手を引いた。当時のウサギ税とは関係ないが、たぶん中央から目を付けられたんだろう。それからウサギは外されて三神祭になった」

死角から影が動いた。その存在を、俺はまったく気づけなかった。

現れた岩男の手には、よく研がれた神具があった。

躊躇いなく華岡の喉を抉った岩男に、俺は逆らえなかった。

華岡の亡骸を墓地へ埋めたあとで岩男に案内されたのは、社の地下にある広い部屋だった。天井からいくつか裸電球が下がっていて部屋を照らしている。薄暗い部屋に、所狭しと古物が並んでいた。兜《かぶと》まで一揃い揃った甲冑《かっちゅう》。幾口《ふり》もの日本刀。大刀《だいとう》だけでなく脇差《わきざし》もある。女性が携えるような小刀は蒔絵《まきえ》が施されている。すぐ左側にある飾り棚の、古びた桐《きり》の箱から覗いているのは陶器だった。掛け軸らしい巻物が何幅も積まれている。

「その昔、あちこちから盗んできたものだ。古物なれど、それなりに値が付く品がたくさんある。我らの村は貧乏だが、ときどき宝物倉の品を闇市場へ流して、その金を村へ寄付している。それを管理しているのが墓守だ。墓守は村の裏の財政を担ってきた。だから村人たちの信奉が篤《あつ》いし、なにかあったら墓守を助ける。自分の子どもであっても、指名されたら喜んで娘を巫女として墓守に差し出す。それが村のしきたりだ」

俺は言葉を失った。

「盗んだ品は、見つかったら取り上げられる。そうなると村の財政が立ち行かなくなるから村が崩壊する。村の秘密を暴こうとする者は『いなくなってもらう』」

『いなくなる』とは、死んだこと。村にとって迷惑な人を殺して墓地に埋めること。守人だけでなく、村の人たちも協力する。指示があれば口裏を合わせることくらい当然だ。

「墓守が護るべきは『宝もの』だ」

重く低い岩男の声が腹の底まで響いた。

無表情を取り繕いながらも、俺の中で新たな決意が生まれた。

こんな環境につぐみを置いておくわけにはいかない。なんとかして、つぐみを解放せねば。

◇

大型台風から半年余りが過ぎた、昭和五十八年二月。

「旭井ちゃん、まだ華岡さんは行方不明なのか」

いつもの軽い口調が消えている。

「去年の十月から連絡が途絶えたままっス」

「村からは出ているんだよね」

「バスの運転手と、最寄り駅の駅員が荷物を持った華岡さんの姿を見たと言ってるっス。念のため警察にも相談しました」

「警察に任せるしかないか……」

茶根は大きな溜め息を漏らした。

「来年度の番組編成会議によれば、『ニッポンGメン・ザ・リポート！』はこのまま存続だ。平均視聴率は二十一パーセントだそうだ」

言葉とは裏腹に茶根の表情は暗い。

「もっと稼げていると思っていましたが」

「そうだよ、阿部ちゃん。足を引っ張っているのがボクらの回だ。さすがにトサカにきたぞ」

場の空気が重くなった。

三ヵ月後のゴールデンウイーク明け。茶根たちは夏に予定されている特番の打ち合わせに入った。

「八月の予定は日本のまつりと心霊特番だよね。今年の目玉は三神祭にしよ。去年は台風のせいで記録映像を使ったけど、問い合わせが多かったからねえ。仕掛ければ、きっと火が付くぞお。盛り上げるためにボクらで思いつく限りの手を打とうよ」

打ち合わせ室が俄に活気づく。

旭井が現地の近況について説明した。

「各村は去年の大型台風の打撃から完全に立ち直ったわけではないっス。復旧工事に伴い、道が整備されたことだけが唯一の救いでした。いまでも馬を見かけるから驚きますよ。舗装されてはいませんが、村の中まで資材の搬入トラックが入れるくらいには道が広げられました」

私は安堵した。

「これでやっと移動電源車が入れる。番組は収録だけど、これで生中継にも対応できる」

なにより動力が問題だった。広場には電気が通っていないので近隣の家屋や施設から、電工ドラム——延長コードで電源を借りるしかなかった。

「村への手土産として、ボクが被り物を用意してやろう。作りが雑すぎる。頭につける牙とか耳とか角とか、いまのままだとチャチいし、ダサすぎる。特撮番組の技術スタッフなら、本物と見紛《みまが》う出来の着ぐるみ《ヌイグルミ》まで作れるもんね」

旭井も続いた。

「おいらたちは三つの村のあちこちに大型スピーカーとアンプを設置します。業務用の大きなやつっス。村中が盛り上がりますよ」

「村にかけ合って、舞いのあとで観光客も舞台に上がって踊れるようにしちゃお。ディスコ大会だよ、はるかちゃん」

「イベントで仮装はもう普通ですよ。コミックマーケットなんか、いまや参加者は一万人を超えてますからね」

この日の打ち合わせは活気づき、実に五時間以上に及んだ。

やがてテレビ番組『ニッポンGメン・ザ・リポート！』の近日予告がオンエアされた。三神祭の日まで毎週放映《なが》される。

蹴鞠で遊ぶ子どもたち。草を編む老人。田んぼの畔道を歩く村人。手押しポンプ井戸や洗濯板。そして周囲の森に佇《たたず》む巨木などノスタルジックな村の風景のあとに、村まつりの情景が続く。打ち鳴らされる太鼓。篝火に照らされて、半裸で踊る男たち。手にした鈴を鳴らしながら舞う巫女。

編集された映像リポートが流れる中、一条はるかの声が重なる。

「今年は四年に一度の三神祭です。さらに仮装してきた方は誰でも参加できます。ご一緒に日本の文化を盛り上げましょう」

来る者拒まずの視聴者参加型の番組は話題になる。

『テレビにあなたが映る』――それだけで訴求力は大きい。遠方からでも人が集まるだろう。

「三十パーセント狙お」

茶根の言葉に全員胸を躍らせた。視聴率《すうじ》に勝るものはない。

◇

「昇太。各村の村長《むらおさ》と村役場の責任者を集めろ。急ぎの寄り合いだ」

岩男に命じられて、俺は各村へと急いだ。テレビ関係者からの提案を受けてのものだった。

剛志から学校での騒ぎを聞かされた直後のことである。

「今度の三神祭ってテレビが来るんだよね。学校中で話題になってますよ。まつりに行くだけで全国に放送されるテレビにデレるかもしれないし、みんなで行こうって言ってる」

俺は座敷の外に控えて耳を欹てた。

破格の申し出だった。

まつりに使われている設備や道具はいずれも古い。それら一切を新しいものへと一新できるほどの寄贈なので、役場や村長たちは申し入れを受けたいと語り、次柱も応じた。

「舞台がある小山に限定して、テレビ撮影に協力する。だが巫女の舞いが終われば仕舞いだ。すぐに帰ってもらう」

しかし舞いが終わったあとで見学者へ舞台を開放するという話に対しては、さすがに柱と次柱は憤った。

「舞台を外の者が穢すことなど罷り成らぬ。余所者がどれだけ来ようと関係ない。三神祭は村のためのもの」次柱は頑なだった。

事態を憂慮した柱は、巫女や守人を一堂に集めた。

「もし村に悪さするようならあ、いなくなってもらわんにゃあよ」

柱は珍しく顔を上気させた。

「村祀りを邪魔するような、ちゃーらん輩《やから》は、身ぐるみ剝いで、とことんいなくなってもらえやあ。墓が肥えるが、しゃあないちゃあ」

「村の宝、『ウサギ』は必ず守ります」次柱も毅然として言った。

俺は予感した。今年の村祀りは戦いになる。

騒ぎに紛れて、つぐみを連れ出すことができれば、隠し通路を使って北へ抜けることができる

――。

◇

村祀りの当日。

朝からチームは村へ入った。スタッフを乗せた茶根のランドクルーザーと小型バス、機材を載せた局車と移動電源車の四台である。

「テレビの力を見せてやろうじゃないの。助っ人のＡＤも予算いっぱいまで発注しといたから」茶根の鼻息は荒い。

村役場に寄贈として踊り手の被り物を贈った。剝製を作り替えたもので、リアルなイノシシとタヌキとシカの頭になっている。周囲には篝火が増やされた。屋外用の大型照明機器と音響機器が脇に並び、少し離れて撮影用の台座が組まれていく。

さらにＡＤを含む助っ人たちは、祭り囃子を短波で流すよう、受信機と屋外スピーカーを村のあちらこちらに配置した。

正午過ぎに、的屋《テキヤ》の車が列を成して小山の麓にやってきた。道に車を並べ、次々に店を開く準備に入っていく。

「あの人たち、人が集まる場所に敏感ですよね。番宣の効果かな」

はるかは表情を曇らせたが茶根はご機嫌だった。

「誰だろうと集まりゃいいさ。枯れ木も山の賑わいだよ」

続いて花火職人の幌付きトラックが到着した。運転席から花火職人が顔を出す。

「ウチの師匠の予定していた仕事が追いつかないので、師匠の代わりで来ました。まだ弟子入りしたばかりだけど、ここなら自作の花火も自由に試せるって聞いて……」

「あんにゃろ、しょうがねえなあ。打ち上げ場所は、小山をぐるりと回ったところに池があるから、そこで頼むよ。火の扱いや後始末には充分気をつけてね」

苦笑しながら、茶根は促した。

「ありったけ打ち上げてね。時間を間違えないでよ。クライマックスの巫女たちの舞いに合わせて画にするんだ。派手にやってね」

「任せてください」

花火職人見習は腕を出して親指を立てた。

いつもは村の入り口で番をしている守人の姿がない。三神祭で各村へ配る肉の準備で手が空かないようだ。なにしろ例年の三倍の量だから無理もない。

午後四時になり、私たちは小山の広場へ向かい、舞台前でカメリハに入った。照明のテストもしたが、まだ明るいので光量を確かめるには心許ない。

五時を過ぎて、見物の観光客が続々と村に入ってきた。田んぼの畔道を歩くのは外来者ばかりである。仮装している者も目立つ。そう遠くない場所で開催されたイベント客たちもついでとばかりにやってきていた。

「けっこうな人出になったねえ。嬉しいなあ」

私たちは最終チェックに入った。

篝火に火が入ったとき、数人の若者たちが広場に入ってきた。

その姿は独特だった。服装は和風だが、腕から下がった振り袖が異様に細長い。東京の原宿《はらじゆく》で話題になっている竹《たけ》の子族《こぞく》である。

見慣れた顔があったので私は訝しんだ。

「助っ人のＡＤたちだよ。むろん本物にも声をかけたけどね。ここは仕掛けどころだからねえ。見物客を煽って舞台へなだれ込むってスンポーだよ。この人数なら村の奴らだって止められないよ」

茶根はほくそ笑んだ。

「神を崇《あが》める祀りの舞台でディスコダンスなんて最高だよねっ」

村祀りが始まる六時が近づくにつれ、観光客がさらに増えていく。広場の端から村の様子を確かめると、道には人の列が続いている。舞台の周囲のみならず、広場が仮装した人で埋まっていく。

舞台の脇に太鼓が並べられ、周りは控えの場所として縄が張られている。その内側に、奏者と被り物をした半裸の男たちが並んでいく。広場の隅にある木造小屋は控え室になっていて、巫女たちが準備をしている最中だ。

守人が、踊り手や巫女たちの小屋から舞台へと移動する道を確保して縄を張った。花道である。

村から小山へ続く道は人だけでなく車も続いていた。村内だけでなく外の道にまで縦列駐車が延びている。止める場所が見つからない車が村の中を回りはじめた。

◇

俺は広場の小屋の前で見張り番となった。

小屋の後ろ側には関係者のみが使う道が下へ延びている。その先はまっすぐ社へ続いている。

小屋で控えている責任者は次柱と三つの村の村長だ。そこへ村の周辺の見回りについていた守人が駆け込んできた。

「大変です、乗り合いバスが、道から逸れて斜面に転がり落ちました」

「ほしたら急いで町の救急を呼ばにゃあ」

西樹村の村長が唇を震わせたが、守人はかぶりを振った。

「もう通れる状態ではありません。村の者《もん》でなんとかしないと」

三神祭の開催を危ぶむ声が上がったが、東月村の村長が待ったをかけた。

「何百人も村へ流れ込んどる。まだどんどこ増える。追い出すより、舞いを手短に済ませて三神祭を仕舞いにするしかあんべえ」

西樹村の村長も同意した。

「見すかずに、すっくり立ちこんでるがんだと（見渡す限りの人出だ）」南房村の村長は声を震わせた。

次柱は小屋の外を一瞥した。舞台の周囲は人でいっぱいになっている。みな期待に目を輝かせている。

「あれだけの数の興奮した人たちを力づくで追い返すことは容易ではありません。村祀りを早々に終わらせましょう」

三神祭で舞台を清める神酒《みき》は度が強い。火の粉を遠ざけるために篝火の位置も舞台から離す。

「風が強くなったので危険だから」と言えば早仕舞いの理由になる。

村長たちは大きく頷いた。

「腹を括りましょう。警察や消防が来られなくなったということは、村の治安が外から遮断されたということです」

次柱は一同を見回した。

「すなわち、今夜は村でなにが起きようと、外から助けは来ません」

◇

舞台と広場の周りに立てられた篝火のすべてに火が入った。併せてテレビクルーたちが用意した照明が舞台を照らす。三ヵ所に組まれた撮影台に私と助っ人のカメラマンが上がる。長いケーブルが小山の麓に止まっている移動電源車へ延びている。

先日、私はとある試写会で、メジャーなチームへ売り込みをした。

「次の特番で良い画が撮れたら使ってあげるよ」

言質を取れたので心が逸る。今回の撮影には自分の未来がかかっている。

一番太鼓が鳴った。午後六時、歓声とともに村祀りが始まった。

力強い太鼓に笛が加わり、花道をイノシシの被り物をした半裸の男たちが舞台へと進む。周囲に一礼して、踊りが始まった。

広場はもう見物客でいっぱいだった。しかし祭り囃子と歓声に誘われて、さらに小山を登る道に人が押し寄せる。折角来たのだから村祀りをひと目見たいという人たちが押し合いへし合いしている。

四百人しか入れない広場に数千人が殺到している。

「まるで百鬼夜行《ひやっきやこう》だねっ」

茶根は破顔したが、手にしたトランシーバーから旭井の悲鳴が上がった。

「整理に回していたADたちが身動きとれません！　おいらもス！」

祭り太鼓の調子が変わり、東月村の踊り手に次への交代を告げる。予定では十五分くらい続く踊りが五分余りで終わった。

「ん？　早すぎるんじゃないの」茶根は表情を曇らせた。

各村の踊り手たちが次々に入れ替わる。東月村のイノシシから南房村のタヌキへ、そして西樹村のシカへ。最後に巫女たちが舞台に集まると、再び見物客から歓声が上がる。口笛も混じり、野次のような合いの手が入る。

巫女たちは手にした鈴を鳴らしながら舞った。篝火の火の粉に映えて、舞台の上に白く長い袖がいくつも棚引きながら宙に躍る。

やがて巫女たちの舞いはフィナーレを迎えた。笛の音に勇ましい太鼓の大打音が重なる。

◇

俺はシカの被り物をつけて小屋の前で周辺を見張っていた。

裏手の茂みの向こうに周囲の村の様子が見てとれる。無数のヘッドライトの光が動いている。異常な数だった。村にこんな多くの車やバイクや人が入ってきたことはない。しかもありえない場所に車がいる。田畑の中まで入ってきている。

巫女たちの舞いが終わるなり、速やかに撤収に入った。同時に仮装した一団が舞台へ押し寄せる。舞台に上がり込んだ竹の子族のリーダーが声を張り上げた。

「こっからは俺らの時間だぜえーっ」

大音量でディスコソング——キャンディポップが流れはじめた。

最初の曲は『ジンギスカン』。数千人の騎兵たちが乱痴気騒ぎとともに悪魔のごとく周囲をなぎ払って進んでいく様を歌ったものだ。

広場に歓声が湧いた。

「巫女さん最高！」「仲良くしよっ」「一緒に踊ろっ」

巫女たちは彼らの手を擦り抜けて小屋へと向かった。なおも彼女たちの身体に取りすがろうとする者たちの前に、村の男たちや俺たち守人が立ち塞がる。

「んだよ、お前らっ」「そこどけよっ」

向かってくる仮装した男たちを、俺たちは振り払った。

巫女たちが裏手から延びている小径を駆け下りていく。俺もまた、被り物を脱ぎ捨てて巫女たちのあとについて走った。

機を窺ってつぐみを連れ出すつもりだったが、これだけ固まっていると隙がない。しばらく様子を窺うしかない。

外からの見物客には知られていない道である。道沿いの旧い環濠や群生した箒草の陰に隠れて、次柱に先導された巫女たちが駆けていく。距離にして一キロ足らず、まっすぐ社へ続いている。

夜空に歪な花火が広がり、大きな音を立てた。

遠くに点在する民家が見えた。民家の屋根に上がろうとする見物客がいる。壁の板に足をかけようとして壁板が傷んだのだろうか、小ぶりの家屋は半壊している。ある家では、屋根に上がった者たちが屋根板をぶち抜いて下に落ちたらしく騒いでいる。

田畑の脇で、チューリップハットを被った若者が、焚火を前にして輪を作っていた。歌っているのは『今日の日はさようなら』だ。

空き地で自前の花火を楽しむ者もいた。爆竹を鳴らしてはしゃいでいる。各村には火の見櫓が建てられていたが、いずれも見物客が殺到していた。群がった者たちに耐えきれず、棒倒しのように櫓が崩れて落ちた。

巫女たちが足早に社へ向かって進んでいくと、突然物陰から一人の男が現れた。薄笑いを浮かべながらストロボ付きのカメラを手にしている。『ピッカリコニカ』と呼ばれるコンパクトカメラだ。

「すんませーん。ちょっと巫女さんたちの写真、いいっすかあー」

俺はすぐさま駆け寄って、無言で男の頭を裏拳《うらけん》で横殴りにした。ごきりと首の骨が鳴り、男はその場に頽れた。

周囲を見渡したが、他に人の気配はない。

やや離れた場所でバイクと車のエンジン音が響いている。屋外スピーカーから流れるキャンディポップや嬌声《きょうせい》をBGMにして、数台のバイクと車の音が交錯している。

改造車が共同墓地に突っ込んでいた。若い男たちの声が響く。

「だーかーらぁー、山道にシャコタンはキツイだろって言ったじゃんよおー」

俺は社がある方角へ向き直った。

次柱は巫女たちが隠し通路に入っていくのを見届けてから、柱をお連れするため社へ戻った。

つぐみを連れ出すにはいましかない――。

そのとき、つぐみが一団から離れて、次柱のあとを追うように社へ入っていった。つぐみもまた、柱の身を案じたらしい。俺も急いで社へ向かった。

いつもの奥座敷に柱の姿が見当たらない。留守番をしていた岩男も加えて四人で探したところ、地下の宝物倉で柱が兜を載せた甲冑の前に倒れていた。

岩男と次柱が駆け寄って声をかけたが、すでに息はなかった。

「社からでも三神祭の様子は窺えます。あの騒ぎでは、大事《おおごと》になったことを柱も当然察したことでしょう。驚きと不安が障りになったことは間違いありません」

嘆息とともに次柱の頬から雫《しずく》が滴り落ちた。

「……柱はお隠れになりました」

現柱《げんはしら》の時代が終焉《しゅうえん》を告げた。

すぐにつぐみの手をとって連れ去りたいが岩男がいる。

いまなら隙がある。いっそのこと、この場で――。

殺意を消して間合いを詰める。神具の柄《つか》に指を忍ばせようとしたとき、俯いていたつぐみが顔を上げた。

「わたしは巫女です」潤んだ瞳に灯るのは堅固な信念の光。

「柱の遺志を継いで、わたしは村と社を護ります」

つぐみは、もう巫女だった。たとえ連れ出しても、彼女は俺の手を振り払って、再びこの社へ戻るだろう。

俺の目からも熱い涙が零れた。

◇

広場は大混乱だった。ディスコパーティーになるかと思いきや、いかんせん人の数が多すぎる。

薄闇の中で無数の異形《いぎょう》の者たちが蠢いている。

「ADはなにをやってるんだよお、広場はもういっぱいだ。見物客を止めろーっ」

茶根がトランシーバーにがなったが応答はない。

夜空に花火が打ち上がった。一斉に歓声が上がる。

「今頃花火って。これじゃあ台本《ホン》が台無しだよお」

撮影用に組まれた台座で、茶根は台本を放り投げた。

さらに大勢が広場へ上がってきた。登り口にいた見物客たちが津波のごとくうねり、舞台をひと目見ようと押し寄せる。

茶根は台座を下りて撮影台を守ろうとしたが、足を滑らせて転んだ。ほどなくなだれ込んできた人波に吞み込まれて、彼の姿は見えなくなった。

今度はそこへ大型の花火が落ちてきた。花火職人が打ち上げを失敗したらしい。私は反射的にカメラを向けた。

花火は篝火をなぎ倒して炸裂《さくれつ》した。

見物客はなにが起こったのか分からなかったようだ。その身体を強張らせたところへ、さらに花火が襲った。

大砲の弾のような大玉が爆ぜて無数の火玉を放出する。

舞台に上がっていた者や見物客たちは花火の爆発に巻き込まれた。広範囲に炸裂した火薬が彼らを襲い、髪や服に火を付ける。

篝火が次々に倒れていく。小屋や周囲に燃え移る。撒かれていた神酒に火が付き、舞台に橙色《とうしょく》の炎が躍りはじめた。衣装に付いた火を纏った者たちが悲鳴を上げ、炎に包まれながら一人二人と頽れる。

広場から逃げようとした見物客たちが、小山を下りようとして表の道に殺到した。当然のように次から次へと将棋倒しになり、幾重《いくえ》にも重なりながら坂を転がり落ちていった。骨が折れる、くぐもった音が響く。悲鳴が押し潰されていく。

服に炎を纏わせていた竹の子族の一人が足をもつれさせながら舞台から下りてきて目の前で倒れた。蹲る彼に私はカメラを向けた。

もはや顔を上げることもできず、呻き声を漏らしている。

バックス・フィズの『夢のワンダー・ランド』が流れはじめた。

村のあちこちで炎が揺らいでいる。

点在する民家に火の手が上がっていた。あちらこちらで怒号が飛び交う。どん、どんと響く音は爆竹が爆ぜる音ではない。猟銃の発砲音だ。どこかの家から解き放たれたのか、駆ける馬のいななきが聞こえる。

遠くからサイレンの音が近づいてくる。

夜空に星が輝いているが、村から上がった火の手のせいか、どこか霞んでいる。

私は夢中でカメラを回したが手応えがおかしい。熱でフィルムがやられたかもしれない。どちらにせよ血《アカ》が絡むと放映《なが》せない。

私は抱えていたカメラを下ろした。

◇◇◇

のちに『三神祭事故』と呼ばれるこの年の村祀りは五十名を超える死傷者を出す大惨事となった。

その後、家や田畑を失った村人たちは上流にあるキャンプ場で生活している。難を逃れた巫女や守人たちが世話をしているが、とりわけ甲斐甲斐しく動いていたのは未成年の一人の巫女と守人だった。そんな二人の姿に、村の再興を期待する向きは大きい。

村や社に大掛かりな調査が入ったものの、噂されていた戦国時代の武具や小判などは確認されなかった。詳細については明らかにされていない。

『ニッポンGメン・ザ・リポート！』は打ち切りになり、各チームは解散した。スタッフたちは姿を消した。

「……予想外の群衆でした」

顔に重度の火傷を負ったはるかは包帯姿で会見に応じた。

茶根は腕や脚どころか背骨を痛めて下半身不随となり、病室から出られない。喉も潰れて話せる状態ではなかった。

「だから言わんこっちゃねえ」

村の長たちは憤りを隠さない。

「俺たちは、ただ村祀りを観に来ただけだ」

事故に巻き込まれた若者たちは吐き捨てた。

昭和六十年代　古時計

勢いづいた戦後の経済成長は止《とど》まることがなく、さらなる好景気を生んだ。いわゆる『バブル景気』である。

昭和六十一年（一九八六年）十二月に始まったバブル景気は平成三年（一九九一年）二月まで続き、実に五十ヵ月以上に及ぶ。この間に付随して起こった数々の社会現象は現在も語り継がれている。

リゾート地やゴルフ場や都市再開発が進み、地価高騰により庶民のマイホームの夢は遠のいた。都市部では土地取得のために強引な手法による地上げが行われ、社会問題となる。

そして昭和六十四年（一九八九年）一月七日　昭和天皇崩御。

昭和は幕を下ろす。

重機が家屋を取り壊す音が身体の芯まで響く。しかし不動産会社を営む阿武隈和義《あぶくまかずよし》にとっては心地良い音だった。

――こんなものはロックミュージシャンが奏でる重低音に心躍らせるコンサートのようなものだ。しかしこれだけの轟音《ごうおん》なら人も殺せるような気がする。

いままさにクライマックスを迎えている。気分が高揚するのは仕方ない。

ここ一年で四世帯の住居が更地になった。来年にはこの区画がまるごと更地になって、新たな高層ビルが建つだろう。

東京都中央区日本橋の一角にある時計店の応接室で、阿武隈は家の主人と対峙《たいじ》していた。阿武隈は五十二歳。時計店の主人、昭平末吉《あきだいらすえまつ》は齢《よわい》七十八なので、傍目《はため》には親子に見えるかもしれない。

阿武隈から手渡された証書に一通り目を通した昭平は青ざめた。額に脂汗が浮かぶ。

「こんなものは知らん。まったく身に覚えがない」

額面二億五千万円の融資契約書。利率はゼロだが、一年後に返済と約定がある。担保はこの土地と建物、所有する動産を含む一切合切だ。

「この印影は……」

「紛《まが》う方無き、こちらの実印ですよ」

阿武隈は微笑んだ。

昭平は契約書に押印されている実印を凝視したまま繰り返した。

「こんな金、借りたことはない」

「あなたが開設されたという新規の口座に送金していますよ。一週間後くらいに引き出したようですが、ちゃんと銀行の記録に残されているはずです」

いずれも阿武隈が手配したものなので昭平は知る由もない。

「なにに使ったか存じませんし、訊きません。しかし期日ですので返済してください。こちらも首が回らなくなりますのでね。この土地建物の代物弁済でしたら相談に乗りましょう」

それでは、と阿武隈は椅子から立ち上がった。

あとは取り立て屋に任せるだけだ。

「殺してやる……」

背中から老人の呻きが聞こえてきたが、阿武隈にとっては聞き慣れた言葉だった。呻き声は、ほどなく近隣の家屋が倒壊する轟音にかき消された。

＊

十二月二十四日。

クリスマスイブの日に、阿武隈の不動産会社は荒川区の雑居ビルから港区赤坂《あかさか》にある高層ビルへ移転した。ワンフロアを独占しているので、事務所のみならず、住居としても使えるようリビングやダイニングルームを含めた間取りになっている。

ペルシャ絨毯《じゆうたん》が敷かれた社長室兼応接室には真新しい重厚な机と本革の椅子が鎮座している。壁際には高額な酒類を収めた棚や白檀《びやくだん》で彫られた仏像が並ぶ。その横へ、部下の鵜飼幸巳《うかいこうみ》と秘書の佐脇理沙の手を借りて、阿武隈は昭平時計店の主人から譲り受けた大きな古時計を置いた。

一年前に、昭平時計店にあった古い置き時計の一つをメンテナンスのうえ購入した。関東大震災からの店の名物の一つで、「それほど古いものならあやかりたい」と無理を言って譲り受けたものである。

大正十二年の関東大震災による大火で付近は焼け野原になった。屋敷と工房は翌年建て直し、工房の再開にあたって先代が外国から取り寄せた置き時計だと聞いている。背が高く、百八十五センチほどあるため、童謡の『大きな古時計』という歌を想起させる。届いたのが年の瀬のクリスマスだったという。年号は昭和になっていた。

譲り受けたときに、鐘の音が大きすぎたため控えめにした。

「……負けましたよ。こんな骨董品《こっとうひん》を欲しがるなんて、あなたも物好きですねえ」

零しつつ、昭平は承知した。

「新しい事業なので、私には歴史がない。だから時を刻んだアンティークなものに惹《ひ》かれるのですよ」

阿武隈は古めかしいローマ数字が彫り込まれた盤面を眺めつつ、目を細めた。

「この数字の間にある、小さな穴はなんですかな。ビー玉のようなものが嵌《は》め込まれているようだが」

椅子から腰を上げた昭平は、阿武隈が指す箇所を確かめると、思い出したとばかりに軽く手を叩いた。

「実は購入したときから小さな穴が穿たれていたのですよ。なんでも、まじないに使う特別な木から伐《き》りだしたものだそうです。降霊術とかでも利用されると聞きました。亡き人を偲《しの》びつつ、並んだ穴に石を嵌め込んでいくと、その方の魂が呼び出されるとか。ただし死んだ十二人の人間が同一の人物を恨んでいた場合、十二すべての穴が埋まると、恨み辛みがその人へ襲いかかるとか。これはもう、呪術《じゆじゆつ》ですな」

オカルト話を信じない阿武隈は鼻で笑った。

「ちなみに、なんという木ですか」

「木の名前ですか。はて……」

昭平は顎に手をあてて、しばし考え込み、やがて絞り出すように言った。

「ウィジャとか、ウイジア……。ウイジーアだったかもしれません。木の名前だったかどうかもはっきりしません。やれやれ、歳は取りたくないものです」

「お互いさまですよ」阿武隈は微笑んだ。

「ただの穴だったものですから、あとから手頃なガラス玉を嵌め込んでいるだけです。気になるようでしたら、なにか別なものへ差し替えましょうか」

「いや、手数をおかけすることは控えたいので、このままいただきます。気になるようなら、こちらで考えますよ」

言葉通り、その後ふと閃いて、阿武隈は盤面のガラス玉をすべて抜いた。代わりに、仕事を一つ仕上げるたびに真珠を一つ埋め込んでいく。仕事がすべて仕上がると盤面にはパールホワイトの光が円になる。我ながら洒落た進捗《しんちょく》管理表だと思った。

壁際に置いた古い置き時計の文字盤に最後の真珠を埋め込もうとして、真珠を自宅に忘れてしまったことに気づいた。引っ越し作業の仕上げのつもりだったので興が削がれてしまった。

いまさら自宅へ取りに戻るのも面倒だ。仕方ないので、このまま仕事納めに入ることにした。

阿武隈の乾杯の声とともに、三人でブランデーを注いだグラスを合わせる。それぞれグラスに口をつけると、小さな安堵の溜め息が漏れた。

大仕事だった。都心の一等地、一区画をまるごと地上げするのは人生でも初めてのことだ。銀行が所有している物件は早々に話を付けたものの、旧家が並ぶ住宅地でもあったので、対象となった相手は十二世帯になる。

タイトロープを渡るような裏仕事の連続だったが、なんとかなった。

思い起こせば一年と少し前――。

町内会長に渡りをつけて、区画内の住民を募って格安のバス旅行を企画した。

「近く近所に引っ越してくる予定なので、皆さんに顔見せして挨拶をしたい」

不動産業で並々ならぬ運に恵まれたので、半額を負担するという提案である。主催が町内会ともなれば町内会長の顔も立つ。

「奇特な人もいるものだ」と町内会長は承知した。

バス旅行で、阿武隈は住民たちと懇意になるよう努めた。なにしろ生まれたときからその土地で育っているという者ばかりだ。無策で土地を買いたいと申し出ても追い返されてしまう。

「会社は銀座の一等地ですか。羨ましい」

「ウサギ小屋みたいなものですよ。いやスズメかな。囀《さえず》ってばかりでしてね」

ははは、と住民たちが笑う。

彼らに伝えた事務所の電話番号や住所は『中央区銀座』なのだが、もちろんその場所に看板はない。銀座電話局の交換機から直接荒川局へ局内転送されるので、顧客は阿武隈の会社が銀座にあることを疑わない。会社の体裁を整えるためによく使われている手法だが、一度電話して通じると不審に思う者はいない。

まずは自分を売り込む。成功者だと信用させてから話を切り出すことにした。

観光地を移動しながら何泊かして彼らと仲良くなった。さりげなく土地取引や移転の話を持ち出したが、やはり強い拒否感が窺える。

これは無理にでも切り崩すしかないと腹を括った。

阿武隈は成功者として信用を得ることに成功した。不動産業が俄に活況を呈していたので、社会的にも注目されはじめていたことが幸いした。

好景気が始まっている。ひょんなことから一儲《ひともう》けできたなんて話が主婦の井戸端会議の話題に上る。

「うまい話がある」そんな眉唾話が信憑性《しんぴょうせい》を持ち、誰でも夢を持つことができた時分だった。

手法は単純。夢を抱かせてから借金を負わせる。そんな普段なら難しいことでも、この浮かれた時世なら勝負できた。

多少乱暴なやり口だが、地上げは儲かる単位が桁違いだ。実入りは大きい。

助っ人が必要だったので、阿武隈はこれまでの人生で闇社会とのパイプを利用して、専門技能を持つ者を二人雇った。

住人たちに気づかれて手を組まれたら面倒だ。慎重に、念入りに、一世帯ずつ潰す。彼らに持ち込んだ『儲け話』は口外しないよう約束させた。

『自分だけが儲けることができる』。エゴの強さは口の堅さに通じる。

簡単なところでは、自分の不動産業という職種を利用した。これは自分を信用させただけで仕事は終わったに等しい。原野《げんや》商法で土地を買わせて財政を消耗させる。立ち退きに応じない住人がいる不良物件を買わせて住民トラブルに巻き込む。

精神的に疲弊した者は、なにもかも捨てて新天地へ向かいたがる。あとはその背中を押すだけだ。手っ取り早いのは、財布を消耗させることだ。株取引を持ちかけて失敗させる。先物取引で引っかける。逆目を自分で買うことによって小遣いにもなった。

世帯主を地下カジノに誘い、夢中にさせて大きな負債を負わせた一件もある。

儲け話に耳を傾ける者は意外と多い。実に数世帯がこれらの手法に乗ってきた。金の話に目を輝かせるような者たちは比較的簡単に落とすことができる。

一人息子に大きな期待を寄せていた世帯主には、有名大学への入学を誘った。不正入学させる代わりに、大学近くに土地建物を用意してやったら呆気なく立ち退いてくれたのは意外だった。この件は滞りなく終わったかと思いきや、立ち退き後に協力を得た大学理事から法外な報酬を要求されて、ちょっとした諍《いさか》いになった。もとよりどうでもいい学生だ。不正入学を理事会とマスコミへリークして、退学させたので、真っ当に合格した学生たちは溜飲を下げたに違いない。

鵜飼や理沙は、いずれも演技力に長けていたし実績もあった。

世帯主をクラブに誘い、泥酔した彼に暴行の汚名を着せたときは理沙を使った。近所や職場で騒ぎ立てて、引っ越しせねばならなくなるまで追い込んだのは彼女の実力だ。

夫に先立たれた、高齢の女主人の独身者には鵜飼を使って結婚を仄めかす。兄の事業と偽り、連帯保証人にしてから破産させた。

「これから家族になるのですから」

女主人は、むしろ自分の言動に酔っていた。率先して借金を背負ったのだから、世話がないことこのうえない。

最後が昭平時計店だった。

世帯主の昭平は難物だったので娘婿を引っかけた。数千万の借金を負わせてから、金庫の実印を持ち出させた。

あとは簡単だ。巨額の融資契約書を作成し、昭平時計店の新規口座を設けて実際に金を動かす。書面上の記録が残るよう、配慮することが肝要だ。

逃げるための資金として彼にもある程度の金は渡しておいた。彼はすぐさま離婚して、姿を消した。もう顔出ししてくることもなかろう。

大仕事を終えた実感とともに、阿武隈はブランデーを飲み干した。

小一時間ほど雑談を交わしたあと、鵜飼はグラスを置いた。

「先に上がります。予定があるもので」

無理もない、と阿武隈は思った。

鵜飼は独身だし、それなりに見た目もいい。クリスマスイブを独りで過ごすタマではないだろう。なにせ一区画は彼の仕事だ。本名かどうかも疑わしいが、とうぶんは部下として不動産業を手伝ってもらうことになっている。

「お疲れさん。上がっていいよ。仕事始めは二日からだからな、それだけ忘れないでくれ」

世の中が動きはじめる前に、自分たちは動き出すことが肝要だ。

「心得てますよ」鵜飼は口の端を上げた。

鵜飼がドアの向こうに姿を消すと、阿武隈は理沙の腰に手を回した。

「誰かを引っかけるときに重要なことはなんだと思う」

「自分を信用させることでしょ」

「それは基本だな。次にすべきことはなんだ」

「惚《ほ》れさせる」

「それはお前の専門分野だ。結構難しいことなんだぞ。相手の性格や嗜好《しこう》を読まねばならん」

阿武隈はテーブル脇に用意してあったブランデーとグラスを引き寄せた。

「相手が望むものをこちらで用意する。釣り餌は相手の好みに合わせることが肝要だ。そうすれば面白いように引っかかる。相手の心を読み、合わせてやる。二人抱き合ってダンスを踊るようなものだ」

「最後まで残っていた時計屋さんは？」

「たまにああいう朴念仁《ぼくねんじん》がいる。専門職や技術屋だ。他のことは目に入らん。そんな堅物《かたぶつ》だとやり方も強引にならざるをえん。登記簿の差し替えを見込んで地面師まで用意したぞ」

二人は改めてグラスにブランデーを注ぎ、グラスを合わせた。

「来年は良い年になりそうだ」

窓の外に広がる夜景に輝くネオンが鏤《ちりば》めた宝石の光に見える。

二人の気分に口を挟むように、古時計が夜九時の鐘を鳴らした。

*

大晦日の夜。阿武隈は今年最後の仕事のために赤坂の会社を訪れた。

社長室のテレビを点けると、『紅白歌合戦』が映った。しかし阿武隈の目当てはテレビ番組ではない。

入力を切り替えて、セキュリティシステムの記録映像を呼び出した。

引っ越しの翌日、フロアに設置したものだ。フロアのどこでも、ドアの鍵が解錠されると各部屋の隠しカメラが起動して映像を録画する。

鵜飼と理沙にはフロアの合い鍵を渡してあるが、この監視カメラのことは知らない。引っ越しを手伝った際に、二人ともフロアセキュリティについて確認したことは間違いない。阿武隈としては、監視カメラもなにもない状態を二人に確認させてから、どう動くか試してみたかった。

——今回の仕事で二人が手掛けたのは一部だ。彼らは今回の仕事の全貌を知らない。教えるつもりもない。

現金や資産がこのフロアにあると思ってはいまいが、少なくとも地上げの全体図を掴もうとするだろう。取引のあらましや、俺の裏社会を含めた人脈や金の動きを把握しておかないと、今後俺に対してなにを仕掛けるにしても後手になる。

今後俺に牙を剝く腹なら、この機を逃すはずがない。それを確かめたかったのだ。

案の定、二人は現れた。記録では二十六日に鵜飼、二十七日は理沙だった。

一階守衛室の記録では、二十四日の引っ越しから会社のフロアへ出入りした者は阿武隈独りだけだった。むろん守衛室に声をかけることなくフロアを直接訪れることも可能だ。ただし阿武隈へ連絡せず、記録に残すこともせず、会社のフロアへ入ったとなれば要注意人物となる。

念のための演技なのか、部屋に入ってから二人とも忘れ物を取りに来た体《てい》を装っているように見てとれる。

最初に鵜飼の記録映像をチェックした。周囲に投げる視線は明らかに警戒心を顕わにしている。

壁際にカーペットの膨らみを見つけ、床下に新たな配線が敷設されていないかを確認して鵜飼は煙草を取り出して一服した。部屋の中をぐるりとねめつけ、ドアから入ってきた人物の顔を捉える位置にカメラを見つけ、社長机の下の配線を確認すると、大人しく帰り支度を始めた。たぶん手袋くらいは用意していただろうが、取り出すこともせず退散した。

机の引き出しを開けたらカメラにその顔を録画されることを察知したらしい。なかなかの洞察力だ。引き際もいい。

理沙はいくぶん杜撰《ずさん》だった。部屋に入ってから、ひとまず安心とばかりに缶コーヒーを取り出して口をつける。バッグから手袋を取り出しながら、さてどこから手をつけようかとばかりに一服。棚の書類に目を遣り、鍵を取り出して棚の鍵穴に差し込んで回す。棚のガラス戸を横に引いて開けようとするが、鍵がかかっていて開かない。

もともと開いていたのだ。そこへ鍵をかけてしまったことに、理沙は気づいた。

彼女は固まった。

さもありなん。これは阿武隈が仕掛けておいた悪戯《いたずら》だった。二人が来ることを予想して、普段は施錠している書類棚の鍵を開けておいたのだ。

これで警戒しないようなら、仕事の相棒として不適当だ。かえってこちらが危うくなるので関係を断たねばならない。

理沙は、改めてガラス戸を解錠した。並んだ書類から仕事の予定表が書き込まれているものを取り出し、最近の書き込みをチェックしてなにか呟く。

おそらく演技だ。ここは用意された場だと気づいた驚きからか、少々ぎこちなさが鼻につく。

やがて彼女は書類を棚に戻し、ガラス戸を閉じた。少し迷って、施錠せずに棚から離れた。

空き缶を手にしてそそくさと部屋を出て行く理沙の後ろ姿を眺めてから、阿武隈は社長席で夕刊を広げた。

見覚えがある名前があった。『昭平末松』。自宅の工房で首を吊《つ》ったとある。

――じいさんの家屋は、年が明ければ取り壊しに入る。あの家にいられるのは年内までだ。どうやらあの家を出る日を人生の最期と決めたようだ。

億単位の借金を抱えて全財産を失い、なお生きる希望を持ち続けることは難しい。死んでくれた方が後腐れなくていい。

「あのじいさん、契約書を見たときは目が点になってたな」

そのときを思い起こしながら、阿武隈は含み笑いを漏らした。

背広のポケットから最後の真珠が入った小箱を取り出して、壁際の古時計を見遣る。いまとなっては昭平の遺品だ。

『大きな古時計』の歌詞では主人が亡くなった際にベルを鳴らしたそうだが、いまの所有者は自分だ。

一家離散、心中、夜逃げ、飛び込みや飛び降り、最後は首吊り。偶然だが、この地上げで死んだ人間は世帯数と同じ十二人。

感慨に耽《ふけ》りながら、阿武隈は古時計に近づいた。残っているのは最上段左側の穴だけだ。そこへ真珠を嵌め込めば仕上げになる。

古時計の前を開けて、阿武隈は小箱の真珠を取り出した。

昭平の顔が頭を過る。阿武隈への不信と驚愕と、自身の未来の不安が入り交じった複雑な色を浮かべている。だが阿武隈にとっては見慣れた表情だった。

真珠を摘《つ》まみ上げ、阿武隈は空いている穴へと押し込んだ。

ローマ数字の間に綺麗に並んだ真珠が屋内に反射して柔らかな光を放つ。阿武隈は眩しげに目を細めた。

除夜の鐘とともに、古時計が十二時の鐘を打った。

＊

年が明けた昭和六十四年の元日、阿武隈は北千住にある自宅マンションで目覚めた。

赤坂のビルはワンフロアを契約しているので居住用の部屋も用意してあるが、高層ビルなので窓が嵌め殺しになっている。息が詰まりそうで圧迫感を感じてしまう。できれば外の空気を吸いたい。そのため、とうぶん自宅のマンションを手放せそうにない。もちろん寝かせておけばまだ値が上がるだろうとの腹積もりもある。

時計は九時を回っている。遅い朝だった。

寝惚け眼でテレビを点けると、晴れ着姿のキャスターたちが画面を彩っている。

ちょうど天気予報だった。

『東京は曇り、ところにより一時雨になります。初詣などお出かけの際には折りたたみの傘などを用意することをお勧めします。午後から天気は回復し、夕方には晴れるでしょう』

阿武隈が窓に目を遣ると、なるほど空が厚い雲に覆われている。いまにも雨が降り出しそうだった。しかし毎年元日は自宅でのんびりすることが常なので、さほど気にしない。

ベランダの手摺りにスズメがとまっている。早めの雨宿りだろうか。

「やあ、明けましておめでとうさん」

新年最初の挨拶はスズメだったかと苦笑しつつ、阿武隈はベランダへ続く掃き出し窓を開けた。

スズメは顔を上げて、小さな黒い目を阿武隈へ向けた。

「殺してやる」

スズメは一声放つと、曇天の空へと飛んでいった。

阿武隈は声を失った。

――なんだ、いまのは。

阿武隈は頭を振りながら居間へ戻り、熱いコーヒーを淹れた。もう屠蘇《とそ》の気分ではない。

……空耳とはいえ、正月から縁起が悪い。

ひとしきりテレビの正月番組を眺めていたら昼を回った。そろそろ餅でも焼くかと思ったときに、仕事で海外へ移住した息子夫婦から国際電話がかかってきた。

「父さんは一人暮らしだから心配ですよ」

「なにを言うか。まだ五十二だぞ。心配される歳でもない」

互いに元気な声を確かめ合う。

母親は遊び好きで虚飾を好む女だった。その浪費癖にどれだけ泣かされたことか。たまらず追い出したが、幸い息子は堅実に育ったので満足している。

「そうそう、新年に合わせて、四月に生まれた息子の姿をビデオに収めたので送っておきましたよ。元気に部屋を這い回って、よく分からん赤ちゃん言葉を話してます。楽しんでもらえたら嬉しいな」

「そりゃあ、楽しみだ」

孫は誰でも可愛い。阿武隈は礼を言って通話を終えた。

そろそろ年賀状が届いてる頃だろう。

阿武隈は着替えてから、マンション一階の郵便受けへと向かった。

数十枚の年賀状の他に、大きめの郵便物が届いていた。国際便だ。差出人を確認したところ、息子夫婦からだった。

自室へ戻って封を開けると、一本のビデオが出てきた。早速テレビの下にあるデッキへ差し込む。

大画面に、カーペットの上をはいはいする赤んぼうが映し出された。

部屋は広く、周囲に大きなゴムボールやクッションがある。それらへ飛びつきながら奇声を上げている。

あはは、と阿武隈は顔を綻ばせた。

「さすが男の子だな。元気でなによりだ」

父親の膝の上に座らされた男の子は、きゃらきゃらと笑いながら、手で膝を叩いてはしゃいでいる。カメラが近づいていくと、なんだこれはとばかりに手を伸ばしてきた。

赤んぼうの小さな手のひらが画面一杯に映る。

男の子は真顔になり、大きな黒い瞳をまっすぐカメラへ向けた。

『こお……し……てあ……う』

阿武隈の表情が曇る。

ビデオを巻き戻して、再生ボタンを押す。

『こお……し……てあ……う』

喃語《なんご》には違いないが、語感は不穏だ。

さらに巻き戻して、もう一度。

何度確かめてみても、剣呑な言葉が繰り返される。純粋な黒い瞳がこちらを見据えながら語りかけてくる。

顔をしかめながら、阿武隈はビデオを封筒に収めて箪笥の奥へ仕舞った。

予報通り外は雨がぱらついているが、ほどなく上がるらしい。

初詣へ出かけてみるか。人混みは嫌いなのでいつもなら元日は避けているが、雨だし、午後になったので参拝者も落ち着いているだろう。

北千住駅で東武伊勢崎線《とうぶいせさきせん》に乗り、西新井大師《にしあらいだいし》（總持寺《そうじじ》）へと向かう。東武伊勢崎線は座席が埋まっている程度の乗客だったが、西新井駅から一駅だけの大師線はそれなりに混んでいた。みんな傘を手にしている。念のため阿武隈も折りたたみ傘をショルダーバッグに入れてきたが、自宅から駅まで近いので、まだ傘を開いてはいない。厚着になっているせいか、ただ立っているだけでコートが他人と触れ合ってしまう。

ドアの脇に立ち、車窓に流れる住宅街の風景を眺めていると、耳元で誰かが囁いた。

「殺してやる」

振り向くと、見覚えがある顔があった。地上げして土地を取り上げたあと、電車へ飛び込んだ男だ。

男の後ろから別の声が重なる。

「殺してやる」

さらに横から、脇から声が続く。座席横の手摺りを摑んでいるのはビルの屋上から飛び降り自殺した女だ。吊革を握る男たちにも見覚えがある。酒をたらふく飲んでから車に乗り、自宅に突っ込んで死んだ奴。高速道路に架かる歩道橋から走ってくる車に飛び込んだ奴。公園や登山道の脇で首を吊った奴。暗室に籠もり、薬品で服毒自殺した写真店の男もいる。寄り添う二人の男女の陰から、二人の子どもがこちらを睨んでいる。一家心中した四人家族だ。

「殺してやる」「殺してやる」「殺してやる」

気づくと、周りの乗客はすべて死んだ者たちになっていた。いずれも地上げのあとで死んでいった者だ。上目遣いに阿武隈をねめつけている。

「殺してやる」

肩越しに後ろから声がした。

背中には窓しかない。振り向いたら、昭平末松じいさんの顔が車窓に浮かんでいた。

十二人の怒れる亡者《もうじゃ》たちの姿がそこにあった。

阿武隈は目を疑いながらドアの脇で身を縮めていると、やがて大師前《まえ》駅に着いた。

ドアが開き、阿武隈は転がるようにしてホームへ降りた。

ホームの中央で振り返る。

開いた車両のドアから次々に乗客が降りてくる。彼らは腰を落として息を荒らげている阿武隈を一瞥しながら、ホームの先にある改札へと歩いて行く。

全員見知らぬ顔に戻っていた。

阿武隈は降車した乗客たちを見送ると、周囲を見渡した。ホームには何事もなかったように初詣に来た者たちが行き交っている。見上げた空は快晴だ。

亡者の姿はない。

阿武隈は大きく白い息を吐き出して、ホームの先へと向かった。

大師前駅は、東京では珍しい無人駅だ。近く高架化されるらしい。改札口を出たらすぐに西新井大師へと向かう道になる。通り沿いには名物の草団子やくず餅の店が軒を連ねているが、この時期だと参道沿いには縁日のように出店の屋台が並んでいる。

雨天を嫌ったのか、参拝の列は短い。だがすでに雨は止んでいる。

ゆっくり歩いて行くと参道に入った。出店を眺めながら進むのも悪くない。

阿武隈は信心深い方ではない。商売上の恨み辛みなど鼻で笑う。初詣は年中行事として雰囲気を楽しんでいる。阿武隈にとっては季節のレジャーの一つにすぎない。

本堂へと進み、静かに手を合わせる。二礼二拍手一礼する神社とは違う。

お参りを済ませてから、さて今後のこともあるし達磨《だるま》でも買って目を入れるかなと思い、阿武隈は参道脇の屋台を覗いた。

大小様々な達磨が並んでいる。赤ではなく金の達磨を求めるのはあざとすぎるだろうかと悩んでいると、屋台の横に座っていた男が青ざめて阿武隈を見上げた。

「あんた、とんでもないもん連れてるな。どんな因果な商売だ」

見開いた目に、恐れの色が濃く漂っている。

「なにか憑いてるのかな？」

「ずいぶんとまた大勢憑いてるじゃねえか。あんたに必要なのは達磨よりも、あっちだ」

男が指さす方向に、着物姿の女性連れが手に破魔矢《はまや》を抱えて歩いていた。

「そういうもんは信じないんだよ」

ふん、と鼻を鳴らして阿武隈は歩き出した。

呪いとか祟りとか、阿武隈は心霊的なものを信じない。相手の家族や親戚とか因縁めいたものを調べるのは、付け入る部分を探すためだ。受け身ではなく攻撃のためだ。

死んだ人間はなにもしない。なにもできない。だから死んでくれた方がありがたい。

しかし、と歩きながら阿武隈は思い直した。先ほどの大師線車内の出来事を思い出したのだ。

立ち止まり、少し逡巡してから阿武隈は踵を返した。

厄年などの厄払いは無意味だと思っている。手続きも時間もそれなりにかかる。しかしいくばくかの金や物で解決できるならそれでもいい。たまには遊び心も必要だ。

阿武隈は授与所で破魔矢を授かって、駅へと向かった。

ホームに立つ人影は疎らだった。いずれも縁起物や団子などの土産物を手にしていたので参拝帰りの者たちだ。阿武隈はホームの中ほどまで進み、腕時計の時間を確かめた。

午後三時を回った。途中でスーパーへ寄りたいところだが、元日なので休みだろう。仕方ないので汁粉か雑煮でも作るとするか。甘いものは好物だ。

突然、持っていた破魔矢が折れた。

顔をしかめながらよく見ると、買ったときには気づかなかったが、破魔矢のあちこちが黒く腐っている。強く握りしめると、ぽろぽろと崩れた。

「破魔矢の粗悪品なんて笑えんぞ」

阿武隈はホームの隅にあったゴミ箱へ破魔矢を捨てた。

線路の先に電車が見えてきたので、阿武隈はホームの先へと歩を進めた。

ふと誰かに背中を押された。

振り向くが誰もいない。周囲にも人の姿はなかった。だが、やはり背中を強く押される感触がある。

さらに今度は脚を摑まれた感触があった。足首を摑まれて、ホームの先へと強く引いている。なんだこれはと足を上げたら、とたんに転んでしまい、尻餅をついた。

足を振り回して抗うが、なにかが摑んで離さない。

身体がホームの端へと引かれていく。このままでは線路に落ちてしまう。

阿武隈の叫び声と電車の警笛が重なった。

見つめる足の先に、大師線の車両が流れてきた。刹那、阿武隈の足を摑んでいたなにかが消えた。

電車が停車してドアが開く。降車する乗客たちはホームに倒れている阿武隈を見るなり、みな一様に顔をしかめた。

「大丈夫ですか」

降車してきた一人が声をかけてきた。

「……いや、ちょっと立ちくらみがしたものでね」

「救急車を呼びましょうか」

「いや、大丈夫。大丈夫」

とても説明できるものではない。いや説明しても信じてもらえないだろう。

阿武隈は立ち上がり、ふらふらと改札を出た。

厄払いに西新井大師へ戻ろうかと思ったが、信念が負けたようで大きな抵抗感がある。そもそも効果がない破魔矢なんて、お話にならないではないか。

阿武隈はタクシーに乗り、自宅のマンションへ帰った。

どうにも気分が良くない。厚着していたのに身体の震えが止まらない。

風呂の支度をして、居間へ向かい、テレビを点ける。ポットの湯で作ったインスタントコーヒーを啜る。熱いコーヒーが喉を通っていく。

テレビでは海老一染之助と染太郎のコンビが正月芸を披露していた。染之助が回す傘の上で玉が躍っている。

『いつもより余計に回しております』。染太郎の声とともに拍手喝采が湧き起こる。

芸を終えて一礼する二人の姿に司会者の声が重なる。

『さて、コマーシャルのあとはいよいよ……』

視聴者を繋ぎ止めるための煽り文句は欠かせないようだ。苦笑しながらコーヒーカップに口をつける。

『殺してやる』

阿武隈は口に含んでいたコーヒーを盛大に噴き出した。

テレビではなんの変哲もないコマーシャルが流れている。音声信号の混線かと耳を欹ててみるが、特に異常はない。

「これも空耳なのか?」

独り言ちながら頭を傾げていると、浴室から風呂が用意できたことを報せるチャイムが流れてきた。

判然としない思いを抱えつつ、阿武隈は湯船に入った。

身体が温《ぬく》もっていく感覚が心地好い。大きく息を吐きながら首まで浸《つ》かる。湯を掬《すく》い、顔を叩く。浮いた脂を流すように顔を拭《ぬぐ》う。

ふう、と改めて一息吐いたところで、誰かに頭を上から摑まれた。

信じがたい力で一気に湯の中へと押し込まれた。手は顔にあてたままだったので、浴槽の縁に手をかけようとしたが間に合わなかった。

「がぼおっ！」

あっという間に頭が湯に沈む。反動で下半身が滑り、足が湯船から出る。

頭の上をまさぐったが、なにもない。しかし力強く頭を湯に押し込もうとしている手の感触はある。起き上がろうとしても無理だった。

浴槽の底に上半身が沈む。下半身が浮き上がり、膝から下が湯船の上に顕わになる。

ならば、と阿武隈は閃いた。

頭を押さえつける力に逆らわず、上半身を湯の中へ滑らせる。併せて下半身が湯船から浮き上がる。逆のでんぐり返しだ。

腰から下が湯船から出たところで身体を大きく捻《ねじ》る。浴槽の外へと下半身を向け、身体の重心を外側へ移動する。上半身が引き摺られて浴槽から出て行く。

浴室の濡れたタイルの上で、阿武隈は飲んだ湯を吐き出しながら、浴室内を見回した。

誰もいない。

浴室を出て鏡を覗き込む。そこには真っ赤な顔をして涙目になった自分の顔があった。

自分の後ろに誰かが立っていやしないかと鏡を確認したが、部屋の中にいるのは阿武隈一人だけだった。

居間に戻り、しばらくぼーっとテレビ番組を眺めた。しかしどうにも頭に入らない。いまさら汁粉や雑煮を作るのは億劫《おっくう》だ。残っていた餅を焼いて食べたが、味がしない。映画でも観るかとライブラリのタイトルを確かめていたら、息子夫婦から送られたビデオの孫の映像を思い出して指が止まった。

時間は八時過ぎ。窓の外は暗い。カーテンを閉めて寝室へと向かう。

もうたくさんだ。今日はもう寝てしまおう。なんて正月だ。

消灯して布団に潜り込む。暖房は点けたままにしておいた。

気分を落ち着けて眠ろうとするも、なかなか寝付けない。何度も寝返りを繰り返す。

どうにも気がそぞろになってしまう。

部屋の中に誰かがいる。

そんな気配を感じ取って気分が落ち着かない。

阿武隈は起き上がって電灯を点けた。しかし周りを見渡しても誰もいない。

再び布団に潜り込み、掛け布団で顔を覆う。

今度は暑苦しい。暖房が効きすぎているらしい。

思わず布団から足を出したら、なにか冷たいものが触れてきた。感触からして人の指だったが、体温を感じない。すぐに足を布団の中へ戻した。

阿武隈は、まんじりともせず布団の中で夜を過ごした。


電話が鳴っている。

布団から起き上がり受話器を取り上げると、鵜飼の声が耳に響いた。

「社長、明けましておめでとうございます」

「……ん、ああ。おめでとう。急用かな」

「なにを仰いますか。今日、一月二日月曜日は仕事始めですよね。いま佐脇と一緒に赤坂のオフィスにおります。もし体調を崩されているのでしたら、無理をせず大事をとって休みにしますか」

「ん。いや……」

頭が一気に現実に引き戻される。

「これからオフィスへ向かう」時計は十一時を指している。

「すまんが午後一時からにしよう。早めのランチでもとって、待機していてくれ」

「分かりました」

いつの間にか眠ったようだ。阿武隈は寝惚け眼をしばたたきながら顔を洗い、居間で遅めの朝食をとった。

駐車場に止めてある新車のベンツに乗り込んだときには正午になっていた。車を発進させてカーラジオを点ける。

天気予報が流れている。

「東京は晴れ。夜から曇りますが、明日の朝には『殺してやる』」

阿武隈は眉根を寄せた。

ラジオは続けてニュースを流している。このところ続いている天皇陛下の病の重篤を心配する言葉に続き、政治社会のニュースが続く。

寝不足のせいかもしれない。少し休養をとるべきだろうか。

信号待ちで、ふと見遣ったバックミラーに女が映っていた。後部座席に飛び降り自殺をした女が座っている。

女の口が動いた。

「殺してやる」

慌てて後ろを振り向くが誰もいない。バックミラーからも姿は消えている。

気のせいかと独り言ちて前に向き直る。信号が青になったことを確認して、アクセルを踏む。

道は空いている。二速から三速へシフトチェンジしたときに、後ろから手が伸びてきて目隠しされた。

まったく視界が利かない。直前に捉えていた視界の記憶を頼りに、速度を落として道路端へとハンドルを切る。路肩のブロックとガードレールまで目分量の記憶で車を寄せていく。

車体がなにかを擦《こす》った感覚を合図にしてブレーキを踏んだ。続けてサイドブレーキを力任せに引き上げる。

完全に車が停止すると、目隠しをしていた指が離れていった。

後部座席にはやはり誰もいなかった。

車はガードレールに寄り添うように止まっている。我ながら見事なハンドル捌きだと自画自賛したが、これでは先行きが心許ない。

阿武隈は運転席の横に設えてある自動車電話で鵜飼に連絡した。

「どうも目まいが止まらんのだ。すまんが、タクシーを拾って迎えに来てくれんか。赤坂まで運転を頼む」

場所を教えて、待つことしばし。大切な部下を便利屋として使うのは気が引けるが、背に腹は代えられない。


赤坂ビルの地下駐車場に車を止めて、阿武隈と鵜飼は一緒にオフィスに入った。

後ろから秘書の理沙と鵜飼のお喋《しゃべ》りが聞こえてくる。

「新車のベンツ、擦っちゃったんだって？」

「ちょっと勿体《もったい》ないかな。でも俺ならフェラーリかポルシェだな。三千万くらいなら余裕で即金だ」

阿武隈が社長室兼応接室に入って腕時計を確かめると、ちょうど十三時。古時計が鐘を一つ打つ時間である。

阿武隈は目を閉じて、鐘の音に耳を欹てた。

が、鐘の代わりに聞こえてきたのは誰かの声だった。

「殺してやる」

顔をしかめながら古時計に近づくと、コーヒーを淹れたカップを三つ盆に載せて理沙が入ってきた。

「どうかしました？」

「いやなんでもない」

気を取り直して、阿武隈はコーヒーが入ったカップを手にとった。

鵜飼を加えて、社長室兼応接室でミーティングが始まった。

仕事とはいえ新年初日である。挨拶の意味合いが強い。意識合わせをしてから、今後のスケジュールを確認する。

年末にこのフロアへ来たことについて、二人は話題にも出さない。三人が三人とも、互いに腹を探り合っている。そんな緊張感に包まれた空気を、阿武隈は楽しんだ。

「……来週九日の月曜日は大華風月建設《たいかふうげつけんせつ》の新井《あらい》部長と昼食。午後は物件の視察が二件。夜は――」

「殺してやる」

流れるような口調で理沙が話す。

「なんだと」

阿武隈は顔を曇らせた。

理沙は何事かときょとんとしている。

「……なにか問題でも？」鵜飼も不思議そうに阿武隈を注視する。

阿武隈は、二人の様子を矯《た》めつ眇《すが》めつ眺めた。

二人とも演技ではない。瞳に素《す》の驚きが見てとれる。

阿武隈はいつもの聞き違いだと判断した。

「いや、なんでもない。先を続けてくれ」

「夜はホテルニューオータニでご友人と会食。そのあと『殺してやる』」

「ふざけるな！」

阿武隈は立ち上がって理沙を怒鳴りつけた。ただならぬ剣幕に鵜飼が横から割って入る。

「どうかしましたか。予定になにか問題でも？」

再び阿武隈は二人を交互に見つめた。

鵜飼も理沙も怪訝な顔をしている。二人とも心配と不安が入り交じった目で阿武隈を見つめている。

「……少し所用で出かけてくる」

阿武隈は席を外した。

ドアを閉める際、どうなってるんだとばかりに鵜飼が大仰に腕を広げているポーズが見えた。それに答えるように、理沙は首を傾げていた。

二人が共謀しているのかという疑念がちらりと頭を過ったが、惚《とぼ》けているわけではない。演技ではないと読み取った。

仮に鵜飼たちがなにか仕掛けてきても気づく。それだけの経験はあるし、おかしなことが続いているので敏感になっている。理沙は演技ではない。その言葉は、むしろ昨日から続いている周囲の異変と関連している。一つ一つに因果関係はないので、その中心にいる自分自身に原因があるとみるべきだ。

つまり、自分自身がおかしくなっていると結論するしかない。

ビル内にあるクリニックの案内板に貼り紙があった。

『新年の診察は一月九日（月）より』

幻聴などの幻覚について相談したかったが、それもままならない。

――息が詰まりそうだ。

阿武隈は覚束なげな足取りでビルを出た。

気晴らしにドライブでもしたいところだがそうもいかない。また同じことがあれば事故ってしまうだろう。

一人で外を歩くことにした。

皇居の周りを歩いて、日比谷公園《ひびやこうえん》へ向かう。自販機で購入したホットコーヒーを片手に、噴水を囲むベンチに座る。

公園は人の姿も疎らだった。

噴水とはいえ天皇陛下の病状が重篤で自粛しているのか水は噴き上がっていない。木枯らしに舞う落ち葉がどこか物悲しい。

缶のプルトップを引いてコーヒーを一口啜る。

空耳と空目が続いている。他人が感知していないのであれば幻覚に違いない。

しかし大師前駅のホームや風呂場の出来事はどうだ。

自己破壊衝動か。無意識に自殺を図っているのだとしたらただ事ではない。まして車の運転時となれば他人を巻き込んでしまう。早急に専門の医師に相談したいところだが、休みとなればどうしようもない。週明けまで待たなければ。

いずれも今回の地上げに関わった相手の幻影が絡んでいるが、できればそのあたりは医師に打ち明けたくない。警察などはもってのほかだ。教会へ懺悔《ざんげ》しに行くつもりもない。

相手が誰であろうと、罪悪感から引き起こされる自殺衝動とでも説くようなら大笑いだ。それほど精神的に脆《もろ》いのであれば、この業界で生き残っていない。

「〝殺してやる〟か」阿武隈は独り言ちた。

そんな言葉を最後に聞いたのはいつだったろう。

「殺してやる」「死ね」「人でなし」「悪魔」

地上げに手を染めている者なら誰でも投げかけられる言葉だ。いちいち気にしていたら身が持たない。

それにこちらは一攫《いっかく》千金のお伽噺《とぎばなし》を用意しただけだ。そんな夢物語に財布を広げて大金を投じる決心をしたのは本人自身だ。こちらが責められる謂《いわ》れはない。

最近なら今回の地上げ話か。十二世帯、十二人が自ら命を絶ったというのは新記録だ。そういえば車の後部座席に現れたのは鵜飼が手掛けた女の世帯主だった。なぜこちらに出向いてきたのか。裏で糸を引いていたのは自分だと気づいたのか。まあ、同じ区画に住んでいた者たちが次々と消えていったのだから、集まれば気づいて当然か。

思い出した。最後は時計店の主人だ。近くで取り壊しが始まっていたので聞こえたような気がした程度の認知だったが、恨み言を呟いていたとしてもおかしくない。欲で自滅したわけではないので、その点では他の奴らとは違う。

しかし、だからなんだというのだ。

安易に他人を信用した結果だ。不用心すぎる報いだ。この商売に就いてつくづく思うが、簡単に他人の言葉を鵜呑《うの》みにする奴が多い。活字の詐欺広告ならば尚更《なおさら》だ。テレビコマーシャルだと疑念すら持たない。結果、我が身の明るい未来を妄想《もうそう》して簡単に財布の紐を解く。自分に言わせれば、それこそ破産するのは自明の理だ。同情の余地もない。

……まあ時計屋は別だが。気の毒したな、と思う。

時計店の主人から譲り受けた古時計は、応接室で元気に動いている。遺品として大事にしてやるつもりだ。しかも昭和が始まる前から時を刻んでいたというから貴重だ。時代とともに生きてきた時計なのだ。

阿武隈は昭和十年代の生まれだった。生まれたときにはその古時計は動いていたということになる。そうした意味でも感慨深いと阿武隈は思う。

だが十年前と二十年前では違う。時計店の主人のように、人生を通し、時計職人として生きてこられたなら幸せなことだ。むしろ本望だろう。

むかしは中学を出て十五歳から働き出した。さらに前は十二歳。それがいまは大卒の二十二、三から働き出す者もいる。終身雇用が当たり前なので、生涯同じ職に就くという幻想が定着している。自分の生き方を決める年齢が、時代の変化とともに、どんどん先送りされている。

だが、その妄想の根源である終身雇用が揺らいでいる。

大正の終わりから普及した終身雇用制は、度が過ぎる今回の好景気で崩壊の兆しを見せている。十年二十年と同じ環境ではありえない。長い人生では、その年代にそった生き方が必要になってくる。

未来は、いまと同じではないのだから。

阿武隈が成人した昭和三十年代は高度成長期に入っていた。職に就いても、死ぬまで同じ仕事、同じ会社で生き続けるのだと思っていた。

土地建物を扱う建設不動産業界に就職して、阿武隈はノウハウを培った。

当時は物価の高騰も進んでいた。併せて給金も上がる。苦しくて仕方なく馴染みの店で負ったツケ払いが、翌月には大した金額とは感じられなくなった。おかげで一人暮らしから結婚と離婚、息子との二人暮らしという人生の動乱期を迎えても、負担が時間とともに軽減され、なんとか生きていけるのだと明日に希望を持つことができた。

四十代のときに両親が事故で亡くなった。遺産分けの際に、実家に寄生していた兄妹との間で土地建物の相続で諍いが起こり、結局負けたかたちで分譲マンションの一室をもらった。そのとき喧嘩別れした妹とは、その後会ったことはない。会いたいとも思わない。たぶんお互いに。

真面目に息子と二人で暮らしていたが生活にゆとりはない。勤勉家の息子だけが自慢の種だった。

いよいよ苦しくなったのは、息子が高校受験を控えて学費が膨らんだときだった。息子の志望校は有名私立大学の附属高校だった。大学へはエスカレーター式で、世間の評価もそれなりにある。息子の成績も悪くないので射程圏内にある。推薦枠も狙えたが、進路相談で聞いたところ、地元の資産家の息子がその枠に入るという。成績に加味して、寄付金の額が決定的だった。手が届かない数字が動いていたことを知り、阿武隈は涙を呑んだ。

しかし学費も高い。金だ。なんとしても金が必要だ。自分のことならいざ知らず、金のことで息子に哀しい思いをさせたくない。

しかし——息子に志望校を諦めてもらうしかないと悩んだことは一度や二度ではない。

実家の兄へ相談したが、けんもほろろに断られた。自分の家族なら自分で守れ、と。妹とは口を利く仲ではなくなっている。すでに自分は彼らの家族ではないのだと身に染みた。

思わぬ大金を手にしたのは、そんな折だった。相続したマンションに引っ越しした四年後である。もらい受けたときは時価八百万円だった部屋が、二千四百万円まで高騰した。

アパートへ引っ越して学費分を捻出《ねんしゅつ》し、それでも一千万円が手元に残った。なんとか受験に間に合った。

この時期から始まっていた土地転がしは利が多く美味しいのだが、いかんせんまとまった金が必要だった。庶民は指を咥えて眺めるしかない。そこへ一千万円というまとまった金が転がり込んだ。

チャンスだ、と思った。

職務柄、黙っていても土地開発の情報は入ってくる。自分たちは安アパートに住み、資金はすべて土地建物の売買に回した。需要が集中している土地を入手して、交渉して高値を付ける。足が早いうえに、みるみる利ざやが膨らんでいく。

一千万円が二千万になり、三千万へと膨らんでいった。五千万円まで膨らむには多少時間がかかったが、億の物件に手を出して成功させてからは加速した。

素人では、こうはいかない。錯綜《さくそう》する情報に振り回され自滅するのがオチだ。大金を手にした有名なスポーツ選手などは、当然のように痛い目に遭《あ》った。

張り合う金額が大きくなれば、それだけ競合相手も増えるし強大になる。丁々発止《ちょうちょうはっし》の中で銀行などの異業種と手を組むことも覚えた。もちろん表社会に出ない者たちを含む。

その頃、兄が『相談』を持ち込んできた。息子が無免許で人身事故を起こしたので、まとまった金が必要になったから融通してくれないかというものだった。

ぶち切れた。かつての家族に手をかけることに躊躇いはなかった。

言葉や表情には出さなかったが、愛想良く対応して、保証人詐欺へと誘導し、獲れるものはすべてぶんどった。その後、兄の家族の消息は分からない。実家の権利名義から阿武隈の名前は消えた。妹家族は引っ越したと風の便りに聞いた。

腹を括ったのは、このときだったかもしれない。

保有している資産額に対して生活は質素だったことが影響したのか、金への執着がさらに強くなった。物件を転がすにも金が要る。

金を増やすには、やはり金が要るのだ。

ある程度の経験と実績を積んで独立した。そこへ舞い込んできたのが今回の地上げ話だ。成功すれば数百億という、金額が金額だけに本気になった。仕事のあとは隠居を考えてもいい。

どうせ自分がやらなくとも誰かが手を出す。ターゲットにされた世帯主たちの運命は変わらない。要は誰がやるのかという話だ。

おそらく今回の景気は長くない。三年もすれば弾《はじ》けて消えるだろう。それまではリスクの少ない物件で小遣い稼ぎをしておくかと思っている。

いま一時的に雇っている鵜飼と理沙とも近々別れるつもりだ。互いに気が許せないし、付き合いが長くなると、今度は牙を剝きはじめるだろう。

金目的で組んだチームなのでお互いに割り切っているはずだ。後処理だけ、きっちり済ませてから解散すると意識合わせはしてある。

もう危ない橋は渡らない。

そんな平穏な時期に降って湧いたのが今回の出来事だった。

もの思いに耽っていたら、一人の男が阿武隈の横に腰を下ろしながら声をかけてきた。

「奇遇だな。ちょうどあんたのことが気になってたところだよ」

西新井大師の参道脇で達磨を売っていた男だった。

「怖い目に遭わなかったかい」

言葉に含みがある。男は咥えた煙草に火を点けながら口の端を上げた。

「まさか、昨日からつけてきたのか」

「まさか。たまたまこの近くで厄払いの打診があってな、とりあえずの相談をしてきたところだ。ここんとこ不動産絡みの話ばかりだがな」

男は大きく煙草の煙を吐き出した。

「……厄払いにも相性がある。さて誰に仕事を持ち込もうかと考えながら皇居の周りを歩いていたら、あんたが纏っている靄《もや》みたいなものが視えたんだ。あんたは気づいちゃいないだろうが、遠目でも分かるくらい強い念が憑いてるぞ。ひいの、ふうの、……十二も憑いてるじゃねえか。あんた、いったいなにをしでかしたんだね。尋常じゃねえぞ」

阿武隈は怪訝な表情をあからさまにした。

「ま、それが普通の反応だろな。みんなそういった顔をするよ」

男は含み笑いを漏らした。

「こっちは視えた以上には声をかけたくなる質《たち》でね。助け船を出せるのに、声すらかけずに素通りしたとあっちゃ、思い出すたびに飯が不味くなるってもんだ」

「なんの話かな」

「惚けなくてもいい。心当たりがあるはずだ。お祓《はら》いの渡りを付けてやってもいいって話だよ。これだけの数が憑いてるとなったら仕事も骨だが、俺には伝手がある。一つの念にお祓いが一人、それなりに弾数《たまかず》が要るが、なんとかできるぞ」

「いくらだ。どうせふんだくるつもりだろ」

「そうだな……」

男は阿武隈の身体の周辺をぐるりとねめつけた。

「一件二百万だが、ずいぶん数が多いからな。ざっと二千五百万ってところかな。どうせこいつらから桁違いの金を巻き上げたんだろ」

「ふざけるな！」阿武隈は声を荒らげた。

「この詐欺師が！」

「どの口が言うかと言いたいところだな」

ふ、と鼻で笑いながら男は立ち上がり、ベンチ脇の灰皿に煙草の吸い殻を捨てた。

「声をかけたのは俺のけじめだ、気にしないでくれ。まあ安心しろや、二度と近づかんよ。巻き込まれるのは真っ平だ」

じゃあな、と軽く手を上げて男は背を向けた。

――相手を不安にさせて揺さぶるのは詐欺師の常套《じょうとう》手段だ。詐欺師なら再度アプローチしてくるだろう。ここで振り返るようなら詐欺師で間違いない。

だが、男は連絡先を訊こうともせず、名刺すら渡さなかったことを阿武隈は思い出した。

男は通りへ出ると、タクシーを捕まえてそのまま走り去っていった。

一度も振り返ることなく。


いつの間にか午後四時半になっていた。

阿武隈は公衆電話ボックスからオフィスに連絡を入れた。

「すまんな。もうすぐ戻るが、君たちは引き揚げていいぞ」

「社長、連絡を待ってたのよ。実はアクシデントがあって……」

二人きりの通話とはいえ秘書の口調でないことが気になったが、それだけ緊急事態なのだろう。

理沙が『トラブル』でなく『アクシデント』と表現するのは警察関係だ。緊張で気が引き締まる。

「鵜飼が事故った。詳細は不明だけど、警察から問い合わせがあって」

「外出したのか。どういうことだ」

「新規の案件が入ったとかで、一人で出かけたの。とりあえず土地だけでも確認するって、鵜飼は現地へ向かったのよ。その途中の事故みたい。事故現場と運ばれた病院は……」

阿武隈は事故を起こした場所と搬送された病院を頭に刻んだ。

「分かった。今日はもう引き上げていい。追って報せる」

「あの。それと、社長」

「なんだ」

「自動車電話が使えない状態なら、ポケットベルくらい持っていてくださいよ。緊急の連絡に困るでしょ。わたしら普通のチームじゃないんですから」

「……考慮しよう。君は事務的な話し方を覚えるべきだな。後々苦労するぞ。折角の立ち居振る舞いの演技力をドブに捨てることになる」

阿武隈はタクシーを拾って、まずは事故現場へ向かった。病院へ向かう途中の道だったからだ。現場へ着くと、タクシーをその場に待機させて、阿武隈は周囲をぐるりと回った。

交通鑑識が検証をしている。前部から左側面が大きくひしゃげた黒塗りの社用車がレッカー車で運ばれていく。道路脇のガードレールに擦った跡があり、凹んでいる。路面に破片が散乱している。周囲を見渡したが血痕はない。近くに止められているバイクや車も見当たらない。

目撃者らしき中年の女性が警察から聴取されていたので、近寄って耳を欹てた。

「通りを死んだ人間が歩いていたとか、後ろから目隠しされたとか、口走ってましたよ。昼間から酔っていたんですかねえ。車に乗っていたのは運転者だけでしたから。まあ誰も巻き込まず済んだだけでも幸いなんでしょうけどねえ」

他人を絡めない物損事故なら大した問題ではない。金くらいで済みそうだ。

鵜飼は必ずシートベルトをする奴だ。おそらく軽傷だ。

もしや鵜飼にも後部座席の女が視えたのか。若さのせいなのか、錯乱するとは意外と柔《やわ》い。

どうやら自分だけではないらしいと分かって、かえって安心した。

お祓いとやらを真面目に考えるべきかもしれないと考えはじめていることに気づいて自嘲する。

それにしても二千五百万とは、ふっかけられたものだ。

阿武隈は待たせていたタクシーへ乗り込み、鵜飼が搬送されたという病院へ向かった。

道の先の右手に病院が見えてきた。メーターの金額を確認して、上着の内ポケットの財布に手をかけたときだった。

病院から人影が現れた。細身の長身、間違いなく鵜飼だ。

全力疾走で病院から走り出てきた。鵜飼は一度振り返り、道路へと飛び出した。対向車線から建設現場で使う重機を乗せた大型トラックが唸りを上げて走ってくる。

阿武隈は事故を目の当たりにした。

まさか、と思った。

鵜飼はトラックの音に気づかなかったのか。それほど動顛《どうてん》していたのか。たしかに、なにかから夢中で逃げていたようではある。しかし鵜飼の後ろに人影はなかった。

阿武隈はタクシーを降り、すぐ先の横断歩道を渡り、反対車線の路面で横たわっている鵜飼の元へと足早に歩いた。

「殺してやる」

耳元で誰かが囁く声が聞こえた。


赤坂ビルのオフィスに戻ると、意外にも理沙が居残っていた。

「おかえりなさい」

彼女は飲みかけのコーヒーカップを前にして小さく微笑んだ。

「どうした、今日はもう上がっていいと言ったはずだが」

上着を脱いでハンガーにかけながらネクタイを緩める。本革張りの社長席に身を沈めると、一気に疲れが湧いてきた。

本当に、いろいろあった一日だった。

鵜飼のことを説明したものかどうか迷う。仲間の死はそれなりに衝撃だろう。仕事の報酬の大半はすでに渡してあるが、残りは銀行へ振り込みがある年度末の三月だと言ってある。よもや鵜飼がいなくなったことで自分の取り分を多めに要求してくることはあるまいが、もしそうなら、いよいよ理沙を仕事のパートナーとして信用できなくなる。今後の付き合いを考えなくてはならない。

「鵜飼のことが、それほど心配かね」

「別に彼のことじゃないの」

理沙は保温していたポットからカップにコーヒーを注ぎ、阿武隈の前に置いた。

「あなたのことを心配したらいけないの？」

机を回って、阿武隈の腕に手を滑らせる。

「『社長』ではなく『あなた』か。もしかして俺の懐が目当てかな。俺になにかあったら仕事料の残りを取りはぐれることになるしな」

「かもね。そんな損得勘定が身に付いてるのはしょうがないもんね」

阿武隈にもたれかかりながら理沙が科《しな》を作る。

「でも仲間を心配するのは当然でしょ。あなた、どう見ても様子がおかしかったもの。心配したっていいじゃない」

「まあ、……そうかな」

軽く口づけして、阿武隈は微笑んだ。

「それでは、お嬢さんを心配させた詫《わ》びとして、遅いディナーをご馳走しよう」

「嬉しい」

二人は立ち上がり、展望レストランへと向かった。ビル内の利用者はツケが利く。一月二日から営業しているのだ。

とはいえ新年最初の営業日ということもあり、レストランの客は少ない。余裕で窓際の席を確保できた。夜の空は、あいにく予報通り曇っている。見下ろす夜景のネオンも控えめだった。

「実はね」理沙は切り出した。

「あなたを心配していたのは本当だけど、やっぱり帰ろうと思ってたところだったの」

「遅くなったからな。戻っても誰もいないと思ってたから、正直驚いたよ」

「そうじゃないの。わたしが言ってるのは、あの部屋。社長室にいるのが嫌だったから」

理沙の表情が曇る。

「気に食わんか。それなら今後の打ち合わせは事務室にでもするか」

「そうしてもらえば助かる。だって、あの部屋はなんとなくおかしいもの」

「〝おかしい〟？　どういうことだ」阿武隈は片眉を上げた。

「なんとなく、気配がする。誰かがいるような気がするの。誰もいないのに、誰かが応接セットのソファに座っていたり、部屋の中を歩き回っていたりしているような、妙な感じがする」

「ほう」

——幻覚は自分だけではなかったか。

「怖くなって洗面所に行ったの。で鏡を覗いたら、自分の後ろに誰かが立っているような影がある。振り向いても誰もいない。気を取り直して鏡に向き直ったら、今度は後ろから自分と重なってたの。まるで写真の二重写しみたいに。ときには完全に重なって、取り込まれたような妙な感覚になったりするのよ」

阿武隈はむしろ安心した。精神的に不安定になっていたのは、理沙も同じだったようだ。

「大仕事を終えたばかりだからな。なにしろ緊張の連続だった。反動で気がそぞろになってもおかしくない」

阿武隈は己に言い聞かせるように言った。

緊張が緩んだせいか、珍しく阿武隈は饒舌《じょうぜつ》になった。今回の地上げに伴う苦労話だけでなく、自分の思い出話に花を咲かせた。

食事を終えると、スカイラウンジバーへ向かった。アルコールが入り、人が少ないこともあって話の内容も尖っていく。レストランでの不穏な話題を頭から打ち消したかったのかもしれない。やれ行方不明になったのは何人、今回を別にして最も稼ぎが大きかったのはいくらか、組んだチームの最多人数は、など危なげな会話が続く。

したたか酔って、オフィスのフロアへ戻り、そのまま阿武隈は理沙とベッドを共にした。

今日一日の出来事を忘れるように阿武隈は激しく理沙の身体を求めた。彼女もまた、阿武隈の思いを知ってか知らずか、阿武隈の動きに合わせて肢体《したい》を波打たせる。

絶頂が近づいたとき、阿武隈は理沙の喘《あえ》ぎ声の合間に彼女の呟きを聞いた。

「こ……殺してやる」

阿武隈の動きが止まる。

理沙は息を荒らげながら阿武隈を見つめた。

「殺してやる」

鳶色《とびいろ》の瞳に怜悧《れいり》な殺意があった。

阿武隈の手が理沙の白い首を摑む。

理沙の上半身が反り返り、指が深く首筋に食い込んでいく。彼女の顎が大きく向こう側へと伸び上がる。

頸動脈を捉えた阿武隈の両手が細い首を絞め上げる。

深く。力強く。

ごきりと骨が鳴った。

理沙の身体がわななき、大きく痙攣する。彼女の口の端から、細やかな泡が混じった涎が垂れる。

しばらくの間、阿武隈は彼女の首に手をかけたまま動かなかった。

大きく肩で息をする。力任せに絞め上げた自分の腕が震えている。

呼吸を整えるうちに、阿武隈は我に返った。手を離すと、理沙の顔が再びこちら側を向いた。

鳶色の瞳は瞳孔が開いて真っ黒になっている。すでに息はしていない。

「すまんことをした……」

阿武隈は死んだ秘書の目を閉じた。顔を見るのが辛かったので、窓側へと向けてから彼女の身体にシーツをかけた。

時計は零時前だった。まだ夜は長い。充分時間はある。考える時間もある。ビルに残っている者は少ないはずだ。

ひとまず社長室で落ち着こう――。

阿武隈はナイトガウンを羽織り、寝室のドアに向かって歩き出した。ドアノブを摑んだところで、ふとなにかを感じて振り返った。

ベッドの上から、理沙が阿武隈を見つめていた。見開いた目は瞳孔が窄《つぼ》まり、青みがかった白濁色になっている。その口が小さく動く。

「殺してやる」

「理沙……」

身動きできず、言葉が詰まった。

そのときドア横の電話台に置かれた電話が鳴った。震える手で受話器をとる。

「殺してやる」

ランプを確認したら内線だった。相手はこのフロア内にいる。

「この野郎！」

弾かれたように身体が動いた。目指すは社長室。

部屋に入るなり、壁際の古い置き時計ににじり寄る。

「お前か！　大人しく、くたばってろ！」

深夜零時。時計の針が十二の数字へ向かって重なり、文字盤のローマ数字の間に嵌め込まれている真珠の淡いパールホワイトが黒ずんでいく。

だが時計は鐘を打たなかった。代わりに声が部屋に響く。

「殺してやる」

阿武隈の聞き覚えがある声だった。続いて別の声。

「殺してやる」

次々に声が変わり、阿武隈へ向けて恨みの言葉を投げかけていく。

「殺してやる」「殺してやる」「殺してやる」

地上げの犠牲になった、十二人の亡者の声が室内で輪唱する。

「うるさい！」

阿武隈は近場にあった白檀の仏像を手に取り、古時計に投げつけた。

「殺してやる」古時計が鳴る。

「壊してやる」阿武隈が叫ぶ。

声が重なり、共鳴していく。

動悸がする。振り子が激しく揺れる。振り子の動きは、いつしか阿武隈の鼓動と同期していた。

心拍と振り子が合わせて躍る。

「殺してやる！」古時計が叫ぶ。

「黙れ！」

阿武隈は近くにあった椅子を引き寄せて、抱え上げた。

「うるさい、黙れ！　黙れ、黙れ！」

古時計に椅子を激しく叩きつけた。周囲にガラスの破片が飛び散って、古時計の文字盤がひしゃげる。

阿武隈は胸を押さえた。

振り子を吊っている軸点が軋む。振り子の動きがぎこちない。重なっている心拍もまた不安定になる。

激しい目まいがして、阿武隈はその場に蹲った。血の気が引いて視界が歪む。

顔を上げると、振り子はやや斜めになっていたが、小さく掠《かす》れた金属音を立ててから、真下へと戻り――。

止まった。

阿武隈は頭を垂れて、ペルシャ絨毯の上に倒れ伏した。

ふと誰かの視線を感じた。窓の外に目を遣ると、そこには見覚えがある亡者たちがいた。

暗い二十四の瞳が一様に阿武隈を見つめている。

古時計が大きな鐘を十二回鳴らし、阿武隈はそのまま動かなくなった。

エピローグ　とある町工場にて

『平成』と書かれた額がテレビ画面に拡大され、カメラのフラッシュが次々に焚《た》かれていく。何度も放映されている映像だ。

「とうとう昭和も終わったな」

週明け、月曜日の昼下がり。鈴木電気工業の鈴木常務は古びた机で小さく肩を落とした。

大正時代創業の老舗だが、いまでは小さな町工場を二つ持つだけの電気機器製造会社まで縮小している。まことしやかに噂されているように、バブルが弾けてメインになっている取引先から見放されたらこの会社も消えるだろう――。

「時代って変わるんですよね。『昭和』は長かったから、ずっとこのまま続くのかと思ってましたよ」

鈴木の脇で、テレビ画面を眺めながら武田《たけだ》主任が茶に口をつける。

「そんなわけあるか。だが新しい時代になったとはいえ、まだまだ黒電話が残ってる。真新しい自動車電話なんて『よお元気か』のひと声で五百円だぞ。よほどの金持ちでないと手を出せん。そうそう時代は動かんよ。ゆっくり変わっていくもんだ。そしてあるときになって、こんなに変わったのかと驚かされる」

「そういや正月に姪《めい》っ子が遊びに来たんですがね。『バルタン星人なんて知らない』って言われて、ちょっとショックでしたよ」

「儂にとっちゃあ、『のらくろ』や『月光仮面』を知らないと言われた方が驚くかな」

二人で笑い合った。

休憩中なので、奥の工場は静かになっている。一人の工員が熱心に手を動かしているだけだ。

「今度来た彼は、なかなか真面目で助かってますよ」

工員を見遣りながら、武田が目を細める。

「昭吉くんといったかな。宮地さんとこから紹介された人はハズレがなくて助かる。みんな真面目だ。仕事の大事さが分かってる」

「旧い技術については、やたら詳しいんですよ。アンティークのラジオや蓄音機を直すくらいなら事も無げにやってのけますからね。彼ならそっち方面でも食っていけますよ、きっと」

「今度、自宅の物置に眠ってる蓄音機の修理を頼んでみるかな」

「アンティークが流行ってるから、売れるかもしれませんよ」

「まずは自分で懐かしさを楽しむさ。時代とはそういうもんだ。……さて、それじゃもう少しだけ頑張ってみるかな」

「はい。汗を流したぶん、夕飯も旨いでしょうしね」

二人は椅子から立ち上がると、仕事場へ向かって歩き出した。

主要参考資料

『グラフィックカラー昭和史』全15巻・上（風雪編）・下（激動編）　研秀出版
『グラフィックカラー昭和史〈特別編〉昭和の子どもたち』全5巻　学習研究社
庭田杏珠・渡邉英徳『AIとカラー化した写真でよみがえる戦前・戦争』光文社新書
J・ウォーリー・ヒギンズ『秘蔵カラー写真で味わう60年前の東京・日本』光文社新書
石橋幸作『みちのくの駄菓子』未来社
奥成達（文）、ながたはるみ（絵）『駄菓子屋図鑑』飛鳥新社
小沢俊夫・福原登美子・森野郁子（編）『日本の民話　5　甲信越』ぎょうせい

他、数多くのインターネットサイトを参考にいたしました。

本作品は書下ろしです。
＊本作品はフィクションであり、実在の人物・団体・作品・事件・場所等とは一切関係がありません。

嶺里俊介（みねさと・しゅんすけ）

1964年、東京都生まれ。学習院大学法学部卒業。NTT（現NTT東日本）勤務を経て、執筆活動に入る。2015年に『星宿る虫』で第19回日本ミステリー文学大賞新人賞を受賞し、翌'16年にデビュー。著書に『走馬灯症候群』『地棲魚』『地霊都市　東京第24特別区』『霊能者たち』『だいたい本当の奇妙な話』『ちょっと奇妙な怖い話』。

昭和《しょうわ》怪談《かいだん》

2023年6月30日　初版1刷発行

著　者　嶺里《みねさと》俊介《しゅんすけ》

発行者　三宅貴久

発行所　株式会社 光文社

〒112-8011　東京都文京区音羽1-16-6

電話　編　集　部　03-5395-8254

書籍販売部　03-5395-8116

業　務　部　03-5395-8125

URL　光　文　社　https://www.kobunsha.com/

組　版　萩原印刷

印刷所　堀内印刷

製本所　ナショナル製本

ISBN978-4-334-91490-5